À NOTRE DERNIER RENDEZ-VOUS

Collection Hugo Poche dirigée par Franck Spengler
Collection New Romance® créée par Hugues de Saint Vincent
et dirigée par Arthur de Saint Vincent
Ouvrage dirigé par Alice Serverin

Conception graphique : Emmanuel Pinchon
Images de couverture : © Brichuas / Shutterstock
© Viorel Sima / Shutterstock – © Nani888 / Shutterstock

34-36 rue La Pérouse
75116 Paris
www.hugoetcie.fr

ISBN : 9782755689419
Dépôt légal : août 2021
Imprimé en Espagne par Liberduplex

ÉMILIE PARIZOT

À NOTRE DERNIER RENDEZ-VOUS

Hugo Poche

NEW ROMANCE®

« Vous savez, moi je ne crois pas qu'il y ait de bonne ou de mauvaise situation. Moi, si je devais résumer ma vie aujourd'hui avec vous, je dirais que c'est d'abord des rencontres. Des gens qui m'ont tendu la main, peut-être à un moment où je ne pouvais pas, où j'étais seul chez moi. Et c'est assez curieux de se dire que les hasards, les rencontres forgent une destinée... »

Astérix et Obélix : Mission Cléopâtre

À celui que le hasard
a mis sur mon chemin.
Et à notre premier rendez-vous, le 26.

CHAPITRE 1

MICA

La grenadine. Il n'y a pas de boisson plus régressive. Le verre glacé qu'un serveur vient de déposer devant moi me rafraîchit les mains et son odeur acidulée me chatouille les narines. J'observe le dégradé de roses. Le sirop stagne au fond comme s'il était coincé par les glaçons et je sais d'avance que remuer le liquide avec la longue touillette en plastique n'y changera rien. Avec Peter, nous avions une astuce pour y remédier. Souffler délicatement dans la paille pour faire des bulles. Le sirop vient alors s'harmoniser avec l'eau pendant que les glaçons effectuent une valse dans le tourbillon. Les deux liquides ne forment qu'un et ne se séparent plus.

On est le 10 juin. Quatorze mois jour pour jour que Peter m'a quittée. Avec un sourire amer, je m'intime l'ordre de penser à quelque chose de plus gai. J'ai posé mon après-midi pour me faire plaisir, pas pour gamberger ! C'est un rituel que je m'octroie une fois par mois depuis le début d'année. J'ai lu quelque part que caler du temps pour soi dans son agenda permettait de lâcher prise sur le rythme effréné du quotidien. Et depuis que je m'y emploie, je confirme que je ne pourrais plus me passer de ce rendez-vous mensuel avec moi-même. Grâce à ça, j'ai enfin pris le temps de suivre un cours de calligraphie et, mieux encore, j'ai assouvi mon vieux fantasme de prendre une leçon de pole dance. Je me rends compte qu'il y a tout un tas de choses que j'ai envie de découvrir et je suis bien contente de cocher chaque mois des cases de ma liste. Ce mois-ci, c'était simple. J'avais besoin de me détendre et c'était l'occasion de tester les services d'un institut dont me parle souvent ma cheffe. Et quelle bonne idée ! Je sors d'une heure et demie de massage balinais, c'était divin. La masseuse m'a enduite d'une huile dont le parfum de vanille et de coco ne me quitte pas, ce qui ne fait que prolonger ce moment de relaxation.

Je suis partie si loin pendant le soin que j'ai l'impression de planer encore un peu. En retrouvant la lueur du jour, je n'ai pas eu envie de rentrer tout de suite. Il n'est que seize heures et la journée est magnifique. Et puis ce café sur la jolie place de Lenche m'a tendu les bras. Il s'appelle Le Peuchère. Ça me correspond bien, tiens ! Mon regard se pose sur la Bonne Mère, que j'observe au loin en me remémorant ces quatorze derniers mois. Une envie subite de faire le bilan. Mon déménagement, les quelques aventures d'un soir – bon okay, les deux aventures d'un soir – et… et c'est tout. Vu comme ça, le chemin n'a pas l'air long mais le grand changement s'est opéré dans ma tête. Depuis l'achat tout récent de mon appartement, je me suis enfin faite à l'idée que Peter ne reviendrait pas. Et je crois que ça va.

Qu'est-ce que je peux espérer à présent ? Pour commencer, j'aimerais que Peter soit moins présent dans mes pensées, que les vagues de mélancolie arrêtent de m'assaillir par surprise, qu'il appartienne définitivement au passé. Et puis, rencontrer quelqu'un. Mais comment on s'y prend quand on revient sur le marché du célibat après treize ans de vie de couple ? Je n'ai aucun automatisme, aucune technique de drague, aucune stratégie rodée et sûrement pas le savoir-faire de Chloé, mon amie d'enfance, en matière d'hommes. Rien que de la voir papillonner d'un mec à l'autre, j'ai le tournis. Cette fois, je m'adresse directement à la Bonne Mère.

Tu m'aides à dégoter un amoureux ? Je suis prête à tourner la page.

Les va-et-vient en terrasse me forcent à revenir à la réalité et j'espère que je n'étais pas en train de parler à voix haute. Plongeant la tête dans mon verre, je souffle délicatement dans la paille. C'est magique, le sirop remonte doucement et se mêle à l'eau, mettant fin au dégradé pour ne laisser apparaître qu'une jolie couleur rosée. Je termine ma grenadine et dépose l'appoint sur la table. J'ai rendez-vous en fin de journée avec Chloé et Romie pour notre apéro hebdomadaire et j'aimerais visiter quelques boutiques avant de les retrouver. Le temps que je me faufile entre les tables du café, mon téléphone que je croyais pourtant sur vibreur se met à sonner et je m'arrête pour le sortir de mon sac. Chloé hurle au bout du fil.

– 1 % de batterie ! Dis-moi vite où et quand on se voit ce soir, je peux pas regarder dans Messenger.

– Dix-neuf heures au Sanguin, je m'empresse de lui souffler.

La communication est coupée instantanément et je continue mon chemin en espérant qu'elle sera au rendez-vous.

CHAPITRE 2

MICA

Ça doit faire plus de trois heures que nous sommes à la terrasse du Sanguin, et d'une humeur très légère, l'alcool aidant. La virée à Bordeaux de Chloé, la dernière collection de Zara, la fin de la série italienne que nous regardons chacune de notre côté, un livre de développement personnel bien connu que Romie est en train de lire… nous avons survolé mille sujets. Sur la table, il y a des tapas en tout genre, une bouteille de vin blanc à moitié entamée et nos six verres à cocktail vides. Pourtant, c'est devenu rare que l'on improvise des soirées arrosées en semaine. Généralement, on se contente d'un sage apéro hebdomadaire. Mais en ce mercredi soir, c'est comme si chacune avait envie de décompresser et, pour ça, le Sanguin est l'endroit approprié. Avec sa carte de tapas savoureuses et ses guirlandes guinguette, ce bar situé près de la place Castellane est notre endroit préféré de la belle saison. Par contre, l'humidité commence à tomber et je frissonne sous le fin tissu de ma robe.

– Il est presque vingt-deux heures trente. On décolle ? je propose.

Romie regarde sa montre.

– Oh non, déjà ? On était si bien ici, je n'ai pas vu le temps passer.

– Moi non plus, mais mémé Mica est fatiguée, si elle se couche pas tôt elle va caner, ricane Chloé.

Je lui lance un pop-corn qu'elle esquive et qui finit sa course sur l'épaule d'un type derrière elle. L'un de ses potes me montre du doigt en riant et le gars se tourne lentement dans ma direction. De dos, baraqué et avec une casquette enfoncée sur la tête, il n'a pas l'air commode et l'espace d'un instant, je redoute un esclandre. Pour un malheureux pop-corn. Ou pire encore, qu'il pense à une invitation.

Euh, non merci.

Entre le sweat à capuche bleu vif et le tatouage dans le cou, je sais d'avance qu'il n'est pas mon style. Il finit par trouver mon regard et je lui fais un signe d'excuse silencieux auquel il répond par un hochement de tête. La scène devrait s'arrêter là, mais je me perds une seconde dans ses yeux espiègles – que je jurerais verts – et qui m'invitent à sourire.

Merde, j'ai souri.

Chloé se retourne vivement pour voir à qui est destinée ma face béate et le moment devient gênant.

– Vé, on dirait que tu as tapé dans l'œil du rappeur ! *Ici c'est Marseille, bébé* !

Elle s'esclaffe et je sens mon visage virer au rouge. Cette fois, c'est mon verre que je lui jetterais bien dessus. Je me contente de hausser les épaules pendant qu'elle pouffe encore. Le silence se fait et je m'apprête à lancer une boutade quand Romie renifle bruyamment, la tête entre ses mains parfaitement manucurées. J'échange un regard inquiet avec Chloé et, l'espace de quelques secondes, on pourrait entendre une mouche voler à notre table. Nos yeux sont fixés sur notre amie qui paraît sur le point de pleurer. Et qui se met à pleurer. Panique. En quinze ans, je ne l'ai jamais vue verser une larme ! Même lorsque sa grand-mère est repartie vivre au Vietnam. Même quand elle n'a pas eu le poste qu'elle convoitait à la sortie de son école de commerce. Même lorsque Bunny, son lapin, s'est enfui.

– Il se passe quoi ? lui demande Chloé en lui passant maladroitement un bras autour des épaules.

De mon côté, je m'empresse de quitter ma chaise pour venir m'asseoir à côté d'elle. De cette façon, on l'entoure de nos corps.

– Noam est parti, elle nous assène.

Je fronce les sourcils.

– Parti où ?

Elle se remet à pleurer de plus belle et Chloé me fait les gros yeux. Ni elle ni moi ne savons quoi dire, d'autant plus que nous ne comprenons pas du tout la situation. Noam est son mec depuis huit ans, son mari depuis un an, et c'est l'homme presque parfait. Enfin, vu de l'extérieur en tout cas. Chloé, qui déteste se sentir dépassée, enlève son bras des épaules de Romie et inspire profondément.

– Attends, attends. Faut que tu nous expliques, Romie, on ne comprend pas là.

De longues secondes passent avant que notre amie ne se tamponne les yeux et relève la tête, sous nos regards impuissants.

– Il est parti, définitivement. Il me quitte. Ça me semble tellement incroyable, je n'avais pas l'intention de vous en parler ce soir.

J'entends les mots mais je ne saisis pas leur sens. Noam et Romie. Romie et Noam. C'est juste impossible. L'un ne va pas sans l'autre.

– Tu délires ? aboie Chloé.

Vu la tête de Romie, ce n'est pas une blague. Ils sont ensemble depuis tellement d'années que je n'arrive même pas à me rappeler mon amie célibataire. Pourtant, elle hausse les épaules, l'air résignée.

– Ça fait des mois que ça ne va pas. On n'est plus sur la même longueur d'onde. Il y a un an, il a commencé à parler d'enfants alors que je ne voulais rien savoir…

– Il est fada ou quoi ? Tu n'as que vingt-huit ans, y a pas le feu ! grimace Chloé.

Romie hoche la tête et lève les mains en signe d'incompréhension.

– Il a voulu qu'on parte trois semaines en road trip cet été et a pété un plomb quand je lui ai dit que je ne pouvais pas prendre de congés.

– Tu viens de lancer Ma Biche, tu ne peux pas partir comme ça, ça s'organise ! je m'insurge.

Elle triture son mouchoir entre ses doigts et les larmes perlent à nouveau au coin de ses yeux. Même quand elle pleure, elle reste élégante. Son mascara ne coule pas, son chignon donne l'impression d'avoir été fait il y a cinq minutes et son teint reste uniforme. Quelques mois plus tôt, j'étais à sa place et je ressemblais à une épave, alors je ne peux m'empêcher d'admirer la classe de mon amie, en toutes circonstances.

– Bref, il se plaint que je ne pense qu'à mon boulot. Hier, j'ai oublié notre anniversaire de mariage et ça a été le drame, elle poursuit.

Bravo Romie.

Noam est l'homme le plus romantique que je connaisse. Du genre à sortir une rose de sa manche juste parce que Romie a le cafard, à l'embarquer le soir à l'improviste avec un panier de pique-nique voir le coucher de soleil sur une plage, ou à parsemer le sol de pétales de rose, du parking de leur résidence à la porte de leur chambre, pour son anniversaire. Alors peut-être qu'il avait prévu un truc spécial hier…

– Tu as oublié la date ? je lui demande.

– J'ai zappé notre rendez-vous au resto et il m'a attendue là-bas pendant une heure. Pendant ce temps, j'étais à la maison en train de faire une salade de hareng devant une émission de cuisine et, bref, je n'ai pas entendu mon téléphone.

– Une salade de hareng ? Qu'est-ce qui tourne pas rond chez toi ? demande Chloé, les traits déformés par le dégoût.

Romie hausse les épaules, l'air déboussolée.

Je réprime un sourire. Chloé aime la bonne bouffe et Romie ne mange pas de viande. C'est toujours un casse-tête pour nous mettre toutes d'accord quand on choisit un resto. C'est d'ailleurs pour ça que les tapas du Sanguin font l'unanimité.

– Tendu. Va falloir que tu lui fasses la totale pour qu'il passe au-dessus de ça. Le mec s'est retrouvé seul au resto, comme dans les films, déclare Chloé.

Romie secoue la tête comme si elle voulait chasser ce souvenir et interpelle subitement le serveur pour commander ce qui sera son troisième mojito. Je décide qu'on a assez dramatisé.

– Bon, clairement, vous traversez une mauvaise passe. Il faut que Noam comprenne que tu viens de créer ton entreprise et que tu dois la faire tourner, alors tu ne peux pas faire un enfant ou te barrer en vacances comme ça. Et toi, tu dois te rappeler les dates Romie, sérieux !

– Vous êtes cul et chemise tous les deux, impossible que ça se termine pour une connerie pareille, ajoute Chloé.

Le cocktail arrive et Romie le siffle devant nos mines sidérées, avant de lever la main à l'attention du serveur. Je la lui baisse précipitamment.

– Romie, ça suffit !

Chloé, avec sa délicatesse inexistante, lui met un roulé au jambon cru sous le nez.

– Déjà, t'as rien avalé de la soirée. Mange ou tu vas nous faire un coma éthylique.

– Je ne mange plus de viande depuis quatre ans, tu te souviens ?

– Je testais juste ton alcoolémie.

Il y a un moment de flottement, puis je grimace.

– Ce serait con que tu sois bourrée si Noam rentre ce soir pour discuter. Il est parti quand ?

Le regard de Romie se voile.

– Hier, quand il a vu qu'il ne m'était rien arrivé de grave mais que j'étais juste avachie sur le canapé. Je lui ai envoyé un texto cette nuit, j'ai laissé un message sur son répondeur ce matin et un autre à midi en m'excusant encore et encore. Et en fin d'aprèm, monsieur me demande de ne pas rentrer trop tôt car il veut faire ses valises sans me croiser.

– Duuur !

Je lance un regard noir à Chloé qui n'avait pas besoin d'en rajouter une couche.

– C'est du bluff pour te faire réagir, Noam est fou de toi. Il ne tiendra pas trois jours, on parie ? ajoute-t-elle pour se rattraper.

D'un ton nonchalant, je balance :

– Tu m'avais dit ça pour Peter. Tu sais que ça fait cinq cent douze jours ?

Leurs deux paires d'yeux se braquent sur moi et je hausse les épaules. Chloé murmure :

– Pour de vrai, tu comptes ?

Je ne pipe pas mot avant d'esquisser un sourire.

– Je suis une *drama queen*.

L'alcool doit lui monter à la tête car Romie passe soudain des larmes au rire. Un fou rire nerveux et contagieux qui, finalement, nous gagne toutes les trois. Je n'ai pas compté pour de vrai, j'ai balancé ce nombre au hasard mais leurs visages sont si drôles que je n'arrive même pas à leur dire la vérité. Quand nous reprenons notre souffle, c'est comme si nous nous étions vidées de la nervosité de la journée. Un grand sentiment de lassitude s'empare de moi et j'imagine que ce doit être la même chose pour mes amies. Enfin, pour Chloé, car Romie est en train de chantonner en faisant des confettis avec le menu en papier. Je soupire en la regardant faire et, sans que je m'y attende, quelqu'un derrière elle attire mon attention. Encore lui. Il vient de se retourner pour interpeller le serveur et nos regards se sont croisés.

Ils sont verts, ses yeux.

C'est étrange, cette sensation. On dirait que l'instant est suspendu. Comme s'il avait envie de se lever pour me rejoindre mais que quelque chose l'en empêchait. Comme si, en prolongeant cet échange de regards, je l'invitais à tenter, mais que…

– On y va avant que Romie ne se mette à danser sur la table ?

La voix de Chloé me ramène à la réalité. Mes joues doivent rosir tandis que je rassemble mes affaires. Après avoir réglé l'addition, nous prenons chacune un bras de notre amie et marchons jusqu'à la rue où est garée la voiture de Chloé. Une vieille Twingo à l'arrière de laquelle ni Romie ni moi ne voulons jamais monter à cause de la conduite sportive de sa propriétaire. Chloé devine mes pensées.

– Je sais que tu descends la première mais elle va dégueuler si elle monte derrière.

Je ne m'aventurerais pas à parcourir de nuit les vingt minutes de marche qui me séparent de mon appartement, et j'abdique à contrecœur en me faufilant derrière le siège passager. La radio se met en marche et une vieille chanson se fait entendre. Romie commence à entonner : « J'ai attrapé un coup de soleil, un coup d'amour… », bientôt suivie par Chloé et moi. Je ris.

– J'ai l'impression d'être revenue dix ans en arrière alors que Romie venait d'avoir le permis et nous a fait faire la virée de tous les quartiers de Marseille.

Chloé s'esclaffe à son tour.

– Grave ! Et vous vous rappelez quand elle a pris l'impasse derrière le musée d'histoire et qu'on ne s'en est rendu compte qu'au bout de la rue ? C'est un inconnu à qui on a fait pitié qui lui a fait la marche arrière.

– Et j'avais fini par rayer toute l'aile droite en faisant un créneau, termine Romie. Celle-là, de journée mémorable ! Ça me fait penser que je suis garée au parking du…

Romie vient d'avoir un éclair de lucidité mais Chloé y coupe court.

– Non mais tu ne crois pas que tu vas conduire dans cet état ? Tu dors chez moi ! En plus, tu seras à côté de la boutique demain.

– Non non ! Si Noam est rentré, il va se faire des films et ce sera pire. Ramène-moi, je prendrai un taxi pour aller bosser.

Romie change de station et c'est un *Girls Just Wanna Have Fun* que nous chantons à tue-tête quand la Twingo pile brutalement.

– Chloé !

Je masse mon épaule endolorie par la ceinture qui a stoppé ma propulsion vers l'avant.

– Meeerde ! Mais cet âne aussi, il traverse sans regarder. Vous allez bien ?

Chloé se tourne vers moi, paniquée, tandis que Romie porte la main à sa bouche.

– Je crois que je vais…

Trop tard. Elle vomit à moitié dans la voiture, à moitié au-dehors par la portière qu'elle parvient à entrouvrir. De mon côté, faute de pouvoir ouvrir ma fenêtre, je me colle le front à la vitre pour avoir un peu de frais et ne pas suivre l'exemple de Romie. Une voiture klaxonne derrière nous, je me tourne pour voir un embouteillage se créer. Chloé enclenche la première tandis que Romie se fait une toilette de fortune avec un paquet de lingettes intimes qu'elle avait dans son sac. Je parviens à tenir le court trajet en apnée, jusqu'à ce que la voiture s'arrête en warning devant mon entrée. Après avoir salué les filles, je prends une grande bouffée d'air frais et fonce dans mon appartement. Une bonne douche et au lit.

Plus tard, dans la fraîcheur de mes draps, je ferme les yeux en cherchant le sommeil. Et, juste avant que ne passe le marchand de sable, ce sont des iris verts qui dansent dans mes pensées.

CHAPITRE 3

MICA

Ce qui ne devait être à la base qu'un interlude entre deux dossiers dure depuis une heure. Impossible de me décider entre deux modèles de trottinette électrique et la notification Messenger que je reçois tombe à pic. J'ouvre la conversation de notre trio sur l'application et lève les yeux au ciel en lisant le message.

Chloé : Les meufs,
j'ai passé une semaine de ouf
avec Melvin !

Elle suivait une formation sur la photographie argentique toute la semaine dernière, en région parisienne. En regardant ses stories, j'ai vu plusieurs fois le même type, un beau métis avec des dreadlocks, et je sais qu'il s'agit de Melvin, un photographe avec qui elle flirte souvent tout en jurant que ce n'est pas sérieux.

Romie : À la base, tu n'étais pas en formation ?

Mica : Il ne serait pas en train de devenir officiel, ce petit Melvin ?

Chloé : Même le lundi matin vous êtes relous ?

Mica : Vous pensez que c'est une bonne idée si je m'achète une trottinette électrique ?

Chloé : Ça fait dix jours qu'on s'est pas vues, j'imagine que je vous ai manqué ? Vous êtes dispo ce soir ?

Romie : Non !

Chloé : Enfoirée.

Romie : Je répondais à Mica. Okay pour ce soir.

Mica : Pourquoi non ?!

Chloé : Au Sanguin ?

Romie : Je préférerais qu'on soit au calme. Et pas chez moi, j'ai besoin de changer d'air.

Chloé : Pas chez moi non plus, c'est le bordel. 19 h chez Mica ?

Romie : Okay.

Mica : Je suis d'accord aussi si vous voulez savoir

Chloé : Alors viens chez toi, avec plaisir !

Je ferme la conversation et boude devant mon écran. Romie a cassé un peu mon délire concernant l'achat de la trottinette, mais comme c'est la moins fun de nous trois, ce n'est pas si étonnant. Je réfléchis aux avantages et inconvénients d'un tel investissement en grignotant ma salade composée.

Je ne suis qu'à une vingtaine de minutes du boulot mais maintenant que je vis en plein centre-ville où il est impossible de trouver une place, j'ai renoncé à l'usage de la voiture et il me faudrait un moyen de locomotion pour les jours de flemme, pour les déplacements un peu éloignés ou encore pour rentrer plus vite du travail l'hiver. Sachant qu'à Marseille, on doit avoir plus de trois cents jours de soleil par an, vraiment, une trottinette, ce serait bien. Enfin, j'ai une place dans la cave collective de l'immeuble. Toutes les conditions sont réunies pour m'influencer dans ce sens. Mais bon, le prix… c'est sûr que c'est plus cher que de louer l'un des engins de la ville. Et puis zut, mon anniversaire est le mois prochain, on va dire que je me fais un beau cadeau avec un peu d'avance.

L'achat effectué, je me remets au boulot et m'efforce de me concentrer : je dois réaliser un tableau d'inspiration pour un restaurant étoilé. J'ai d'ailleurs proposé les services de Chloé au propriétaire qui semblait intéressé. Elle n'a pas son pareil pour mettre en scène et photographier les plats phares d'un établissement.

L'après-midi passe rapidement, je parviens à finaliser mes visuels et à les envoyer par mail au client puis quitte mon bureau, satisfaite de cette journée productive. Il ne me reste plus qu'à aller faire quelques courses pour ce soir. J'arrive au niveau du passage piéton sur l'avenue où se trouve mon agence et souffle malgré moi au bout de quelques secondes d'attente. La patience n'est pas mon fort mais sur cet axe, les voitures vont si vite que je n'envisage pas une seconde de passer au rouge. En attendant, j'observe les alentours, à la recherche de personnes en trottinette électrique pour voir s'il existe de nombreux modèles comme celui que j'ai commandé. C'est un mec sur le trottoir d'en face qui attire finalement mon attention.

Il ne porte pas de sweat criard cette fois. Il a un tee-shirt blanc et un jean déchiré. Le type aux yeux verts. Je sais que c'est lui. Je le reconnais à sa carrure, à cette casquette grise qu'il portait l'autre soir, à son tatouage dans le cou. Il avance et soudain je saisis que le feu est passé au vert. Je me lance aussi. Nous nous croisons et je ne sais pas s'il m'a vue à cause de ses lunettes de soleil. Il n'en a pas l'air en tout cas. Sans que je sache ce qui m'y pousse, je fais demi-tour sur le passage piéton, m'excusant auprès de la dame que je percute en changeant ma trajectoire. Il y a eu, l'espace d'une nanoseconde, une alchimie entre lui et moi au Sanguin l'autre soir. Je ressens quelque chose qui me dit que ce n'est pas anodin. J'ai besoin que nos regards se croisent. Soit son visage s'éclaire en me reconnaissant, soit il ne se passe absolument rien. Il faut que je sois fixée, que je sache si je fabule ou non. Alors je commence à marcher derrière lui, mes neurones fonctionnant à cent à l'heure. Je suis censée faire quoi, exactement ? C'est qu'il va vite en plus, je ne vais tout de même pas me mettre à courir pour faire semblant de lui rentrer dedans !

Il prend une rue à droite, en direction du Panier, ce qui va m'éloigner de l'endroit où je dois me rendre mais, poussée par je ne sais quelle motivation, je tourne aussi. Okay. Je suis en train de le suivre. Je connais cette rue, je la traverse souvent pour aller déjeuner avec ma collègue Lucie, c'est très passant. Aucune raison qu'il s'aperçoive que je le file, il y a beaucoup trop de monde pour que ma présence quelques mètres derrière lui soit remarquée.

Aussi, je pourrais aller l'aborder directement.

Après tout, pourquoi il n'y aurait que les hommes qui aborderaient les femmes dans la rue ?

« Hey, tu te souviens, on était au même bar il y a environ dix jours. Je t'ai lancé un pop-corn dessus. »

Non, ça ne va pas le faire.

Il avance dans la rue d'un pas assuré et je rythme ma marche de façon à ne pas trop me rapprocher, sans pour autant le perdre de vue. Quand il entre dans une supérette, je ressens comme un grand soulagement. C'est un signe que je dois rebrousser chemin, non ? Je ne peux pas aller là-dedans et, comme par hasard, choisir le même produit dans un rayon, on n'est pas dans un film. Je passe devant le magasin, jette un rapide coup d'œil au passage et poursuis ma route en marchant au ralenti. Il n'est pas mon style en plus. Je n'ai jamais été attirée par les mecs qui se la jouent bad boy. Il a une phrase tatouée dans le cou qui est d'un mauvais goût ! Et puis tous les accessoires, bracelets, casquette, lunettes, la panoplie que je déteste. Alors pourquoi ça fait trois minutes que je fais semblant de regarder cette vitrine en attendant qu'il finisse ses courses ?

– Bonjour, vous connaissez notre concept-store mademoiselle ?

La vendeuse me fait sursauter. Gênée, j'entre dans la mini-boutique et fais mine de m'intéresser à ce qu'elle me montre. Par chance, le téléphone du magasin sonne et je profite de ce qu'elle m'ait quittée du regard pour m'observer dans l'un des nombreux miroirs. Avant de partir du boulot, j'ai arrangé mon carré et rafraîchi mon rouge à lèvres. Bien. J'ébouriffe légèrement ma frange et tourne sur moi-même pour vérifier qu'il n'y a aucune fausse note dans ma tenue. Un slim bleu foncé et un top décolleté blanc, tout ce qu'il y a de plus simple, dommage. Au moins, j'ajoute dix centimètres à mon mètre soixante avec mes espadrilles, c'est toujours ça pour lui laisser une chance de m'apercevoir dans le paysage.

Je bredouille un « au revoir » à l'attention de la vendeuse et sors dans la rue. Comme fait exprès, l'inconnu arrive droit sur moi à ce moment-là et s'écarte juste ce qu'il faut pour qu'on ne se frôle pas. Mon sourire naissant meurt sur mes lèvres. Il parle au téléphone et ne m'a pas même regardée. Frustrée et les nerfs à vif, je reprends ma filature. Cette fois c'est sûr, je le déteste. Si j'étais en trottinette, je lui roulerais sur les pieds, à ce con, pour qu'il voie un peu ce que ça fait de se sentir transparent !

Je le suis jusqu'au bout de cette rue et j'arrête. Bon okay, celle-ci, c'est la dernière. De toute façon, ça monte trop et je commence à m'essouffler.

En marchant, j'avise au loin la Bonne Mère. Et je lui adresse une petite prière mentale pour que tout ça ait un sens. Ou au moins pour qu'il ne me prenne pas en flagrant délit de filature…

Il avance dans les rues escarpées typiques du quartier et gravit les marches à grandes enjambées tandis que je peine à le suivre. Cinq minutes que j'essaie de tenir le rythme sans savoir dans quel but je fais ça. Nous sommes désormais dans le quartier du Panier et après une belle volée d'escalier, je m'apprête à abandonner pour de vrai quand je le vois s'arrêter devant une petite porte et sortir une clé de sa poche. J'en profite pour m'immobiliser à mon tour, reprendre un peu mon souffle, et mettre mes lunettes de soleil. C'est la première fois que je suis ravie de voir autant de touristes dans ma ville.

Ça me permet de me fondre dans le décor malgré l'étroitesse des rues.

Lorsque je suis certaine qu'il est entré, je m'approche de la porte en bois. J'espère qu'il ne va pas ressortir et se trouver nez à nez avec moi, ce serait gênant. En mode incognito, je lis les noms inscrits sur chacune des six cases de l'interphone. Deux sont des noms de femme : Germaine, Patricia. Je vois mal une jeune femme, son éventuelle copine, se prénommer ainsi. Il reste quatre noms. Eugène Protat, Jonathan Rocher, Leio Sari ou Sébastien Pereau. M'assurant que personne ne me regarde, je sors mon téléphone pour prendre une photo. Saleté de karma, Romie m'appelle à ce moment-là. Je l'envoie sur répondeur. Cliché pris, je continue mon chemin, le cœur battant à toute allure comme si j'avais commis un méfait. Mes pieds me font mal dans mes talons compensés et avec cette histoire, j'ai bien rallongé mon trajet. Je vois que Romie m'a envoyé trois messages, elle me demande ce qu'elle doit apporter pour ce soir. Je la rappelle.

– Trop tard ! J'ai pris du rosé et du blanc.

– Pardon ma Roro ! T'es un amour, j'avais l'intention de m'occuper de tout !

– Fais-moi ton houmous à la betterave, ça sera ma récompense !

La culpabilité me serre la gorge au moment où je raccroche. J'ai l'impression d'être une gamine qui a fait une connerie et qui va se faire gronder. Mes copines vont tellement se moquer… Mais pourquoi j'ai fait ça au juste ? Et puis non, je ne leur raconterai pas, je n'assume pas. De toute façon, ça n'ira pas plus loin, je n'ai pas besoin d'en parler. C'était un moment d'égarement.

Les pieds en compote, je finis par arriver chez moi, munie de gressins, d'un pot de pois chiches et d'une betterave achetés sur ma route. Je soupire de soulagement en ouvrant la porte de mon appartement. J'adore rentrer dans mon cocon et je crois que c'est le signe que je ne me suis pas trompée en achetant ce bien. Comme toujours, la première chose que je fais en entrant est d'ouvrir la baie vitrée qui donne sur la terrasse. J'ai la chance d'être exposée plein sud et de ne pas avoir de vis-à-vis. Il n'y a pas non plus une vue dingue, juste une place avec des restaurants mais justement, c'est vivant. Et puis, comme je suis au dernier étage d'un immeuble, j'ai l'impression de surplomber l'agitation de la ville, comme un oiseau.

Je ne suis là que depuis trois mois et pourtant, je ne me verrais pas vivre ailleurs ! Et dire que quand je me suis décidée à acheter un appartement, celui-ci ne correspondait pas du tout à mes critères. Je souhaitais alors un trois-pièces, dans un bâtiment moderne, avec un parking et dans le deuxième arrondissement pour être près de mon travail. Rien que ça. Après plusieurs visites, je n'avais toujours pas de coup de cœur – en tout cas pas dans mon budget. Je me rappelle encore cette soirée où Noam m'a appelée : « Mica, tu es chez toi ? On vient de rentrer un appartement à l'agence qui va te plaire c'est sûr ! Le propriétaire en demande trois fois rien, il va se vendre en une journée. Si tu veux, je t'emmène le visiter tout de suite, il ne paraît que demain en ligne ! »

Intriguée, j'ai sauté sur l'occasion. J'habitais chez mes parents depuis huit mois, depuis la rupture avec Peter, en fait. Et les trajets pour venir bosser chaque jour dans le centre de Marseille me pesaient, sans parler de mon besoin d'indépendance. J'en étais arrivée à me demander si je ne devais pas abandonner l'idée d'acheter un bien pour vite prendre une location. Quand on s'est garés au parking d'Estienne-d'Orves, près du Vieux-Port, j'ai froncé les sourcils, sceptique. Je l'ai suivi sans poser de questions, jusque sur la place animée où les restaurateurs étaient en train de dresser les tables, en me demandant s'il m'amenait manger ou visiter un appartement. Mon excitation est définitivement retombée quand il a sorti un trousseau de clés devant un immeuble à la façade vieillotte.

J'ai demandé l'étage, il a ri en disant que c'était au quatrième sans ascenseur et que c'était mieux que les squats. Et moi, j'ai serré les dents en gravissant les marches et en espérant que l'envie de le jeter du balcon ne me prendrait pas une fois sur place. Enfin, il a poussé la porte et, dès le premier pas dans l'appartement… je suis tombée amoureuse. Malgré l'heure tardive, deux baies vitrées apportaient de la lumière à la pièce à vivre de quarante mètres carrés et j'ai eu envie de me déchausser pour fouler le parquet flottant. L'îlot central m'a tapé dans l'œil tout de suite et j'aurais été prête à cuisiner n'importe quoi sur-le-champ. Au bout du couloir, il n'y avait qu'une chambre mais elle était attenante à un dressing alors je n'ai pas grimacé. Et puis la salle de bains avait une baignoire et une fenêtre. Décidément, j'allais de bonne surprise en bonne surprise, jusqu'au clou du spectacle… la terrasse sans vis-à-vis ! En y réfléchissant, je n'étais qu'à vingt minutes de marche de mon travail, et la marche c'est bon pour la santé. Bref, un coup de cœur qui m'a fait oublier tous mes critères et quand Noam m'a annoncé le prix, je n'ai plus hésité. J'ai fait une offre dans la foulée, qui a été acceptée le lendemain.

Inquiets de cette décision rapide, mes parents ont contacté Noam pour le visiter et ont été sous le charme, ce qui m'a rassurée. Quant aux filles, elles l'ont adoré dès la première seconde où elles y ont mis les pieds. Elles se sont tout de suite imaginé les apéros qu'on prendrait sur la terrasse et on a trouvé trop pratique le fait que je sois située entre leurs appartements. Trois mois plus tard, le temps de la signature du compromis et de l'acte de vente, je posais mes valises.

Cette décision cruciale a marqué un tournant, un peu comme un nouveau passage, dans ma vie. Tout en me remémorant cette période, je me suis activée en cuisine et le houmous est fin prêt. Je rectifie l'assaisonnement avant de filer passer une tenue plus confortable. Quelques minutes plus tard, la sonnette retentit. Comme chaque fois qu'elles viennent ici, Chloé et Romie ont fait du covoiturage. Trouver une place dans le quartier à cette heure-ci relève du parcours du combattant, alors deux…

Appuyée dans l'embrasure de la porte en attendant qu'elles gravissent les quatre étages, j'entends la voix de Chloé.

– Melvin non plus n'a pas aimé *Harry Potter*, c'est ouf, non ? Il y a peut-être cinq personnes dans le monde qui détestent. Et on est deux d'entre elles !

Le fait qu'elle parle encore de Melvin m'arrache un sourire et j'essaie de le conserver en voyant l'allure de Romie. Elle a les traits tirés et n'a pas l'air aussi apprêtée que d'habitude. Malgré moi, je ne peux m'empêcher de penser à la tête que tirerait sa mère – la terrible madame Thyan – si elle la voyait coiffée ainsi. Ses longs cheveux noirs sont attachés à la va-vite, des mèches folles s'échappent et on voit bien que ce n'est pas fait exprès. À part au réveil, elle n'est jamais décoiffée. Romie, c'est un peu la reine du chignon : chignon bas, chignon banane ou chignon danseuse, tout lui va et elle les maîtrise à la perfection.

– Pourquoi tu me regardes comme ça ? elle me demande.

Prise en flagrant délit.

Je bafouille en l'embrassant.

– Ça fait drôle de te voir coiffée de cette manière mais j'aime bien.

Chloé paraît atterrir.

– Mais grave ! Qu'est-ce que tu as fait à tes cheveux pour qu'ils soient aussi brillants ?

– Je ne les ai pas lavés depuis six jours.

Je lance un regard interloqué à Chloé qui grimace en me tendant une boîte de macarons.

– Quoi ? Vous n'avez pas entendu parler de la cure de sébum ? raille Romie.

– C'est quoi ça ?

– Ça consiste à ne pas se laver les cheveux pendant un mois et…

– Un mois ! je la coupe.

– Oh con, rien que d'y penser, ça me gratte le crâne ! crie Chloé en passant ses doigts entre ses boucles brunes qu'elle secoue comme une fada.

Les filles s'emparent de ce que j'ai disposé sur l'îlot et nous nous dirigeons, les bras chargés, vers la terrasse pour nous installer. Chloé se cale dans le canapé tandis que Romie s'assoit comme toujours sur un petit coussin de sol.

Mon regard se pose quelques secondes sur sa longue silhouette. Elle a maigri.

– Tu as eu des nouvelles ? je l'interroge sans préliminaire en m'employant à déboucher la bouteille de rosé.

Au téléphone, la semaine dernière, elle nous a raconté avoir eu une discussion avec Noam qui n'avait pas fait avancer grand-chose.

– Oui, on s'est appelés mais il est borné. Il m'en demande trop ! Je ne peux pas lever le pied, le magasin ne va pas tourner seul ! Je suis en train de développer un système de franchise, ce n'est pas le moment de partir en vacances, en week-end ou je ne sais où.

Romie a monté une boutique de cosmétiques bio et vegan dans laquelle elle dispense aussi des ateliers pour permettre aux femmes de confectionner elles-mêmes leurs produits. Le concept cartonne mais du coup, la charge de travail est énorme.

– Il faudrait peut-être trouver un compromis car depuis deux ans que tu as lancé Ma Biche, tu ne touches pas terre. Tu pourrais embaucher quelqu'un à qui tu confierais des responsabilités ou le développement de la marque ? je lui demande.

Elle soupire.

– Je n'ai pas envie de déléguer juste parce que Noam fait son caprice. Ça l'arrange bien que je rentre tard en semaine, il passe sa vie au basket. Ou que je travaille le samedi, il en profite pour aller aux matchs. Je ne dis rien, moi ! Mais quand c'est la trêve l'été, ah, là, je dois tout lâcher !

Chloé secoue la tête en enfournant un morceau de fromage.

– Les relous ! Je commence à comprendre pourquoi votre discussion a tourné en rond. Vous êtes tous les deux entêtés !

Je laisse échapper un rire. Même en froid, je les trouve mignons et bien qu'ils traversent une période difficile, je sais au fond qu'ils finiront par se retrouver. J'espère juste que ça ne prendra pas trop de temps.

– On peut parler d'autre chose ?

Romie marronne en regardant le fond de son verre. Je lui verse du vin et fais mine de réfléchir en souriant à Chloé.

– Et si on parlait… de Melvin ? J'ai entendu dans l'escalier que vous avez un point commun incroyable. J'ai hâte de rencontrer ce petit ami formidable.

L'intéressée me tire la langue.

– Abuse pas, c'est pas un « petit ami », elle assène en mimant des guillemets avec les doigts. C'est juste pour la baise, notre connexion est dingue.

Romie rit.

– Hein ? Vu comme tu le décris depuis tout à l'heure, je croyais que tu allais finir par nous annoncer un truc, du style que tu te cases officiellement.

Chloé nous regarde tour à tour.

– Vous avez fumé ou quoi ? C'est moi, Chloé !

– Si c'était juste un plan cul, tu ne te chercherais pas d'atomes crochus, j'assène avec un petit sourire.

Romie ne dit rien mais lève son verre qu'elle cogne contre le mien alors que Chloé nous regarde, les yeux ronds.

– N'importe quoi. C'est un plan cul qui est devenu un sex friend ! Ça fait deux mois que je vous en parle, ce n'est pas nouveau.

Je soupire.

– Et au bout de combien de temps un sex friend se transforme en petit ami ?

Romie susurre.

– Deux mois ?

J'explose de rire mais Chloé ne partage pas notre hilarité. Elle n'a pas non plus l'air énervée mais paraît plus sérieuse que jamais.

– Vous êtes à côté de la plaque, là. Je veux profiter des plaisirs de la vie. Imaginez… un harem. Vous le visualisez ?

– Un lieu rempli de femmes ? demande Romie.

– De femmes nues, je précise.

Chloé sourit.

– Eh bien, mon harem à moi est peuplé d'hommes. Des hommes nus, bien montés et qui n'attendent qu'un claquement de doigts de ma part pour assouvir tous mes désirs.

Romie se mord la lèvre.

– C'est pas la définition de l'enfer, ça ? elle demande.

– Si c'est ça l'enfer… je murmure, avec un clin d'œil à l'attention de Chloé qui pouffe.

Elle se frotte les mains, les yeux pétillants.

– Vous avez compris mon plan ?

Romie a l'air un peu hébétée. J'explose de rire.

– Et il y a qui dans ton harem en ce moment ?

Elle se frotte les mains.

– Forcément, il y a Melvin pour la fougue. Il y a aussi Thibaut. Je vous en ai déjà parlé, il fait des massages *hoooot* et je viens d'ajouter récemment Benny pour le fun.

– Tu arrives à coucher avec un mec qui s'appelle Benny ? Ça me rappelle trop mon lapin, ricane Romie.

Je glousse et manque de m'étouffer avec une gorgée de ma boisson alors que Chloé se mordille la lèvre en nous regardant tour à tour.

– Benny, je l'ai rencontré la semaine dernière. C'est un petit jeune, il fantasme sur les femmes plus âgées et dominantes. Me voici !

Elle accompagne ses paroles d'un geste de la main en caressant son corps voluptueux et Romie et moi échangeons un regard désespéré.

– J'en peux plus d'elle, je ris en finissant mon verre.

– Quel âge ? demande Romie.

– Vingt et un ans.

Cette fois je m'étouffe pour de vrai.

– C'est un minot ! Purée Chloé, toujours dans l'abus !

Romie est bouche bée.

– L'enfer te tend les bras, grimace-t-elle.

– Mais arrêtez, je ne suis pas un dinosaure non plus ! Y a que sept ans d'écart.

Je ne sais pas si c'est l'alcool qui me monte à la tête ou la discussion qui part en vrille, mais je commence à rire sans pouvoir m'arrêter. Chloé ondule du corps au ralenti, visiblement fière de ses prouesses, et Romie soupire, amusée.

– Vous savez tout. Donc dans mon harem, nous sommes officiellement au complet.

Elle a articulé particulièrement le mot « harem », déclenchant encore notre hilarité.

– Vous voulez voir à quoi ils ressemblent ?

– Au point où on en est… sourit Romie.

Chloé pianote sur son portable.

– Vous voulez voir leurs têtes ou leurs bites ?

– Dis-moi que tu plaisantes, s'étrangle Romie.

Je ris tellement que je commence à avoir mal aux abdominaux. Chloé rit aussi à gorge déployée avant de buguer devant son mobile.

– J'ai 4 % de batterie, j'en peux plus de ce téléphone en bois ! Donnez-moi l'un des vôtres, rien qu'avec leurs noms, on trouvera leur photo sur le Net.

– Flippant… marmonne Romie. Pas avec le mien, je veux pas être mêlée à tes conneries.

La tête qu'elle fait est beaucoup trop comique. Je laisse mon téléphone entre les mains expertes de Chloé en pensant qu'il y a des noms que j'ai hâte de rechercher sur le Net, moi aussi…

CHAPITRE 4

MICA

Je croule tellement sous les dossiers que je n'ai pas vu passer la matinée. Je suis décoratrice dans un cabinet d'architecture et on dirait qu'à l'approche des beaux jours, nos clients ont tous décidé d'opérer un changement radical, ce qui m'apporte une charge monumentale de travail. Il est bientôt midi et j'ai quelques minutes avant que Lucie, la collaboratrice la plus bavarde du monde, débarque dans mon bureau pour aller déjeuner.

Un temps que je sais déjà comment je vais employer. Les filles sont parties de chez moi tard hier soir et je n'ai pas eu la force d'entamer mes recherches. En un clic de souris, je me retrouve sur le navigateur web. J'aurais parié sur Sébastien. C'est d'ailleurs le premier que j'ai testé et je n'ai rien trouvé de concluant. D'autant que des Sébastien Pereau, il en existe beaucoup. Je perds un temps fou à éplucher tous les profils, têtue que je suis, avant de me rendre à l'évidence. Ce n'est pas lui. Restent Eugène, Jonathan ou Leio. Je trouve le dénommé Jonathan sur Facebook mais ce n'est pas le bonhomme que j'ai suivi. C'est un gringalet avec des lunettes, type informaticien. Eugène ? Prénom carrément pas sexy mais pourquoi pas ? Une vague de soulagement m'étreint quand la recherche m'amène sur l'Instagram d'un professeur de yoga, un homme noir qui doit avoir une quarantaine d'années. Eugène, ça ne m'inspirait pas beaucoup comme prénom.

– Mica ? Tu es prête ?

Les talons de Lucie claquent sur le parquet du couloir et je mets précipitamment l'ordinateur en veille.

On dirait que notre rendez-vous est reporté... Leio Sari. Puisqu'il ne reste plus que toi.

Ma collègue apparaît dans l'embrasure.

– Solange m'a collé un rendez-vous à treize heures, on peut partir déjeuner tout de suite ?

– Je suis prête !

J'attrape mon sac à main avant de la suivre vers la sortie. En poussant la porte qui donne sur la rue commerçante, j'ai l'impression d'entrer dans un sauna tant l'air est suffocant.

– Oh la vache ! On voit que nos bureaux sont climatisés…

Lucie acquiesce.

– La différence avec la température extérieure est trop forte. On va se choper une angine, ça va être sympa en plein été. On va à la boulangerie, rue de la Caisserie ?

– Vendu.

Plus tard, pendant qu'on fait la queue, j'écoute d'une oreille distraite Lucie se plaindre de Solange, notre boss qui est accessoirement sa tante. Elle a été embauchée en tant que secrétaire, mais en parallèle, elle suit une formation et est sur le point de devenir dessinatrice, ce qui permettra d'étoffer le savoir-faire du cabinet. Et comme si ça ne suffisait pas, Solange lui impose aussi la gestion du site internet et des réseaux sociaux.

– Vivement mes vacances, je ne les aurai pas volées ! elle ronchonne.

C'est notre tour. Nous passons commande et pendant que le serveur qu'on n'avait encore jamais vu tape sur le clavier, Lucie me met un coup de coude très peu discret. Le jeune homme m'adresse un sourire et le moment devient gênant. Par bonheur, il s'éclipse pour aller chercher nos salades.

– Tu as vu comme il te regarde ? Tu lui plais, elle me susurre.

– Pas mon genre, je souffle.

– Tu rigoles ?

Je hausse les épaules devant son air étonné. En vrai, il est beau garçon mais je ne sais pas, il y a un truc qui ne me plaît pas chez lui. Ses lunettes de psychopathe. Ou son sourire carnassier peut-être. Il est de retour et le plateau est prêt.

– Voilà, mesdemoiselles et si vous avez besoin de quoi que ce soit, n'hésitez pas.

Lucie laisse échapper un rire et je file sans répondre, à la recherche d'une table libre. L'attitude de ce type est limite rentre dedans et je préfère ne pas le calculer. Pas envie qu'il tente quoi que ce soit et d'être obligée de le rembarrer.

– Bon, et sinon, t'as fait des rencontres dernièrement ? elle me demande, une fois installée.

Je verse la vinaigrette sur les tomates et la mozzarella.

– Non.

J'ai envie d'ajouter quelque chose, n'importe quoi pour donner le change mais rien ne vient. Ce tout petit mot de trois lettres me pèse bien plus que je ne l'aurais cru.

– Toujours pas prête ou l'occasion ne s'est pas présentée ?

Lucie a pour habitude de ne pas mâcher ses mots. Elle s'aventure rarement sur ce terrain glissant et c'est le plus souvent de ses frasques à elle qu'on discute. Aussi, je joue la carte de la sincérité.

– L'occasion. En plus, comme tu viens de le constater, je suis difficile, je plaisante en pointant du menton le serveur.

Elle pouffe.

– Non mais ce mec avait l'air très intéressé pourtant ! Je suis sûre qu'il a léché ton pain.

Je manque de m'étouffer. Contente de sa blague, elle éclate de rire.

– Mica, j'ai l'impression que Brad Pitt pourrait passer devant toi, tu ne le regarderais même pas !

Je souris.

– Non, j'attends… je ne sais pas, un coup de cœur.

Lasse, je pousse un soupir, pendant que Lucie m'observe en piochant dans sa salade.

– Ma chérie, tu délires complètement ! Écoute, je vais à une soirée samedi, je t'embarque et je peux t'assurer que les occasions ne manqueront pas.

Je décline en riant.

– Oh non ! Ce n'est même pas du tout ce que je cherche. J'aimerais une vraie relation, pas une petite aventure sans lendemain. J'ai testé et ce n'est pas mon truc.

Elle mastique en me regardant d'un air dubitatif.

– N'attends pas qu'un prince charmant tape à ta porte. Il faut aller les secouer les mecs, parfois… Qui dirige le monde après tout ?

Je hausse les épaules, et elle surenchérit.

– Regarde-toi, tu es superbe, avec ta peau hâlée et tes cheveux blonds, tu as toujours l'air de revenir de vacances ! Moi, j'ai la couleur d'un matelas à côté. Et tu peux manger ce que tu veux, tu as une taille de guêpe et une belle poitrine naturelle, qui ne t'a pas coûté cinq mille balles. Tu sens suffisamment la jalousie en moi ou je développe ?

Mon rire résonne dans la pièce. Elle tient ses faux seins dans ses mains et joue des épaules sans prêter attention aux gens qui nous entourent.

– Bon, et en parlant de vacances, tu as posé les tiennes ? je tente pour changer de sujet subtilement.

– Oui, et je pars avec une copine en croisière ! Tu peux pas savoir comme j'ai hâte de couper avec le boulot. Et puis tu sais quoi ? Ça va lui faire drôle à Solange. Franchement, elle ne se rend pas compte, elle m'en demande trop.

– Pourquoi tu ne lui dis pas au lieu de marronner ?

– Tu sais ce que c'est quand, c'est la famille qui t'embauche, tu es redevable jusqu'à la fin des temps. C'est juste la gestion des réseaux sociaux qui est chronophage en fait ! À peine je poste quelque chose qu'il faut répondre aux personnes qui commentent, argumenter quand elles ne sont pas d'accord, et c'est déjà l'heure de penser au prochain post. C'est pas mon métier !

Je hoche la tête en m'attaquant à mon yaourt.

– Il faudrait que Solange embauche un community manager.

Lucie se contente de hausser les épaules. On sait toutes les deux à quel point notre cheffe peut être têtue. Tant qu'elle n'aura pas décidé elle-même qu'il faut revoir la répartition des tâches, c'est peine perdue d'en discuter. Une demi-heure plus tard, nous sommes de retour à l'agence et je m'enferme dans mon bureau. Solange est en déplacement et je n'ai pas de rendez-vous cet après-midi.

Leio Sari, à nous deux.

Au moment où les résultats apparaissent, je sais que je fais bonne pioche. En même temps, il ne restait plus que lui, donc niveau suspense, c'était vite réglé. Le mec a un compte Facebook et aucun doute que c'est lui sur la photo de profil. Il a ce petit air hautain que je reconnaîtrais entre mille. Et son tatouage dans le cou me confirme que je ne fais pas fausse route. En revanche, les lunettes de soleil m'empêchent d'obtenir ce que je cherche : son regard.

Ses photos sont publiques et je les parcours rapidement. Il est grand, ça, je m'en étais aperçue. Il est sportif car beaucoup d'images sont des gros plans de sa montre qui indique des kilomètres parcourus. Le sport, c'est un point commun que nous n'avons pas. Je n'ai pas encore tout visionné, mais je sais que les résultats montraient aussi un compte Instagram et un site web. Je suis incapable d'expliquer pourquoi ce type m'intrigue autant. Comme je suis une grande romantique, je suppose que c'est parce que le hasard m'a mise à nouveau sur sa route. Ça a créé entre nous une sorte de fil invisible, et c'est tellement le néant dans ma vie en ce moment que je m'entortille dans ce fil. Il n'est pourtant pas mon style physiquement, trop superficiel, trop m'as-tu-vu. Et je ne suis sûrement pas le sien. Je veux juste savoir qui il est et j'en resterai là. Car une fois que le mystère sera levé, le charme sera rompu.

L'horloge de mon bureau affiche seize heures quand j'émerge en entendant du bruit dans les locaux. Je cligne des yeux sans comprendre comment deux heures ont pu s'écouler. Mon téléphone resté en silencieux n'affiche aucune notification. Comme si le temps s'était arrêté. Je contemple la photo affichée en gros plan sur l'écran de mon ordinateur. L'une des rares que j'ai trouvées de mon inconnu, en mode portrait et sans lunettes de soleil. Il a vraiment quelque chose dans le regard qui contraste avec le côté narcissique qu'il dégage. Une petite faille qui lui donne du charme et à laquellc je me suis accrochée quand nos yeux se sont croisés. Son allure ne m'attire pas plus que ça, pourtant, l'espace d'une fraction de seconde ce soir-là, j'aurais juré qu'on avait partagé quelque chose. Un sentiment furtif que j'aurais oublié si le destin ne l'avait pas remis sur ma route. Je clique sur la petite croix en haut à gauche de la page internet mais mes yeux accrochent encore une fois les siens sur l'écran et je récapitule mentalement ce que j'ai appris pendant la pause-déjeuner.

Tu t'appelles Leio. Tu as trente-deux ans. Tu es à Marseille depuis l'année dernière. Avant tu étais à Lyon, avant cela à Nantes et tu es aussi passé par la capitale. Peu importe où tu te trouves, tu peux travailler où tu en as envie car tu es community manager et que tu es à ton compte. Pratique. Et tu es aussi très présent sur les réseaux sociaux. Pour bouger autant, tu dois forcément être quelqu'un de sociable. Et puis, tu es toujours en vadrouille entre restaurants et soirées. Tu dis être accro au sport et d'ailleurs tu as une foule d'abonnés sur tes réseaux, qui commentent la moindre image que tu postes. Tu passes beaucoup de temps au Vélodrome. Tu ne portes que du streetwear et ta casquette est ton accessoire favori. Tu ne te sépares jamais de tes bracelets qui ressemblent à des chapelets et qui coûtent probablement un œil. Je vais d'ailleurs les mettre sur ma liste d'anniversaire. Tu...

– Ça va Mica ?

Je n'avais pas entendu la porte s'ouvrir et la voix de Lucie me fait faire un bond.

– Tu m'as fait peur !

– Désolée, je reviens de ma pause-cigarette, je me suis fait draguer par l'ouvrier qui bosse sur la devanture à côté. Tu parlais à qui ?

– À personne !

– Tu chuchotais quand je suis entrée.

Je ne m'en étais pas rendu compte. Lucie n'attend pas ma réponse et fixe quelque chose derrière moi en sifflant. Je rougis instantanément en suivant son regard sur mon écran.

– Waouh, il sort d'où, ce spécimen ?

À la recherche de n'importe quelle excuse plausible, je bafouille :

– Euh… en fait, c'est…

Elle s'approche pour regarder de plus près l'écran et je commence à transpirer.

– Un community manager ? Non mais si j'avais su que ça ressemblait à ça… ce n'est pas dans une formation de dessinatrice que je me serais lancée !

Mon regard suit le sien et j'avise les lettres en capitales sur le site de Leio Sari.

Community manager, oui, c'est ça.

– J'avais besoin de me vider l'esprit entre deux dossiers et j'ai lancé une recherche au hasard, je mens.

Ma gêne est palpable.

– C'est gentil mais avant que Solange accepte d'embaucher… Ne nous emballons pas hein ? Bon allez, j'y retourne ! Continue de te rincer l'œil.

Elle m'adresse un coup d'œil entendu en disparaissant. Je la regarde partir en me demandant pourquoi je lui ai menti. Et la réponse s'impose d'elle-même. J'ai suivi un parfait inconnu dans la rue avant de perdre deux heures à le stalker sur Internet. À quel moment dois-je me faire interner ?

CHAPITRE 5

MICA

D'habitude, le samedi matin, je traîne chez moi, mais aujourd'hui je fais une exception à la règle pour me rendre dans une librairie que j'adore et qui se trouve au cours Julien, qu'on appelle aussi le quartier des artistes. C'est un secteur très vivant au centre-ville de Marseille où le street art a envahi les murs. Pendant longtemps, j'y suis venue tous les samedis pour flâner dans les boutiques locales avant de redescendre manger un kebab sur la Canebière, notre rituel du samedi midi… avec Peter. Et souvent, je m'arrêtais dans cette fameuse librairie pour trouver le livre avec lequel je passerais mon dimanche pendant que Peter composerait.

Quand il est parti, j'ai perdu le goût de la lecture et je ne suis plus jamais revenue ici. Et voilà que depuis quelques semaines, je me suis remise à lire. Le marché des bouquinistes en haut de la Canebière est plus près de chez moi, mais j'ai envie de me rendre dans ma librairie fétiche ce matin. Je sais que je vais trouver mon bonheur là-bas. À défaut de l'avoir trouvé sur le chemin. Car, comme si je n'avais pas assez marché dernièrement, j'ai fait un détour qui m'a pris une heure pour passer devant une salle de sport, dans le deuxième arrondissement. Celle où Leio se rend trois matins par semaine, dont le samedi. Je sais qu'il y est en ce moment même puisque j'ai vu son post sur les réseaux sociaux. Il poste tout ! Ce qui m'arrange bien, je l'avoue. Depuis hier, j'ai développé un nouveau TOC : rafraîchir sa page Instagram pour voir s'il a ajouté une nouvelle story. Ma vie est nulle.

Et ce matin, j'ai voulu tenter le destin. Voir si on allait se croiser encore, si cette fois il me remarquerait, s'il se rappellerait de moi, si je ferais semblant de me souvenir au bout d'un moment, si… Ça fait beaucoup de « si ». Et en plus, je ne l'ai pas croisé. Au détour d'une ruelle, des notes qui me sont familières me chatouillent les tympans et je vois un attroupement autour d'un jeune homme.

« Only miss the sun when it starts to snow, only know you love her when you let her go. »

Un coup de poing dans l'estomac par surprise m'aurait fait à peu près le même effet. Même quand je crois que la vie continue, que son souvenir s'efface, que je passe à autre chose, il y a toujours un élément pour me ramener à Peter. Inlassablement. Cette rue que nous avons traversée mille fois main dans la main, ce restaurant où on se rendait à la moindre occasion, cette place où il s'est produit avec son groupe… j'arrive à tout éviter, comme si j'avais développé des automatismes. Mais là, cette chanson qui m'agresse les tympans, je ne l'ai pas vue venir. C'est l'une de celles que je préférais qu'il chante. Et en version acoustique, alors que je suis en train de me rendre dans un quartier qui me fait penser à lui, ça pique. Je ravale la boule qui me comprime la gorge et continue mon chemin. Je ne ralentis le pas que lorsque les notes ne sont qu'un lointain brouhaha couvert par le bruit de la ville. Et malgré ça, au fond de mon esprit, je les entends encore, avec la voix de Peter.

Est-ce qu'un jour ça fera moins mal ?

Treize ans. Treize ans de Peter et Mica, treize ans de discussions sur le quai du Vieux-Port, treize ans de balades en Vespa. En marchant comme un robot, je me refais mentalement le chemin parcouru du début de notre vie d'adulte à l'approche de la trentaine. Repenser à tout ça me fait autant de mal que de bien. Pourquoi est-ce que mes sentiments sont si contradictoires ? Peut-être parce que ça fait longtemps que je ne m'étais pas autorisée à replonger dans les souvenirs, mais là, en un flash, je revois tout.

Notre euphorie quand on a quitté notre premier studio de Belsunce pour un appartement, toujours dans le même quartier, nos galères financières quand il n'avait pas de cachets, ces centaines de soirées à l'écouter peaufiner ses textes en grattant sa guitare, notre rêve de le voir réussir dans la musique, sa demande impromptue à la fin d'un concert, le début des préparatifs d'un mariage. Puis ses moments d'absence, ces longs silences qui faisaient trop de bruit, son regard qui fuyait parfois le mien. Et ce soir-là, où il m'a chanté cette chanson différente de toutes les autres. Celle qui racontait l'histoire d'un couple qui s'était connu trop tôt. Qui disait que tout était parfait sauf le timing. Que l'histoire était belle, mais qu'elle touchait à sa fin. Qu'on ne pouvait rien y faire, que c'était la vie.

Il n'a pas eu besoin de dire que le message m'était adressé, c'était tellement évident. Pendant qu'il chantait, ses yeux m'ont transpercée comme ils ne l'avaient pas fait depuis longtemps. Inutile de demander d'où lui était venue l'inspiration, j'avais compris. C'était nous. J'étais face à l'évidence que je refusais de voir depuis plusieurs semaines. Notre complicité s'était essoufflée et à un moment donné, je ne savais plus lequel, nous avions arrêté de nous parler. Il avait arrêté de m'aimer aussi, apparemment. Treize ans de projets, éclatés en trois minutes par cette foutue chanson. Et les jours qui ont suivi, où j'ai essayé de me persuader que ce n'était qu'une passade. Qu'il avait peut-être besoin d'espace, le temps de se retrouver car la musique, ça ne marchait pas. Il m'a dit qu'il allait partir, je n'ai pas rebondi sur le sujet, espérant juste qu'il se passerait quelque chose et que tout redeviendrait comme avant. L'autruche. J'ai fait l'autruche.

– C'est pas possible ! Mica, comme je suis heureux de te voir !

La voix d'Henri me fait sursauter. C'est le vieux monsieur qui tient le magasin dans lequel Peter achetait ses bandes dessinées. Je n'avais pas l'intention d'y venir mais il est accolé à la librairie où je comptais me rendre et Henri était visiblement en train de prendre l'air. Il s'efface pour me laisser entrer et l'odeur caractéristique de ce lieu où se mêlent celles du papier, de la poussière, du renfermé et du café me chatouille les narines. Entre nostalgie et plaisir du moment présent, mon cœur balance.

– Je suis contente d'être ici.

C'est sincère. Il éclate de rire en m'étreignant.

– Et comment, j'espère bien ! Allez, viens, je te sers un petit café, que tu me racontes ce que vous devenez.

Hum. J'esquisse une petite grimace.

– Volontiers. En revanche, je te raconterai seulement ce que je deviens.

Contre toute attente, je m'attarde deux heures dans la petite boutique, à parler de tout et de rien avec Henri. À contrecœur je me lève quand des clients de plus en plus nombreux fourmillent dans le petit espace. Sur le pas de la porte, la voix chantante d'Henri me rappelle.

– « Le bonheur en partant m'a dit qu'il reviendrait. »

Je souris.

– C'est joli.

– C’est de Jacques Prévert. Retiens cette phrase Mica, et n’attends plus aussi longtemps pour revenir me voir !

Je le lui promets. Deux mètres plus loin se trouve ma librairie. Je suis surprise de voir que le propriétaire a changé et j’éclate de rire en lisant la citation sur la vitrine. « Et même si tu revenais, je crois bien que ce jour-là, j’ai poney. » C’est une phrase de Petite Poissone. J’aime beaucoup les messages que laisse cette artiste dans la rue et celui-ci me parle particulièrement. Je dirais même qu’il tombe à point nommé. Je m’attarde quelques minutes dans la petite boutique de livres, l’ambiance est chouette et la libraire a un enthousiasme communicatif. Elle me recommande une romance qui va me tenir en haleine jusqu’au dernier mot, et je lui fais confiance.

Aujourd’hui, dans la même rue, j’ai eu le plaisir de renouer avec le passé mais aussi d’apprécier la fraîcheur de la nouveauté. Et je crois bien que si un jour il le faut, j’aurai poney.

***

Il est près de dix-neuf heures quand je sors de ma douche. Je me laisse tomber sur mon canapé, enveloppée d’une serviette de bain, les cheveux encore ruisselants. La journée a été éprouvante. Remuer mes souvenirs en me promenant dans le cours Julien et raconter la rupture à Henri m’a remuée. J’ai essayé de donner le change en faisant le ménage complet de mon appartement, avant d'engloutir une assiette de pâtes au milieu de l'après-midi et de me plonger dans l'un des livres que j'ai achetés. L'interphone retentit et je me lève avec peine pour ouvrir à Chloé ou Romie. Je ne sais pas laquelle des deux arrivera la première pour notre soirée pyjama. Des mois que l'on n'a pas fait ça.

C'est Chloé qui pénètre dans l'appartement, toute guillerette, apprêtée comme pour… un samedi soir. Ses boucles folles sont retenues en partie sur le dessus de sa tête et elle est sexy à souhait dans sa robe noire avec ses talons assortis. Et surtout, elle a l'air aussi enjouée que je suis vidée. Je la regarde sans comprendre.

– Tu comptais aller où ce soir, habillée comme ça ? On avait dit soirée pyj, je marmonne en retournant vers le canapé.

– J'espérais qu'on sorte boire un verre ! Ne m'oblige pas à te supplier, ça fait longtemps qu'on n'a pas fait la fête et j'ai besoin de décompresser…

Chloé est la fêtarde de notre trio. Si on l'écoutait, on enchaînerait les soirées. Disons que ça colle bien à sa vie et son métier artistique. Je la soupçonne d'avoir discuté avec Romie et de vouloir me forcer à sortir pour faire des rencontres. Je soupire en essayant de trouver une once de motivation alors que mon seul objectif de la soirée était de me glisser dans un pyjama pilou-pilou. Son téléphone sonne et elle susurre le prénom de Thibaut en décrochant. Allez, quelques minutes de répit. Je soupire et attrape le mien. Comme trop régulièrement, je me rends sur le compte Instagram de Leio. Mes doigts connaissent le chemin par cœur à force de le répéter à longueur de journée. En réalité, je cherche à remettre la main sur l'une de ses stories du jour. Celle dans laquelle il disait où il allait ce soir. Je tombe sur l'image en question sans difficulté. C'est la photo d'un flyer où je distingue L'Accent en lettres fluo. La légende qui suit accélère le chemin vers ma motivation :

Ce soir, c'est le grand soir pour mon cousin qui a travaillé sans relâche pour ouvrir son bar. On vous attend nombreux à L'Accent.

Si Chloé veut sortir…

Je file me préparer et essaye trois tenues avant de trouver la bonne. Quand elle arrive dans la chambre, elle se laisse tomber sur mon lit.

– Je pensais que j'allais devoir te supplier quand j'ai vu ta tête en arrivant.

– Je suis partante si on va à L'Accent, c'est un bar branché qui ouvre du côté de Borély.

Elle lève un sourcil.

– Ah oui, j'ai entendu dire que l'inauguration était ce soir ! Comment tu connais ?

J'élude la question et tourne sur moi-même en attendant son avis sur ma combinaison moulante orange sanguine, achetée samedi dernier.

– Elle te fait un cul d'enfer. Dommage que tu ne puisses ramener personne ce soir puisque je dors dans ton lit.

J'éclate de rire et attrape le sèche-cheveux pour donner du volume à mes cheveux. Chloé me regarde et hoche la tête en signe d'approbation dès que je finis.

– En fait, cette coupe te va trop bien. Tu fais femme fatale.

– Tu auras mis le temps pour t'y faire ! Je me souviens du jour où je suis arrivée avec la coupe au carré. Romie a failli faire une syncope et toi, tu as eu les larmes aux yeux. Vous avez été les pires amies.

Je ressens de l'amertume au souvenir de cette soirée. Cette nouvelle coupe avait été un crève-cœur pour moi mais elle m'était aussi nécessaire pour tourner la page. Alors quand, six mois après ma séparation, je suis arrivée, fière d'arborer un carré court, et que mes copines m'ont regardée avec leurs gueules d'enterrement, j'ai été mortifiée. Chloé se lève.

– On n'a jamais dit que ça ne t'allait pas ! Mais on t'avait toujours connue avec ta chevelure dingue dont toutes les filles étaient jalouses. Alors quand tu es passée de Raiponce à Gwen Stefani, ce n'était plus toi.

J'applique un trait d'eye-liner brun pour mettre en valeur mes yeux noisette et ose un nouveau rouge à lèvres que m'a donné Romie, et qui est justement de la même teinte que ma tenue. Dans le miroir, Chloé m'observe.

– C'est toujours moi. La nouvelle moi, je lui dis.

– Y en a un qui a laissé passer quelque chose, je te le dis. J'espère qu'il restera sans voix le jour où il s'en rendra compte.

Qu'elle est con.

Elle me pointe du doigt.

– Eh, ça me fait plaisir ça. T'as souri alors que j'ai parlé de lui.

C'est vrai ! Ce doit être la première fois.

– Disons que l'image était plaisante. Comment ça se fait que Romie ne soit pas encore arrivée ?

– Je vais l'appeler.

Elle a à peine le téléphone en main qu'elle fronce les sourcils.

– Elle nous a envoyé un message sur Messenger. Je cite « Envie de voir dégun, je vous rejoins demain matin, on ira prendre un brunch. »

– Oh non, elle doit encore broyer du noir.

– Attends, je vais l'appeler en visio et lui dire qu'elle bouge ses fesses asiatiques car on va passer la prendre.

Romie décroche immédiatement et écarquille les yeux devant nos deux têtes pomponnées.

– Il se passe quoi ?

Nous la regardons à notre tour et je la reconnais à peine avec ses cheveux en bataille.

– C'est à toi qu'il faut demander ça ! On va dans un nouveau bar, on passe te prendre ? je lui demande.

– En plus, c'est dans ton quartier de bourgeois, à Borély… la taquine Chloé.

Puis elle hurle en pointant du doigt l'écran.

– Han ! C'est du Coca que je vois sur ta table ?

Notre amie souffle bruyamment.

– Les filles, vous me coupez en plein film là, on se voit demain.

Elle nous raccroche au nez et on se regarde, ébahies.

– Si Romie se met à boire du Coca, je peux te dire que la planète a du souci à se faire.

Je lève les yeux au ciel en enfilant des talons.

– Elle passe par une phase où elle se cherche, il faut qu'on la surveille.

CHAPITRE 6

MICA

La soirée bat son plein. J'en suis à mon deuxième Sex on the Beach et je tangue au rythme de la musique près du comptoir pendant que Chloé papillonne entre des connaissances qu'elle croise et moi. D'habitude, je m'intègre facilement à la conversation mais là, je tiens à rester un peu seule. Pour mieux l'observer, lui. Il a l'air d'avoir le même tempérament que Chloé. Il est entouré en permanence, en particulier par une brune très sexy qui le suit comme son ombre. Je n'ai pas l'impression que ce soit sérieux entre eux. Je ne sais pas ce qui me fait dire ça. Peut-être parce qu'il la regarde à peine. Je ne sens pas de connexion entre eux. Et disons surtout la vérité, je serais déçue que l'intuition qui me guide vers lui soit mauvaise au point de m'orienter vers un mec maqué !

Bon, je dois bien avouer que j'ai la poisse de le voir accompagné car même si je n'aurais pas eu le courage de l'aborder directement, j'aurais eu l'espoir que lui le fasse. Là, c'est mort. J'en viens presque à regretter d'être venue à présent que je navigue seule dans le bar avec mon verre presque vide à la main. Et plus je bois, plus je fantasme sur lui, ce qui n'arrange rien. J'ose à nouveau un regard en direction de son groupe. Sans la casquette, je ne l'ai pas reconnu tout de suite. Ses cheveux bruns sont bouclés sur le dessus, je ne m'en serais pas doutée et pour le coup, je peux enfin dire que je le trouve canon. Sa chemise blanche entrouverte contraste avec sa peau hâlée et c'est limite si je ne bave pas en regardant ses avant-bras ornés de bracelets.

Je suis vraiment en train de fantasmer sur des avant-bras ?

Peut-être que c'est à force de voir des gros plans de son poignet et de sa montre, lorsqu'il revient de ses footings matinaux ? Ses veines ressortent et je trouve ça sexy.

Je plaide coupable.

Il discute beaucoup, rit souvent, il a l'air d'être un bon vivant. Alors que quand il est seul, il paraît taciturne et réservé. Il n'arrête pas les va-et-vient entre l'intérieur et l'extérieur et je ne parviens pas à voir avec qui il est venu. Si, c'est avec ce groupe de potes, ce mec au bar ou encore cette fille qui a l'air de le suivre comme un toutou sans qu'il esquisse le moindre geste attentionné à son égard. Au bout d'un moment sans le voir, je décide de sortir prendre l'air sur la terrasse. Il se trouve non loin de là et je m'arrange pour être dans son champ de vision et, surtout, sur son passage lorsqu'il retournera à l'intérieur. Je ne suis là que depuis une minute ou deux quand une main se pose sur mon bras.

– Je te cherchais. On rentre ? Je crois que je suis malade.

Je fronce les sourcils en regardant Chloé qui était fraîche il y a encore cinq minutes.

– Comment ça ? Qu'est-ce que tu n'as pas supporté ?

Elle inspire bruyamment.

– Aucune idée mais si tu me fais attendre, tu pourras disséquer le responsable dans mon vomi.

Leio passe à ses côtés au moment où elle prononce cette phrase, et tourne la tête vers nous. Nos regards se croisent et je jurerais qu'il marque un temps d'arrêt. Je veux m'en assurer et tente de prolonger le moment mais Chloé fait barrage et me cache la vue. Je m'apprête à lui dire que c'est l'inconnu du pop-corn mais elle me tire par le bras comme si elle était en état d'urgence absolue.

– Mica, on y va ? Je me sens vraiment mal !

Oui, on peut y aller à présent.

J'ai eu ce que je voulais pour ce soir. Est-ce que Leio a ressenti la même chose que moi ? Ce frémissement qui m'a parcouru l'échine au moment où nos regards se sont croisés ?

Sur le chemin du retour, Chloé paraît contrariée. Je suis la seule à faire la conversation et je finis par me demander si elle ne simule pas une mauvaise digestion à cause d'une prise de tête avec Thibaut, Melvin ou je ne sais qui.

On se démaquille en silence dans la salle de bains et on se couche dans mon lit comme un vieux couple. Il s'écoule une bonne dizaine de minutes pendant lesquelles je m'apprête à tomber dans les bras de Morphée.

– Mica ?

– Mmmh…

– Tu t'es déjà demandé ce que tu ferais si Peter revenait ?

Un profond sentiment de lassitude s'empare de moi. Évidemment que je me le suis demandé.

– Des dizaines de fois.

– Et ?

– Les premiers mois, j'aurais tout donné pour qu'il revienne. Puis il y a eu une période où je l'aurais tué de mes mains et enfin, je suis arrivée dans cet appartement et j'ai accepté de le laisser derrière moi. Je crois que je commence à apprécier ma nouvelle vie sans lui. Le mieux, c'est qu'il ne revienne pas.

Ça ne répond pas tout à fait à sa question mais je n'ai pas d'autre réponse. Je n'ai pas la faculté de jeter à la poubelle treize ans de mon existence. Contrairement à lui. Même si j'avais compris qu'il allait partir, je ne savais pas que ce serait si soudain. Je n'avais pas anticipé le mal que ça me ferait. De voir l'appartement vide de lui, vide de son âme, vide de tout ce que nous avions construit. Je me souviens de la douleur physique que j'ai ressentie à cet instant où tout s'écroule. Au beau milieu de la nuit, les yeux gonflés et le souffle saccadé, j'avais craqué et l'avais appelé. *Reviens.* Son numéro n'était plus attribué. Nos amis communs n'ont rien voulu me dire et quelques jours plus tard, c'est son père que j'ai fini par appeler qui m'a avoué en bafouillant : « Il est parti en Islande, dans le pays de sa mère. Il avait besoin d'un retour aux sources. » Putain, et moi alors ? C'est juste la fin ? La fin et on passe à autre chose ? Comme si c'était simple…

Il ne m'a laissé aucune chance de le retenir et je le déteste pour ça. Pour n'avoir pas daigné me parler de ses projets, aussi personnels soient-ils. Comme si je n'étais plus personne, que je n'avais pas compté. En même temps qu'il volait notre avenir, il volait notre passé. J'essuie mes larmes et renifle discrètement. J'entends la respiration régulière de Chloé et suis soulagée de la savoir endormie. Je ne sais pas ce que je ferais s'il revenait. Je veux juste qu'il ne revienne jamais.

CHAPITRE 7

MICA

La sonnerie qui retentit sans relâche me tire de mon sommeil. J'avais mis le réveil à neuf heures, c'est qu'il est encore plus tôt. Chloé grommelle quelque chose d'inaudible tandis que je me lève pour aller répondre à l'interphone. C'est Romie. Il est sept heures trente. Je préviens Chloé et, la tête dans le coaltar, j'ouvre la porte d'entrée. Sa silhouette apparaît et je reste sous le choc. Elle porte une chemise de nuit bariolée et des Havaianas qui contrastent avec son sac en cuir Hermès. Ses cheveux flottent sur ses épaules, j'ignorais qu'ils étaient si longs. Elle tient un sachet de viennoiseries à la main et je n'arrive pas à croire qu'elle soit sortie de chez elle et ait osé entrer dans une boulangerie dans cet accoutrement. Je m'efface pour la laisser passer.

– Purée Romie, t'es matinale.

Entre-temps, Chloé arrive dans le salon en se frottant les yeux et reste sans voix.

– Quoi, il est quelle heure ?

Nous la regardons comme si elle nous parlait vietnamien. Chloé est la première à réagir.

– Il me faut un café.

Je me dirige vers l'îlot central.

– Je m'en occupe. Allez sur la terrasse.

Pendant que je prépare les boissons chaudes, la soirée d'hier me revient en mémoire. Mon échange de regards avec l'inconnu aussi. Je rejoins les filles avec mon plateau, le sourire aux lèvres. Elles sont en train de chuchoter et s'interrompent brusquement. Je m'apprête à demander ce qu'il se passe mais mon anniversaire étant dans quelques jours, je m'abstiens. Elles concoctent peut-être un truc. D'humeur joyeuse, je lance la conversation.

– Les filles, j'ai un truc à vous dire.

Il est temps que je leur raconte la comédie romantique imaginaire qui m'a obsédée ces derniers jours. Ça rendra les choses plus concrètes.

– Hier, à la soirée, j'ai revu quelqu'un.

Chloé me regarde d'un drôle d'air et Romie qui s'apprêtait à croquer dans un croissant arrête son geste. Elles échangent un regard perplexe et répondent d'une même voix.

– Qui ?

Okay. Ambiance chelou à son paroxysme. Je prends une grande inspiration, consciente qu'il est trop tard pour reculer.

– Chloé, tu te souviens du soir où je t'ai jeté un pop-corn, au Sanguin, et qu'il a atterri sur l'épaule d'un mec ? Eh ben, vous allez trouver ça dingue, mais c'est ce mec-là que j'ai revu !

Je jurerais voir une lueur de soulagement passer dans les yeux de Chloé. Ou alors c'est de l'amusement. Je ne sais pas. Romie fronce les sourcils devant mon rire qui sonne faux.

– Hein ? De quel mec tu parles ? J'étais là ?

J'avoue que ce n'est pas un super souvenir pour elle puisque c'était précisément quelques secondes avant qu'elle ne se mette à pleurer et nous annonce que Noam était parti. Par chance, Chloé intervient sans que j'aie besoin d'en dire plus.

– Je me rappelle qu'il y avait un gars qui s'est retourné, mais de là à me souvenir de son visage… Comment tu sais que c'était le même, d'abord ? elle me demande d'un air méfiant.

Bonne question. Le moment est venu de leur en dire plus. J'essaie de prendre un ton naturel.

– Justement. Je ne vous l'ai pas dit mais je l'ai revu quelques jours après, je l'ai reconnu et… peut-être que je l'ai suivi.

Pas un bruit et toutes les deux sont à présent pendues à mes lèvres. Je n'ai plus le choix et prends mon courage à deux mains.

– Vous m'angoissez à me regarder comme ça ! Bon, je l'ai suivi. Jusque chez lui. J'ai trouvé son nom sur l'interphone et…

Chloé secoue ses deux mains.

– Comment ça, tu l'as suivi ? Tu délires ?

Romie ricane.

– Elle blague.

Je m'attendais un peu à cette première réaction alors, imperturbable, je continue en regardant le fond de ma tasse.

– Il s'appelle Leio Sari et j'ai trouvé son compte Instagram.

Romie ouvre la bouche, stupéfaite.

– Tu sais que ça porte un nom ce que tu fais : c'est du stalking ! L'étape d'après, c'est le harcèlement !

Chloé crie en regardant son portable.

– Elle mythonne pas, il existe vraiment.

Toutes deux me regardent comme si j'étais une malade mentale. Pour détendre l'atmosphère, je ris. Je ris jaune en fait, et me demande ce qui m'a pris de leur raconter. Dit à voix haute, ça a l'air en effet… gênant.

– Vous inquiétez pas, il ne s'en est pas rendu compte. Mais hier, il était à la soirée.

Chloé plisse les yeux.

– Ne me dis pas qu'on l'a suivi à L'Accent ? C'est pour ça que tu t'es motivée d'un coup pour sortir ? Non mais j'y crois pas, tu t'es servie de moi !

À cet instant, je comprends qu'elles ne me donneront pas de conseils et tente de faire marche arrière.

– On peut oublier que je vous ai raconté ça ?

Chloé me regarde d'un air suffisant.

– Meurs ! Jamais je n'oublierai, cette histoire te collera au corps toute ta vie, comme une moule agrippée à un rocher… Tu m'as rendue complice de harcèlement !

Je soupire alors que Romie enchaîne :

– Ça fait très peur. Promets-nous que tu n'iras pas plus loin, hein ? Tu ne te rends pas compte, mais ça peut vite dégénérer, ce genre d'obsession.

Elle a attaqué un autre croissant. Elle qui clame haut et fort que ce sont des concentrés de calories et de mauvaises graisses. J'y vois l'occasion rêvée pour changer de sujet.

– Et toi, on en parle, de ton nouveau régime alimentaire ?

Elle suit mon regard et hausse les épaules.

– Laisse tomber, tu as mis la barre trop haut et rien ne nous détournera de ce que tu viens de raconter.

Je ne me laisse pas démonter.

– Ça ne peut pas durer comme ça, Romie ! Tu es en train de faire une dépression et on ne va pas te regarder t'empiffrer et te balader en pyjama.

– Ce n'est pas un pyjama ! C'est une vieille robe.

– Mais c'est pire, jette-moi ça !

Chloé vide sa tasse de café.

– Vous me filez la migraine, je ne sais pas ce que vous avez en ce moment. Mica, je n'arrive pas encore à croire ce que tu viens de nous raconter et Romie, putain, ressaisis-toi, tu débarques à n'importe quelle heure, habillée n'importe comment ! Est-ce que tu as parlé à Noam ?

– Je lui ai envoyé un message il y a trois jours pour savoir quand est-ce qu'il comptait rentrer et il a répondu qu'il avait besoin de temps. Je lui ai dit que c'était juste un anniversaire, pas la peine d'en faire un mélodrame, il y en aurait d'autres. Il a dit que rien n'était moins sûr. Voilà. Mica, tu as du Nutella ?

Mes traits doivent être déformés par la stupeur.

– Tu as vraiment dit ça ? Non mais Romie, tu tends le bâton pour te faire taper ! Ce n'est pas un *mea culpa* du tout, ce que tu as fait ! Chloé, dis quelque chose !

– Je ne dis rien, si elle a envie de continuer à être malheureuse et moche comme un pou, c'est son choix, on ne va pas aller parler à Noam à sa place. Dommage, je l'aimais bien.

Romie la regarde bouche ouverte et je fais un énorme effort pour réprimer un fou rire. Chloé se lève brusquement.

– Il faut qu'on aille prendre l'air et vu l'heure où Romie nous a levées, ça serait bien qu'on profite de la journée. Je propose qu'on se prépare, puis direction le Moli Beach.

Romie soupire.

– Je savais que j'avais bien fait de prendre un maillot. Bon, allez vous préparer alors. À moins que Mica n'ait autre chose à nous avouer…

Je lui tire la langue et m'engouffre dans l'appartement pour me mettre en tenue. Du coup, elles ne savent même pas le meilleur : qu'il y a eu comme une alchimie dans notre échange de regards avec Leio. J'imagine qu'il vaut mieux que je garde cette partie de l'histoire pour moi.

CHAPITRE 8

MICA

Au moment où je foule le plancher en bois du Moli Beach, un sentiment de plénitude m'envahit. Nous avons fait quarante-cinq minutes de route pour venir jusqu'à ce restaurant sélect au cœur de Cassis, mais même s'il fallait en faire le double, ça en vaudrait la peine. L'odeur du monoï, les parasols en paille, les matelas à rayures jaunes et blanches, les fauteuils en rotin ou encore la carte raffinée, tout nous plonge dans une ambiance estivale sans tomber dans le cliché touristique. Depuis quelques années, nous venons ici deux fois dans l'été : une en juillet, l'autre en août, notre petit rituel.

Heureusement que nous avons appelé avant de partir de Marseille car il ne reste que cinq transats disponibles alors qu'il n'est pas encore onze heures : deux sont en bord de mer et les trois autres – en l'occurrence les nôtres –, plus près du restaurant. Tant pis, l'essentiel est d'être ici, et toutes les trois.

Même Romie qui a été plutôt silencieuse pendant le trajet paraît retrouver un semblant de bonne humeur alors qu'elle retire le tissu informe qui lui sert de robe et commence à s'enduire d'huile. Je reconnais son maillot de l'été dernier. Il la boudine un peu et je me demande s'il a rétréci ou si elle a grossi. Je rapproche l'un des transats qui, pour je ne sais quelle raison, est éloigné des deux autres pendant que Chloé se déshabille à son tour.

– Tu l'as trouvé où celui-là ? je la questionne en pointant son bikini qui met ses formes généreuses en valeur.

– Chez une créatrice qui vient de s'installer rue de Rome. J'ai failli vous en prendre un mais le prix m'en a dissuadée.

Romie, qui est déjà allongée, rit.

– Heureusement, trop provoc pour nous. Tu sais qu'on est des filles sages.

– Toi peut-être mais, depuis ce matin, je pense que Mica est complètement tarée. Je ne la vois plus pareil.

– J'avoue.

Je lève les yeux au ciel et fais glisser mon short en jean le long de mes jambes avant de m'installer aussi sur le transat. Les rayons de soleil me chauffent la peau tandis que je suis protégée par le parasol à partir des épaules. Le bruit des vagues me berce et mes paupières deviennent de plus en plus lourdes.

***

– MICA !

– Hein ? Quoi ?

Chloé s'esclaffe tandis que je m'assois d'un bond. L'imbécile, elle m'a fait une peur bleue.

– T'étais partie loin, là…

– J'ai dormi longtemps ?

– On s'est assoupies toutes les deux mais ça fait une demi-heure que je me suis réveillée. Romie est partie nager jusqu'aux bouées, tu la vois là-bas ?

J'aperçois en effet un petit point dans la mer.

– Il est quelle heure ? J'ai faim…

– Midi et demi. La serveuse nous a préparé la table. On attend que Flipper revienne et on y va.

La chaleur m'a rendue moite et j'ai des grains de sable collés entre les seins et sur le ventre. Glamour.

– Ça frappe ! Je vais prendre un bain.

Je secoue doucement mes jambes pour faire partir une crampe avant de slalomer entre les transats pour rejoindre la mer. Les pieds dans l'écume, je savoure l'air frais qui s'engouffre dans mes narines et frissonne quand l'eau vient chatouiller mes orteils. Si j'attends trop, je n'irai pas. Ni une ni deux, j'avance sans ciller dans l'eau encore fraîche en ce début d'été. Je finis par m'enfoncer doucement et faire la planche en attendant Romie qui nage dans ma direction.

– Je ne sais plus si j'ai mis l'alarme au magasin avant de partir hier.

Je me remets à la verticale.

– Si tu commences à penser à ça maintenant, ça va te gaver toute la journée. C'est un truc que tu fais par automatisme pourtant, non ?

Elle hausse les épaules.

– J'espère. En ce moment, j'ai l'impression de perdre les pédales.

Sans attendre de réponse, elle me tourne le dos et commence à sortir de l'eau. La façon dont elle a prononcé ces derniers mots me fait de la peine. Vivement que ça aille mieux avec Noam. Pendant le déjeuner, nous allons trouver une solution, j'en suis sûre. Je sors à mon tour et nous revenons au transat pour nous enrouler dans les serviettes. Pas de traces de Chloé qui doit déjà être attablée. Romie s'entoure d'un paréo tandis que j'enfile mon short sur mon maillot de bain mouillé. Je préfère ça plutôt que manger à moitié nue, ça m'insupporte.

En effet, notre copine est plongée dans la carte, devant son verre de rosé. Je tire la chaise à côté d'elle.

– Dis-moi qu'ils font toujours la salade au bœuf grillé ?

Je ne crois pas avoir déjà mangé un autre plat ici. Chloé a parfois changé mais revient souvent à cette salade aussi.

– *Yes.* Et il y a les gambas flambées au Pastis de Romie.

L'intéressée grimace en s'asseyant.

– Oh non, je n'ai pas du tout envie de crevettes.

Chloé lui tend la carte.

– La serveuse m'a dit que la suggestion du jour est un loup grillé aux graines de fenouil si tu préfères.

Romie prend le menu et le pose sans l'ouvrir.

– Depuis le temps que vous en parlez, je vais tester la salade de bœuf.

Le silence se fait à table. Je fronce les sourcils tandis que Chloé repose le verre dans lequel elle vient de boire une gorgée.

– Romie, tu es végétarienne, qu'est-ce que tu racontes ? balance Chloé.

Elle hausse les épaules.

– Oh, je ne sais plus si j'ai envie d'être végétarienne. Je ne sais pas quel est le but. Ça n'empêche pas les abattoirs de fonctionner et…

Je lui coupe la parole.

– Non, non, non. Ne nous pique pas NOS arguments quand on a envie de te taquiner. Tant que tu auras cet air de chien battu et que tu ne remonteras pas la pente, on ne te laissera prendre aucune décision aussi importante. Tu commandes le loup.

Elle ouvre la bouche pour parler mais Chloé interpelle la serveuse et débite si rapidement notre commande que Romie n'a pas le temps d'en placer une et se met à bouder comme une enfant. Chloé se tourne ensuite vers moi.

– La sieste m'a porté conseil, elle souffle.

– Normalement c'est la nuit.

Elle ignore la repartie de Romie et je croise les bras en m'enfonçant dans mon fauteuil et en m'attendant au pire.

– Je crois comprendre pourquoi tu as fait tout ça. Depuis Peter, tu n'as pas fait une seule rencontre potable et je pense qu'inconsciemment, tu désespères.

Voilà que je passe pour une désespérée maintenant.

– Fais pas cette tête d'ahurie ! J'ai trouvé un super site de rencontres.

Je suis tentée de répondre qu'à présent, j'ai Leio en tête, mais je ne suis plus sûre d'avoir envie de partager cette idée avec elles. Leurs réactions ce matin étaient assez extrêmes.

– Un site de rencontres ? Non mais épargne-moi ça, Chloé !

Elle pose sa main sur la mienne.

– Je vais t'aider à sélectionner la crème de la crème. Hors de question que tu continues à fantasmer sur un inconnu. Je vais te dénicher la perle rare, fais confiance à tata Chloé.

Je ris nerveusement en me demandant comment je vais me sortir de cette situation et croise le regard amusé de Romie. Faire diversion.

– J'ai besoin d'y réfléchir. Pour l'instant, j'aimerais qu'on discute sérieusement de la façon dont Romie va s'y prendre pour récupérer Noam.

Romie plisse les yeux, pas dupe de mon changement de sujet. Je ne me laisse pas impressionner par ce regard qu'elle réserve généralement à ses employées.

– Okay, on en parle. De toute façon, j'ai eu comme un déclic en écoutant l'histoire de Mica ce matin. Je ne veux pas en arriver là.

Chloé s'esclaffe et même moi, je ne peux m'empêcher de sourire.

– Plus sérieusement, j'ai vu un couple nager ensemble tout à l'heure et ça m'a fait mal au cœur. C'est ce qu'on fait le dimanche soir l'été avec Noam. Et là, j'ai réalisé à quel point il me manque.

Depuis des jours, elle a l'air de combler ce manque par de la bouffe mais je m'abstiens de le préciser.

– Tu comptes faire quoi ? Tu veux qu'on cherche des idées ?

– Demain, je vais aller le surprendre à son bureau, l'inviter à déjeuner, et lui dire que j'ai pris conscience de tout ce qu'il fallait que j'améliore. Que ce break m'a montré que c'est lui ma priorité. Je vais faire simple, c'est sûr que ce ne sera pas à la hauteur des surprises qu'il me prépare toujours, mais ce sera efficace.

Sa tirade me filerait presque les larmes aux yeux.

– Waouh, ça a du bon d'aller nager ! Je suis persuadée que tu prends la bonne décision. Vous êtes faits l'un pour l'autre. Et baiser au bureau de mon mec est l'un de mes fantasmes.

Romie laisse échapper un rire.

– Ça n'arrivera pas, Noam est en open space, je te rappelle. Et quand tu dis « de ton mec », tu parles duquel ?

Chloé sourit.

– Hum… Je dirais de Thibaut. Je suis dans la love dimension avec lui. Cette semaine, il m'a emmenée pique-niquer sur la plage des Catalans, c'était trop chou. Il avait tout prévu, vin, saucisson, petits sandwichs… un vrai lover ! Le lendemain matin, petit déjeuner au lit et…

Celle-là alors !

– Je croyais que personne ne dormait chez toi ? je la coupe.

– Ouais ben je… c'était une exception. Bref, je me rends compte qu'il me manque de ouf.

– C'est dégoulinant de kitsch là, arrête !

Elle rit en nous montrant son téléphone.

– Il vient d'écrire : « Tu es la plus belle des fleurs de Marseille. » C'est trop une phrase de lover !

Romie ricane.

– Comme c'est nul ! Tu peux arrêter de nous embroucaner avec ce mot ridicule, « lover » ?

Je ris aussi.

– C'est surtout une phrase de forceur… Bientôt, il va te dire que tu sens meilleur que le savon de Marseille.

On s'esclaffe encore mais elle nous ignore et continue d'écrire sur son mobile, le sourire aux lèvres.

– Amies en bois. Il me répond : « Je ne pense qu'à toi. » LO-VER je vous dis.

Romie simule un évanouissement sur la table pendant que je pouffe de rire.

– Non mais la lourdeur ! On verra s'il sera toujours mignon quand il en aura marre de te ken.

C'est la première fois que j'emploie ce mot et ça fait bizarre quand ça ne sort pas de la bouche de Chloé. Romie part dans un fou rire incontrôlable dans lequel je la suis.

– Vous êtes fatigantes ! Pour info, ça fait plus de deux mois qu'on se voit, et il n'arrive pas à se lasser de moi. Donc désolée de vivre une relation sexuelle oufissime, nous nargue Chloé.

– Et Melvin ? je m'enquiers.

– Et Bunny ? demande Romie.

– Melvin est toujours dans le harem. Et c'est Benny, pas Bunny !

– On va l'appeler le pitchoun, je ricane.

Chloé fait quelques manipulations sur son téléphone avant de le poser sur la table.

– C'est une bite de minot, ça ?

Pas du tout préparée psychologiquement à analyser un phallus, Romie pique un fard tandis que je bugue devant l'écran.

– Pas mal, en effet, j'avoue.

– On est d'accord, sourit Chloé.

Nos plats arrivent et la bonne humeur règne à table.

En attendant les cafés, Chloé relance le sujet qu'elle a en tête.

– Approchez-vous, je vous montre comment marche ce site.

Je soupire mais inutile de botter en touche, elle ne lâchera pas le morceau. Comme des aimants, on se rapproche et elle se connecte à la fameuse application de rencontres du moment : Cocktail.

– Selon ce que tu recherches, un fruit est associé. La banane, c'est pour ceux qui cherchent une relation sexuelle uniquement. La cerise pour ceux qui veulent une relation qui… bref, on s'en fout ! On va commencer par regarder la ganache des mecs qui veulent juste baiser. Pour voir, hein ?

Elle m'adresse un clin d'œil.

– Et après on ira sélectionner tes candidats dans la rubrique « *Love to love* ».

Dans les minutes qui suivent, on glousse comme des dindes en se moquant des défauts des uns, des descriptions des autres.

– Regarde le sourire de pervers qu'il a, lui ! Je suis sûre qu'il passe son temps à empailler des animaux ! hurle Chloé.

– Tu es malade, comment tu peux imaginer des trucs pareils ? je grimace.

– Pardon. Ah ah, et lui ! Pose au calme torse nu contre sa bagnole de course ringarde alors qu'il se pèle le cul. En arrière-plan, y a un passant en doudoune !

Romie explose de rire et swipe.

– Pas à droite ! Chloé crie. Tu l'as invité à me contacter.

– Oh merde !

– Tant pis. Ça t'apprendra, je ricane. Suivant…

Le silence se fait. La serveuse arrive en nous demandant pour qui sont les deux cafés et personne ne répond. C'est comme si le temps s'était figé à notre table alors que la vie continue autour de nous. L'employée pose un peu fort les deux tasses et Chloé ferme l'application.

– Pas de panique. Il doit y avoir une explication.

Romie, qui est devenue livide, se lève.

– Je vais aux toilettes, je me sens mal.

Sans nous laisser le temps de répondre, elle file. Abandonnant l'idée de boire nos cafés, nous nous levons aussi et Chloé me regarde, l'air ahurie.

– À quoi il joue Noam, là ? Catégorie « Banane » ? Si je l'avais en face de moi, je lui péterais un verre sur la tronche.

Je me creuse les méninges.

– Et si ce n'était pas lui ? Le prénom, c'est Yoni, je tente, peu convaincue malgré tout.

– Non, mais cherche pas. Le mec profite de son break en voulant sauter tout ce qui bouge.

– Jamais je n'aurais cru ça de Noam.

– Ils sont tous pareils, ça me dégoûte, crache Chloé.

Déphasées, on se faufile entre les tables pour rejoindre les toilettes et sortir Romie de là. Vu l'ambiance, inutile de prolonger la journée et c'est d'un accord tacite qu'on rassemble nos affaires avant de se diriger vers la voiture. L'atmosphère est pesante sur le trajet du retour. Romie s'est calée à l'arrière et regarde par la fenêtre. Au bout de quelques minutes, je réfléchis à voix haute.

– Il est possible que Noam soit victime d'un mec qui a utilisé sa photo ! Ça ne lui ressemble pas d'être sur un site de rencontres, il est fou de toi, Romie.

Elle me répond d'une voix morne.

– Comme vous l'avez dit il y a quelques jours, ça ne lui ressemblait pas de partir, ni de rester aussi longtemps sans donner de nouvelles. Alors à moins qu'il soit séquestré quelque part et qu'on découvre son corps dans les jours qui viennent, ne me parlez plus de lui. J'ai besoin de faire le point seule.

Chloé ne dit rien, concentrée sur sa conduite. Nos regards se croisent pendant un feu rouge et suffisent à exprimer le fond de notre pensée. Cette histoire ne sent pas bon.

CHAPITRE 9

MICA

Il s'est écoulé une semaine et demie depuis le Moli Beach et on ne s'est pas revues avec les filles. Autant il y a des périodes où on est capables de se voir chaque jour et de s'envoyer des messages pour un oui, pour un non ; autant parfois, on prend nos distances l'espace de quelque temps et ça nous fait du bien aussi. Ce qui n'empêche pas qu'on se donne des nouvelles. Romie est partie à l'improviste pour un long week-end seule à la montagne et est revenue hier, et Chloé a enchaîné les shootings. Nous nous retrouvons ce soir et j'appréhende un peu car je sais que je vais leur mentir. Elles ne comprendraient pas.

Je me regarde une énième fois dans le miroir. Malgré les multiples essais de mes nouveaux vêtements, j'ai l'impression que rien ne va. Je ne sais pas si je suis branchée ou si j'ai l'air d'une cagole. La vraie question est : est-ce que je vais lui plaire ? Quel est son style de femme ? J'ai eu beau remonter ses réseaux jusqu'à ses débuts, je me rends compte qu'il ne fait que relater le détail de ses séances de sport sur ses posts, vanter les mérites de telle ou telle marque de vêtement ou encore indiquer dans ses stories où il se trouve, mais il ne montre jamais rien de trop personnel. Se montrer sans se montrer, ce doit être tout un art. Quand j'y pense, c'est quand même fou de dévoiler à des abonnés invisibles chacun de ses faits et gestes tout au long de la journée. Je trouve ça tellement agaçant ! Malgré ça, je ne peux pas m'empêcher d'aller regarder, ce qui est encore plus énervant.

De toute façon, bientôt je serai fixée sur les éventuels atomes crochus que je pourrais avoir avec lui… ou pas. Je le retrouve dans moins d'une heure et je ne me suis toujours pas décidée sur ce que je vais mettre. Foutu premier rendez-vous ! Un short en jean blanc et un tee-shirt vert gazon plus tard, je chausse les baskets dorées achetées pour l'occasion en sortant du boulot hier soir et quitte l'appartement. Les mains moites et le cœur battant plus vite qu'à l'accoutumée, j'enfourche ma trottinette et me concentre sur la route pour ne pas me faire renverser. J'ai été surprise quand j'ai vu le lieu du rendez-vous. Un café dans le quartier de La Plaine. Je pensais qu'il ferait en sorte que ce soit près de chez lui, mais non. Ce qui m'angoisse, c'est que c'est près de chez Chloé par contre. Ce serait vraiment pas de bol que je la croise ! Surtout avec l'agitation qu'il y a. Le mercredi, c'est le jour du marché aux fleurs et je ralentis pour me frayer un passage entre les passants et garer mon bolide près de la place Jean-Jaurès.

Il est dix heures passées quand j'arrive sur la terrasse du Ptit Bouchon. Il est là, je le reconnais de profil. J'inspire un bon coup, essuie mes mains humides sur mon short et baisse la tête immédiatement en ayant peur d'avoir laissé des traces sur le tissu blanc. Heureusement, il n'en est rien. J'hésite à garder mes lunettes de soleil et regarde mon reflet sur l'écran de mon téléphone que j'ai mis en mode selfie. Je trouve que cette monture avec les verres bien ronds rajoute une touche d'originalité au style déjà atypique que j'arbore aujourd'hui. Ma coupe, que j'ai fait rafraîchir la semaine dernière, est impeccable, légèrement ébouriffée par ma récente balade cheveux au vent et c'est parfait. Le rouge à lèvres carmin que m'a procuré Romie – mon fournisseur officiel de maquillage – n'a pas bavé. Je crois que je peux y aller.

Il était temps car il regarde sa montre. J'avance dans sa direction sur la terrasse au moment où il tourne le visage vers moi. Comme s'il avait senti ma présence. Connectés. Une lueur de surprise passe dans ses yeux quand il me parcourt rapidement du regard, mais il la dissimule vite et se lève quand j'arrive droit sur lui.

– Micaëlle Simone ?

J'adore sa voix. C'est quelque chose qui est très important pour moi, le timbre. Je ne l'avais encore jamais entendue et la note suave qui monte à mes oreilles me fait frémir. Je souris en lui tendant la main.

– Oui, enchantée.

Sa poigne n'est pas trop ferme. Juste le temps de nous asseoir et le serveur vient prendre ma commande. Je regarde discrètement ce qu'il est en train de boire. Un jus d'orange. Je déteste. Peu inspirée et n'ayant pas envie de plomber l'ambiance en me plongeant dans la carte, j'opte pour une grenadine. Lorsque je porte mon attention sur lui, il a croisé les bras sur son torse et se gratte l'épaule, l'air songeur. Je suis frappée de voir le tatouage qu'il arbore au centre du dos de la main gauche. Un œil dans un triangle, en couleur et extrêmement bien réalisé.

– On s'est déjà rencontrés ?

Qu'est-ce que je disais ? Le feeling est partagé. Je réponds d'un ton désinvolte.

– Je ne pense pas. Ton visage ne m'est pas inconnu mais je serais incapable de te dire où on se serait croisés.

Il me fixe sans broncher, l'air sceptique.

– Okay, comme tu t'es dirigée droit sur moi, je pose la question.

Merci pour la douche froide. Un coup d'œil circulaire me montre qu'en effet, il n'est pas l'unique personne attablée seule. Un autre homme est assis non loin de là, absorbé par l'écran de son ordinateur portable, et j'aurais pu tout aussi bien me diriger vers lui. Sauf que par chance, mon sens de la repartie refait surface.

– Le quinquagénaire avait l'air chiant. J'ai tout misé sur toi.

Il me fixe sans se départir de son air sceptique.

– Et il y avait ta photo sur ton site internet… je continue avec une moue moqueuse.

Il ouvre la bouche pour dire quelque chose mais finalement se contente de sourire. Un point pour moi. Je remercie le serveur qui dépose mon verre. Leio regarde sa montre et en profite pour changer de sujet.

– Je suis attendu pour onze heures, alors on ferait mieux d'aller droit au but.

Nul. J'aurais aimé qu'il ait le temps. Qu'il s'intéresse d'abord à moi. Qu'il remarque que je porte une marque qu'il adore et qu'on discute de ce point commun. Qu'il tente de me séduire un peu avant de parler boulot. Mais puisqu'il en est ainsi…

– Alors… Je suis décoratrice pour un cabinet d'architecture. On est trois. Normalement, c'est la directrice qui aurait dû te contacter mais elle est sous l'eau. Et la secrétaire, qui est aussi dessinatrice, gère le site et les réseaux sociaux, tu vois le genre.

Il grimace mais ne me coupe pas la parole.

– Bref, ça lui prend un temps fou et je m'en rends compte surtout maintenant car elle est absente et que je prends le relais sur ce sujet. J'en ai discuté avec ma cheffe en début de semaine et on a pensé que ce serait une bonne idée de bosser avec un community manager. Et je t'ai donc contacté.

Tout est vrai, évidemment. Sauf qu'en temps normal, je n'aurais pas pris l'initiative de parler à Solange, j'aurais laissé sa nièce le faire. Ça a été une aubaine qu'elle me demande de gérer les publications de la semaine pendant les trois jours de formation de Lucie. Je lui ai soufflé que ce serait intéressant de bosser avec quelqu'un en free-lance pour booster notre présence sur les réseaux. Et le plus fou est qu'elle a trouvé l'idée excellente !

Il a posé le coude sur la table et se frotte la mâchoire de sa main tatouée. Je suis frustrée de ne pas parvenir à lire la phrase écrite sur sa gorge. Il faudrait qu'il lève la tête pour ça. Il a aussi des dessins encrés à la naissance du cou, qui disparaissent sous le col de son tee-shirt. Et *idem* juste en dessous de sa manche trois quarts. C'est étrange d'avoir tatoué un seul côté de son corps de façon aussi exclusive.

– Okay, ça a l'air cool. Et comment tu m'as trouvé ?

Si tu savais…

Évidemment, je m'attendais aussi à cette question. Dans mes recherches internet, son nom est apparu dans un article de journal local qui parle des entrepreneurs de Marseille. Son regard est pénétrant et je retire mes lunettes de soleil pour qu'on puisse se regarder dans les yeux. Me voir sans accessoire n'a pas l'air de lui rafraîchir la mémoire, en tout cas, il ne réagit pas. Je fais mine de réfléchir.

– Un article de presse que quelqu'un a relayé sur Facebook, je crois. Je me suis dit que ce serait plus sympa de collaborer avec quelqu'un du coin.

– Je comprends mais tu sais, c'est très rare que je rencontre mes clients. Là, c'était l'occasion, sinon je travaille à distance et c'est tout l'intérêt de mon job. Aujourd'hui je suis à Marseille mais je peux être au Portugal demain, mon boulot sera le même, tu vois ce que je veux dire ?

– Oui, carrément. Après, ne t'inquiète pas, on cherche justement à déléguer des tâches qui sont chronophages pour nous. Le but n'est pas d'être sur ton dos.

Sur tes hanches en revanche...

– Je n'ai pas vu votre site internet, tu peux me montrer ?

Le mec est imperturbable et ça m'agace ! Quand je l'ai contacté lundi soir pour demander un rendez-vous et qu'il m'a écrit qu'on pouvait échanger par mail, j'ai insisté en lui disant que ça serait pratique qu'on se rencontre au moins une fois. J'étais persuadée que la conversation tournerait naturellement autour de nous deux. Je me suis bien trompée. Je lui donne le nom de ma boîte qu'il tape sur son Ipad. J'aspire dans ma paille pendant qu'il se concentre sur son écran. *Beurk, trop sucré.*

– Vous ciblez les professionnels ? Essentiellement des immeubles ? Je ne t'imaginais pas... sur ce secteur.

Il a dit ça comme si c'était le pire défaut qui soit. Ses yeux se posent sur mon tee-shirt et son air méfiant me met mal à l'aise. Il faut dire que je n'ai pas la gueule de l'emploi avec cette tenue hype. Frustrée, je le détaille à mon tour sans vergogne.

Il a une casquette noire enfoncée sur la tête et un polo du même ton. J'ai vu en arrivant qu'il portait un jean sombre. Et la bande dessinée qu'il porte sur le bras complète le look de façon originale. Si je devais vraiment lui confier les clés de la réussite de mon entreprise, je ne serais pas hyper sereine non plus.

Il se recule dans sa chaise, dans cette posture décontractée du mec sûr de lui. J'ai autant envie de lui jeter mon verre dessus que de m'approcher pour sentir l'odeur musquée qu'il dégage. Le silence s'installe et je me demande si je suis censée lui poser des questions sur sa façon de travailler. Il remet son coude sur la table et recommence à se frotter la mâchoire en réfléchissant. J'en profite pour souffler discrètement dans la paille de mon verre. J'avale une gorgée de mon sirop quand il reporte son attention sur moi.

– Tu me poses une colle.

Qu'est-ce que j'ai fait encore ?

– Je ne suis pas spécialisé dans un domaine arrêté mais la demande fait que je travaille essentiellement sur les secteurs liés au sport, à la nutrition, au bio, ou encore au streetwear… Quand un domaine m'est inconnu, j'apprends et je m'adapte mais là, je ne suis pas chaud. Si tu bossais pour des particuliers, peut-être que j'aurais pu essayer mais les immeubles et tout ça, c'est pointu et honnêtement, ça ne me parle pas.

Comment j'ai pu être aussi débile ?

Évidemment qu'il existe des spécialisations. Je n'ai même pas pensé à regarder, dans mon empressement. La chaleur me monte aux joues tant j'ai l'impression d'être démasquée. Il se racle la gorge et pose ses deux avant-bras sur la table, plongeant ses yeux dans les miens et faisant monter par la même occasion la température de quelques degrés.

– Je suis désolé mais je ne serai pas ton homme…

Le double sens de cette phrase est horrible ! Je bois une grande gorgée de mon verre pour fuir son regard et reprendre contenance.

– Non mais je comprends tout à fait ! Je préfère que tu sois honnête et de toute façon, j'avais l'intention de contacter un concurrent pour comparer donc c'est réglé, tu m'enlèves l'embarras du choix.

Il sourit.

– Top. Je suis désolé, j'aurais dû te demander ton secteur avant d'accepter le rendez-vous, ça t'aurait évité le déplacement.

– Non, mais c'est surtout moi qui aurais dû mieux regarder ton site internet. Et puis, tout s'est passé vite, je t'ai demandé un rendez-vous sans t'en dire plus sur nos attentes, bref, désolée pour le temps perdu.

Je mens comme une arracheuse de dents, mais le plus flippant, c'est que ça me vient naturellement.

D'un geste de la main, il demande au serveur l'addition.

Oh non, on ne va pas se quitter comme ça !

Je cherche un sujet de conversation à lancer quand…

– Mica ?

Non, je n'ai pas entendu cette voix. Cette voix qui ne peut être que celle de Chloé. Je tourne la tête au ralenti. Elle a son appareil photo autour du cou, son sac à dos dans lequel elle transporte ses objectifs, et me regarde de haut en bas d'un air goguenard.

– Ça fait dix jours ou dix ans qu'on ne s'est pas vues, sérieux ?

Soit elle sent mon malaise, soit elle se rend enfin compte que je ne suis pas seule, mais à l'instant où ses yeux se posent sur celui qui me fait face, elle se fissure.

– Ah, pardon, je dérange.

Leio adresse un signe de tête au serveur qui lui dépose l'addition, tout en répondant à ma copine.

– Pas de souci, on terminait. Tu veux ma place ?

Connard.

Elle le fixe sans comprendre et réagit au bout de quelques secondes interminables.

– Non, je pars bosser.

Il dépose un billet de dix euros sur la table en se levant et je me lève à mon tour en cherchant la monnaie dans mon sac.

– Hey, laisse, je t'ai fait venir pour rien.

Je me sens aussi petite qu'une souris en levant les yeux vers lui. Il doit bien me dépasser d'une tête et demie.

– En fait, c'est moi qui t'ai fait déplacer donc j'insiste, je bafouille.

Chloé a un sourire en coin.

– T'es branchée dis donc ! Tu ne me présentes pas ?

La honte.

Je lui adresse un sourire pincé.

– C'est… euh… un community manager. Nous nous sommes rencontrés pour discuter d'une collaboration avec l'agence.

J'espère que mon regard noir lui intime clairement qu'il faut qu'elle la boucle et qu'elle se barre. Mais son sourire s'étire à tel point que ça doit lui faire mal.

– Ah… tu cherches un community manager et… il est community manager. Quel hasard…

Ça devient de plus en plus bizarre et elle le sait bien, la garce.

Je me tourne vers Leio et n'ai pas le temps d'en placer une qu'il attrape son sac à dos et me fait un clin d'œil.

– Bon, je vous laisse. Bonne continuation…

Cette fois c'est sûr, je dois être plus rouge que mes lèvres. Chloé attend qu'il soit loin et me regarde sans dissimuler son amusement. Je soupire en parlant davantage pour moi-même que pour elle.

– J'ai vraiment la poisse de tomber sur toi.

– Tu rigoles, t'es limite en bas de chez moi ! Je dirais plutôt que tu l'as fait exprès… Et prends-le comme un signe ! Tu foutais quoi, là, Mica ?

Elle grimace.

– Et on en parle, de ton nouveau style ? La prochaine étape, c'est la case tatouage ?

Il n'en avait rien à foutre. Ça fait des jours que je passe au crible la moindre de ses publications, ses stories, j'ai étudié son site internet, je me suis rendue dans sa salle de sport, l'ai suivi jusque chez lui, ai imaginé des centaines de fois notre première rencontre, pour rien. Il ne m'a pas reconnue, en fait, il ne m'a jamais remarquée. Soudain, je me sens ridicule dans ces fringues, j'ai envie de les brûler.

– Je te laisse aller bosser.

Je m'éloigne en direction de ma trottinette, la laissant interdite, sur place. Pourtant il en faut pour lui clouer le bec, à Chloé. Le vent me fouette le visage pendant que je rebrousse chemin sur mon bolide pour rentrer chez moi. J'en oublie les larmes salées qui dévalent mes joues et j'ignore les œillades curieuses des passants. J'ai honte qu'un simple regard ait pu se transformer en obsession. Que Chloé en ait été témoin. J'ai honte d'avoir menti pour arriver à mes fins et de lui avoir fait perdre son temps. Je suis blessée d'être insignifiante pour lui et je me demande pourquoi, pourquoi est-ce que le sort s'acharne sur moi.

CHAPITRE 10

LEIO

– Eh oh ? On déjeune ensemble ou pas ?

Lalie me fait sursauter en agitant ses ongles bleu marine devant mes yeux.

– Dis donc, t'as l'air ailleurs aujourd'hui ! Tout va bien ?

Avec son piercing qui lui traverse la paroi nasale, ses lèvres flashy et ses cheveux bouclés roses, elle a un visage qui paraît sorti tout droit d'un cartoon. Elle me fixe d'un air soucieux et je me force à revenir sur terre.

– Oui, c'est ce qu'on avait dit.

Je l'entends passer commande de tacos et je réprime une grimace. Avec une chaleur pareille, j'aurais préféré un sandwich froid mais j'avais qu'à m'intéresser avant à la question. Ça fait une heure que je suis ici, et que je la conseille sur sa communication sur les réseaux. Pendant qu'elle est en ligne, j'admire encore une fois la façon dont elle a aménagé cet ancien atelier de gravure. Les portes et encadrements de fenêtres sont peints en rose, à l'image de sa teinture. Et les murs sont revêtus de panneaux de préfabriqué, qui font penser à du liège. Le contraste entre la couleur féminine et l'aspect brut est cool. Je suis surpris de voir à quel point Lalie s'est bien débrouillée pour la déco et cette réflexion me fait à nouveau penser à…

– Tu m'écoutes ? Le coin friperie sera ici, qu'est-ce que tu en penses ? Je me suis dit que ce serait bien qu'on le voie depuis la vitrine mais pas trop non plus pour qu'on comprenne que je ne fais pas que du prêt-à-porter.

– Oui, c'est cool…

– Tu sais ce qui serait cool ? Que tu m'apportes les fringues dont tu veux te débarrasser, je suis sûre que tu en as à revendre. Profite !

Je hoche la tête à nouveau. Avec tous les vêtements qu'on m'offre pour que j'en fasse la pub, je vais pouvoir lui en fournir en pagaille.

– Si je t'apporte mes pièces, tu vas cartonner, tu auras une file d'attente jusqu'en bas de la rue.

Elle éclate de rire.

– Ma foi, on verra ! Aaah, y a Noura ! Il faut que je lui commande des pâtisseries pour les trente ans de mon mec. Je reviens !

Sans attendre de réponse, elle s'élance à l'extérieur. J'attrape un tabouret pour m'y poser et fais défiler distraitement les dizaines de notifications que j'ai reçues sur les réseaux depuis ce matin. Lalie a raison, j'ai l'esprit ailleurs. Cette fille. Micaëlle. Qu'est-ce qu'elle me veut au juste ? Elle était à l'inauguration du bar d'Ilan, c'est sûr. Au Sanguin aussi il y a quelques semaines, j'en mettrais ma main à couper. Et là elle me demande un rancart et prétend ne pas me connaître.

À d'autres.

Son prétexte ne collait pas. Je ne supporte pas qu'on me mène en bateau. Et en même temps, j'ai vérifié devant elle, elle bosse dans cette agence dont le nom est le même que l'extension de sa boîte mail. Elle n'aurait pas inventé un aussi gros bobard, quand même. Je lance une recherche avec son nom sur Instagram mais arrive sur un profil privé. Impossible d'en voir plus. Apparemment, elle ne me suit pas. Pas officiellement en tout cas. Je ne parviens pas à avoir plus d'infos sur elle *via* Facebook. Est-ce qu'il y a vraiment un intérêt à être sur les réseaux quand on ne veut rien montrer de sa vie ?

J'ai beau me refaire la scène de tout à l'heure, je n'ai pas d'indice qui prouve que c'est une folle qui me traque. J'ai pourtant essayé de la déstabiliser avec mes questions mais ça n'a rien donné. Limite, l'arrivée de sa pote bizarre l'a plus dérangée que mon interrogatoire. Si j'étais sûr que cette rencontre était due au hasard, je lui aurais proposé qu'on se revoie. Elle n'est pas mon type de base, mais justement… elle a quelque chose de différent. Ce regard mutin, sa voix douce, ses lèvres charnues que j'ai lutté pour ne pas regarder. C'est un tout qui la rend envoûtante. Putain, maintenant je regrette de m'être barré comme ça ! Je réfléchis à quel serait le pire scénario si je la rappelle. Que ce soit un genre de fan hystérique qui me suit sous un faux pseudo depuis des mois ? Probable à quarante contre soixante.

– Tu ris seul en te frottant la mâchoire… c'est très bizarre !

La voix de Lalie qui résonne dans la pièce me fait sursauter. Avant qu'elle ne se foute de ma gueule, je décide de la faire participer à mon questionnement.

– Quarante contre soixante. C'est un gros risque pour toi ?

Elle croise les bras devant sa poitrine.

– Kif-kif non ? En fait, ça dépend. Moi, avant de prendre une décision, je pèse le pour et le contre. Regarde, on va prendre un papier et faire une liste des…

– Eh, je délire, c'est pas un pari sur l'avenir ! je la coupe avant qu'elle ne m'oblige à m'asseoir devant une feuille.

– Ben si c'est pas important, fonce, bouffon !

Je lève un sourcil mais elle est désormais absorbée par la mise en place de bibelots sur des étagères. Cette meuf est timbrée. Je repense à Micaëlle. Au pire, je ne risque pas grand-chose. Ce n'est pas une petite blonde toute menue qui va faire peur à un « bouffon » de mon genre.

CHAPITRE 11

MICA

Elles tambourinent à ma porte et je me lève en soufflant. Je me doutais bien qu'ignorer leurs appels et ne pas répondre à l'interphone ne suffirait pas. Elles ont dû sonner chez un voisin pour pénétrer dans l'immeuble et c'est sans doute même moi qui leur en ai donné l'idée avec ma filature. Je déverrouille la porte et Chloé entre, une bouteille de vin à la main, suivie de Romie qui porte deux cartons de pizzas. Elle a l'air d'avoir repris du poil de la bête, il faut croire qu'elle s'est bien nourrie à la montagne. Elles s'installent sans dire un mot et, le temps que je prenne place sur l'îlot, j'ai déjà un verre en face de moi. Je prends les devants.

– Épargnez-moi vos leçons. Je sais que j'ai été trop loin et figurez-vous qu'en plus d'avoir perdu du temps, je me suis rendu compte que je ne l'intéressais pas une seconde et j'ai vraiment honte que vous soyez au courant.

Chloé remplit son verre à ras bord.

– On s'en fout. Là maintenant, tu vas passer à autre chose, car je ne sais pas comment tu en es arrivée à boire un coup avec lui sous un faux prétexte mais…

– Il n'était pas faux ! On a vraiment besoin…

– Arrête Mica, tu fais une fixette chelou sur lui depuis le début. Si ça avait donné quelque chose, ça aurait été cool mais là, c'est complètement con.

Romie a attaqué une part de pizza et bougonne.

– Pourquoi on ne sortirait pas ce week-end ? Tu pourrais faire une rencontre.

Je hausse les épaules en portant mon verre à mes lèvres.

– Je suis démotivée. Qu'est-ce que vous proposez pour qu'on se change les idées ?

Ni une ni deux, Chloé agite son téléphone.

– Allez venez, on se tape des barres en allant chercher des mecs sur des sites de rencontres.

L'alcool commence à monter et je ris facilement.

– Imagine, tu trouves l'homme de ta vie ? je la taquine.

– JA-MAIS. Si je vous dis un jour que je suis amoureuse, jetez-moi à la mer ou roule-moi dessus avec ta trottinette. Je veux des partenaires sexuels.

– Rien que ça.

– La vie est courte. Je suis trop bonne pour ne pas en profiter.

J'explose de rire alors qu'elle se connecte et commence à naviguer sur Cocktail.

– Non mais Chloé, c'est open bar ou quoi ? Tu n'en as pas assez, des plans cul ?

– Si mais on sait jamais, elle me répond en m'adressant un clin d'œil. Je suis sur tous les fronts, je ne veux rien louper.

On passe quelques instants à swiper. Une pizza et une autre bouteille de vin que j'avais dans le frigo plus tard, ça devient du n'importe quoi. Chloé a envoyé des clins d'œil à un tiers des profils qui lui sont présentés et a entamé tellement de discussions que je n'y comprends plus rien.

– On n'a plus les idées claires, interdiction de quitter l'appartement, vous dormez là ce soir !

Au bout d'un moment, Romie me tend son mobile.

– Installe-moi l'appli aussi. Je veux pas rester sur le bas-côté pendant que Chloé couche avec tout ce qui bouge.

La voyant un peu trop pompette, je lui installe l'application mais bloque d'office la catégorie « Banane », ça lui évitera d'ailleurs de tomber sur Noam, s'il est toujours inscrit, cet enfoiré.

– Ça t'a fait du bien la montagne ?

– Oui. Je me suis ressourcée.

À côté de nous, Chloé s'esclaffe mais on n'y prête pas attention.

– Tu dis toujours que ça va, Roro. Rappelle-toi que je suis passée par là et je sais que ça va pas.

Ses yeux se voilent mais elle reste fière.

– Le début de la semaine dernière a été terrible. Vivre dans notre appartement, avec ses affaires, en sachant qu'il est en train de faire je ne sais quoi… C'est comme si j'avais passé neuf ans avec lui sans le connaître.

– Je crois que c'est le pire, ce sentiment. D'avoir l'impression que la personne qu'on aime s'est envolée et qu'il ne reste que son corps.

– C'est pour ça que je suis partie sur un coup de tête. J'avais besoin de changer d'air. Je suis rentrée hier et j'ai passé la nuit à emballer ses affaires. J'ai tout foutu dans la chambre d'amis et je lui ai envoyé un mail ce matin. Pour lui dire de passer les récupérer dès que possible et qu'il pouvait mettre l'appartement en vente.

Je fronce les sourcils.

– C'est un peu radical. Pas de discussion, rien ?

Elle me jette un regard noir.

– Je ne crois pas, non. Il m'a appelée toute la journée, je l'ai basculé sur le répondeur. C'est terminé. Il ne sait pas que je suis au courant, il s'imagine m'endormir avec des mots mielleux ? Qu'il aille se faire foutre !

Chloé rit tellement que c'en est communicatif.

– Mais raconte-nous ! je l'implore, amusée.

– Non, mais ce sont les descriptions des mecs ! Certaines sont ridicules à mourir, je les montre à Melvin et on se fout de leurs gueules.

– On est dans la période Melvin ? je la taquine.

Elle m'ignore et nous montre des profils qui sont en effet hilarants. La nuit est bien avancée quand je me rends compte que Romie s'est assoupie. Chloé est en pleine conversation avec je ne sais qui et je bâille en ouvrant ma boîte mail. Mon cœur s'accélère en voyant que j'ai un message de Leio. Qui date du début d'après-midi.

De : Leio Sari
À : Micaëlle Simone
Objet : RE : RE : Demande de devis

Salut Micaëlle,
J'ai pensé à un CM qui pourrait t'intéresser.
Sa carte en pièce jointe.

Leio
P.-S. : C'était toi à L'Accent.

CHAPITRE 12

MICA

J'ai une migraine dingue. Quand le réveil a sonné ce matin, j'ai réalisé que nous n'étions pas en week-end. Romie a pris sa douche la première et m'a mise en retard. Elle a mis le bordel dans mon placard en se plaignant de ne pas avoir le temps de repasser chez elle pour se changer et Chloé s'est levée du canapé pour aller se recoucher chez elle car elle n'avait pas de shooting ce matin. C'est beau, la vie d'artiste. Je leur ai montré le mail de Leio avant que chacune parte en trombe et j'ai noté le soulagement dans leurs yeux de voir que je ne me suis pas fait de film toute seule. Ça a fait du bien à ma dignité aussi, et même si je me suis contenue devant elles je suis surexcitée d'avoir de ses nouvelles.

Par contre, un autre problème se pose. « C'était toi à L'Accent. » C'est une affirmation. Ça sonne presque comme une accusation et je ne sais pas comment me positionner. Sur le trajet qui me mène au travail, je me creuse les méninges pour lui envoyer une réponse qui ne me fasse pas passer pour une abrutie, qui ne plombe pas l'échange non plus et… qui soit cool. Mais arrivée au bureau, je déchante. Entre mon absence hier et mon manque de motivation ces derniers jours, trois clients attendent leur mood board et un tel retard ne m'était jamais arrivé. Je vais devoir envoyer cette foutue réponse à Leio sans plus tergiverser et me mettre à la tâche.

De : Micaëlle Simone
À : Leio Sari
Objet : RE : RE : RE : Demande de devis

Merci pour les coordonnées, je vais les transmettre à ma cheffe !

P.-S. : C'était une chouette soirée d'inauguration ;) Si tu m'as reconnue, pourquoi tu n'as rien dit ?

Je relis les deux malheureuses lignes trois, quatre, dix fois. Allez, j'avoue que j'y étais et on repart sur de bonnes bases.

C'est envoyé, pense à autre chose. N'importe quoi.

J'ai les mains moites tellement cette histoire m'a angoissée et j'avale d'une traite mon café avant de me plonger dans mes planches de décoration.

Je suis absorbée dans mon travail, à tel point que lorsque je relève la tête, il est déjà seize heures.

Je n'ai avalé que quelques biscuits à l'heure du déjeuner, ai rafraîchi plusieurs fois ma boîte mail sans voir de nouvelles de Leio, mais j'ai rattrapé tout mon retard et j'en suis satisfaite. À la machine à café, plus détendue, je saisis l'occasion de regarder à nouveau ma messagerie. Une réponse est arrivée.

De : Leio Sari
À : Micaëlle Simone
Objet : RE : RE : RE : RE : Demande de devis

Tu avais l'air si pro…
Comme tu ne m'as rien dit,
je n'ai rien dit non plus.

Deux idiots, en résumé. Je me mords les lèvres en pensant qu'il m'a quand même tendu la perche quand je suis arrivée et que je ne l'ai pas saisie. Sans que je m'y attende cette fois, un autre mail arrive. Mon cœur manque un battement en lisant.

De : Leio Sari
À : Micaëlle Simone
Objet : Dispo ce soir ?

J'ai une bonne adresse pour dîner
dans Le Panier.

Il est gonflé, lui. Je suis épuisée et n'aspire qu'à une chose ce soir : dormir. Et pour qui il se prend ? C'est presque un rendez-vous imposé ! Dans Le Panier en plus. Pas envie de gravir l'escalier toute pomponnée.

De : Micaëlle Simone
À : Leio Sari
Objet : Alternative

Plutôt 21 h 30 – Wanderlust ?

C'est officiel, je n'ai aucune volonté. Et je n'attends que ça depuis des jours. Des semaines. Bref. Je n'ai pas envie de dîner avec lui, le stress va me couper l'appétit. Un verre pour commencer, ça me met plus à l'aise. Le Wanderlust est un bar sur un toit-terrasse avec une très jolie vue sur la ville, dans le secteur de La Joliette. Cette fois, je veux être celle qui choisit le lieu. Et là, je suis sûre que je ne croiserai pas Chloé qui a le vertige.

De : Leio Sari
À : Micaëlle Simone
Objet : RE : Alternative

Deal.

À présent que j'ai ce rendez-vous en tête, inutile de faire semblant, je ne bosserai pas. J'attrape mes affaires et quitte le bureau, aussi guillerette qu'anxieuse car finalement ce sera ce soir, notre premier vrai rendez-vous. De retour chez moi, je raconte nos échanges de mails à mes copines en espérant qu'elles n'essaieront pas de me dissuader.

Chloé : C'est ouf, ce retournement
de situation !

Romie : Alléluia, tes efforts ont été récompensés. En plus, il paraît que tu as de nouvelles fringues à étrenner ☺

Et dire que je pensais que ma tenue vestimentaire excentrique était passée à l'as. J'aurais dû me douter que Chloé lui raconterait.

Mica : Garces, moquez-vous !

J'ai le temps de faire une petite sieste pour récupérer avant de partir, ça fera peut-être disparaître la migraine qui ne m'a pas quittée de la journée.

CHAPITRE 13

MICA

Les portes de l'ascenseur s'ouvrent et j'entre dans le bar. Des notes de jazz donnent le tempo et je me sens immédiatement à l'aise dans cet endroit à l'ambiance feutrée. Une fois n'est pas coutume, j'ai quelques minutes de retard, il est certainement déjà arrivé. J'avance dans l'espace circulaire et sens les regards se poser sur moi. Cela faisait longtemps que je ne m'étais pas autant apprêtée et me sentir séduisante agit comme un baume sur mon cœur. Ma robe fluide épouse les contours de mon corps et je sais que le décolleté plongeant dans le dos met en valeur la chute de mes reins. Forcément, j'ai fait l'impasse sur le soutien-gorge. Avec des escarpins à talons d'une dizaine de centimètres aux pieds, je fais bien plus féminine que lors de notre rencontre hier matin. Avant de partir, j'ai pris le temps d'onduler légèrement mes cheveux et d'appliquer un gloss sur mes lèvres.

Mes yeux balaient la salle et j'aperçois son profil. Ses doigts battent le rythme de la musique lounge. Son regard passe une première fois sur moi puis revient, comme s'il ne m'avait reconnue qu'après coup. Il a l'air d'apprécier ce qu'il voit. Et moi aussi. En approchant je me dis que parmi toutes ses tenues, c'est définitivement la chemise qui lui va le mieux. Celle-ci est bleu marine et il la porte avec les premiers boutons ouverts, sur un pantalon blanc. Ses manches sont retroussées, m'offrant une vue à volonté sur ses avant-bras. Le côté gauche est recouvert de l'encre de ses tatouages. Il arbore au poignet droit ses bracelets fins qui font penser à des chapelets. Une touche délicate qui contraste avec la virilité qu'il dégage.

Il se lève, tire la chaise haute qui lui fait face pour que je puisse m'asseoir et l'air se charge d'une électricité particulière. Sur la route, je me suis répété cent fois qu'il n'y aurait qu'un verre ce soir. À présent que je me trouve en face de lui, je me sens piégée. Piégée dans son regard qui pourrait m'enflammer sur place. La serveuse arrive et il me fixe.

– Tu bois quoi ?

Une question anodine, mais une bonne question. Avec la quantité de vin que j'ai ingérée la nuit dernière et l'effet gueule de bois dont j'ai souffert aujourd'hui, il m'est impossible d'avaler ne serait-ce qu'une goutte d'alcool. Un cocktail soft peut-être… quoique je craigne que mon estomac ne supporte pas l'acidité d'un jus de fruits. J'ai deux paires d'yeux braquées sur moi quand je mets fin au suspense.

– Un Gambetta limonade.

Il garde toujours cette expression imperturbable mais je vois passer dans ses yeux une lueur amusée.

– Et un rhum, s'il vous plaît.

J'ai encore les mains moites et aussi… les papillons au ventre dont toutes les filles parlent. Alors, c'est donc ça… J'aime cette sensation. Depuis le départ de la serveuse, nous nous regardons dans les yeux et je crois esquisser le même sourire que lui. Une alchimie est en train d'opérer et j'espère que ce n'est pas que dans ma tête.

– Tu fais toujours ça ?

Il fronce les sourcils.

– Toujours… quoi ?

– Je ne sais pas. Toujours remarquer une fille en soirée, puis faire semblant de ne pas la reconnaître, et enfin lancer une invitation par mail ?

J'affiche un air espiègle et je vois bien dans ses yeux que mon ton direct lui plaît autant qu'il le surprend.

– Non, c'est une première. Et toi ?

– Moi ?

– Je ne sais pas. Tu fais ça souvent, demander un devis à un type dont ce n'est pas la spécialité pour finalement l'entraîner dans un bar au sommet d'un toit ?

Oh mon Dieu.

La serveuse dépose nos verres sur la table pendant que je manque défaillir. Son regard est joueur et pourtant il m'a posé cette question comme il m'aurait demandé si je suis plutôt viande ou poisson. Est-ce qu'il se doute de quelque chose ? Je me mords la lèvre, gênée. Il s'accoude sur la table, réduisant la distance entre nous. J'essaie de retourner la situation.

– En fait, ça fait des semaines que je te stalke et c'est tout ce que j'ai trouvé pour te rencontrer.

Il secoue la tête en riant et j'adore l'étincelle que je vois dans ses yeux. Ses cheveux forment de jolies ondulations sur le dessus de son crâne et j'y passerais bien ma main.

– J'ai deux options. Soit tu es cinglée et tu as arrangé tout ça pour m'attirer dans un piège et je finirai séquestré dans une cave ; soit tu as appelé le premier community manager de la liste que tu as trouvée sur Internet, sans même regarder le site web. C'est du joli…

Il penche évidemment pour la seconde option et cela m'enlève une épine du pied : je n'ai pas besoin de secouer mes neurones pour trouver un mensonge plausible. Il vient de me le servir sur un plateau. Je reprends confiance en moi.

– Ça ne t'a pas plu, la soirée à L'Accent ? Tu n'es pas restée longtemps… il me demande sans me quitter du regard.

Merde, à force de le mordiller, je viens de casser l'ongle de mon index. Je fais semblant de rien et pose ma main sur mes genoux pour éviter de mettre les doigts dans ma bouche.

– Si, d'ailleurs j'ai adoré la déco très urbaine ! Et l'ambiance était sympa, mais mon amie Chloé, que tu as vue hier, était malade, donc on ne s'est pas éternisées. On y retournera, c'est certain. Et toi, tu as aimé ?

– Oui, mais je ne suis pas objectif, c'est l'affaire de mon cousin.

Je sais.

Il continue.

– Ça fait plusieurs mois qu'il bosse dur sur ce projet et l'inauguration a l'air d'avoir bien fonctionné, je suis content pour lui. Et si toi, tu as apprécié la déco, c'est qu'il ne s'est pas trop mal débrouillé.

Je souris.

– C'est très différent de ce que j'ai l'habitude de réaliser et c'est ce qui m'a plu. J'aime découvrir des univers décoratifs auxquels je n'aurais pas pensé.

Un diabolo ici doit coûter une fortune et pourtant, il est servi sans paille et sans touillette. Le sirop stagne au fond et c'est le truc le plus horripilant qui soit.

– Et en parlant boulot, tu as trouvé un community manager pour ton agence ?

J'ai un temps d'absence de quelques secondes.

– J'ai laissé les coordonnées de ta recommandation à ma cheffe. Elle va certainement l'appeler.

La serveuse passe à proximité et Leio en profite pour lui demander une paille. Devant mon regard surpris, il sourit.

– Tu fais tourner ton verre depuis tout à l'heure, tu vas finir par le renverser sur l'un de nous deux.

J'éclate de rire.

– Bon, et sinon, ça t'arrive souvent que les gens te fassent déplacer pour rien ?

La serveuse me dépose le petit objet magique que je plonge avec bonheur dans ma boisson.

– Je ne rencontre jamais mes clients car j'ai la chance de pouvoir travailler à distance. Exception faite d'une petite Marseillaise qui a insisté pour me voir. Et puis, c'est de ma faute, j'aurais dû te demander plus d'informations pour préparer le rendez-vous. Une chose et une autre, j'ai oublié.

– Oui, j'ai bien vu que tu n'avais pas l'air très sérieux, je le taquine.

– Je ne le suis pas. Les choses sérieuses, ça m'angoisse.

Il a balancé ça en me regardant droit dans les yeux et j'ai compris le message. Je ne suis pas sûre que ça me plaise de l'entendre mais j'apprécie sa franchise. Je tente d'avoir l'air aussi imperturbable que lui et lève mon verre avec un petit sourire en coin.

– Alors à notre premier, enfin deuxième… et dernier rendez-vous.

Il rit et je ne lui laisse pas le temps de répondre.

– Tu vis à Marseille depuis longtemps ?

Je sais que non, mais il faut bien que je fasse un peu semblant.

– Non, avant j'étais… partout. Mon boulot m'offre la liberté de travailler d'où bon me semble alors j'en profite pour changer de ville au gré de mes envies.

D'après son Instagram, il change quand même assez régulièrement, mais évidemment, je m'abstiens d'en faire la remarque au risque de passer pour la cinglée dont il parlait tout à l'heure.

– Tu te plais ici ?

Comme s'il avait mal interprété ma question, il regarde autour de lui avant de reporter son attention sur moi. Ses yeux descendent sur ma bouche et remontent lentement. Il sourit.

– Y a pire.

Tu n'aimes pas parler de toi.

Il attrape son verre qu'il porte à ses lèvres. C'est quelque chose que j'ai toujours aimé chez un homme. Les mains. Celles de Peter étaient délicates et j'adorais leur douceur quand il me caressait. Chez Leio, c'est différent, tout à l'air plus… puissant. Je reviens à la charge.

– Forcément, ce ne doit pas être évident pour toi de construire une relation si tu bouges tout le temps.

Il pose son verre vide un peu brusquement et s'accoude à nouveau sur la table. Toute lueur espiègle a disparu de son regard pénétrant.

– Les jeux de construction, ce n'est pas mon fort, je préfère… le hasard. Et toi ?

En cet instant précis, mon regard ne cesse de passer de ses lèvres charnues à sa peau bronzée que l'ouverture de la chemise me laisse découvrir. Je crève d'envie de sentir ses mains sur mon corps et son souffle dans mon cou. Il dégage quelque chose d'animal qui m'attire irrépressiblement. La question est : est-ce que j'ai envie d'une aventure d'un soir ? Nos regards se soutiennent quelques secondes, puis je soupire et attrape ma pochette. Il s'enfonce dans son siège et croise les mains en attendant la suite. Je me lève et m'approche de lui en glissant une pièce de monnaie sur le mange-debout. Je souris devant son air intrigué.

Très bien, tu veux jouer...

– Pile chez toi, face chez moi.

CHAPITRE 14

MICA

J’avais l’intention de me faire désirer. Qu’il ressente ne serait-ce qu’une infime partie de l’attente que je vis depuis des jours. Et surtout, je n’étais pas sûre d’avoir envie d’aller plus loin avec lui. Ça, c’était il y a quelques heures. À présent, dans le Uber qui nous emmène vers notre destination, ma peau frémit à chaque fois que sa main effleure ma cuisse. Il est aussi hautain que charismatique. Aussi énervant que séduisant. Aussi mystérieux qu’observateur. C’est comme si je nageais entre deux eaux sans savoir où j’ai vraiment envie d’aller. Attirance ou curiosité ? J’ai senti qu’il était soulagé de voir la pièce tomber du côté face. Peut-être a-t-il peur que je me pointe chez lui sans y être invitée, telle une admiratrice hystérique ? Je me mords la lèvre pour éviter de sourire en pensant que c’est quand même ce que j’ai fait il y a quelques jours.

– Tu souris.

Même quand il a l'air d'être ailleurs, il m'observe. Je rectifie.

– J'ai failli sourire. C'était plus… un rictus.

Il ne bronche pas et me fixe de ses yeux rieurs. Malgré l'heure avancée et le fait qu'on soit en semaine, les rues sont animées, en particulier dans le quartier du Vieux-Port que la voiture est en train de traverser. C'est l'une des raisons pour lesquelles j'aime vivre en centre-ville, et particulièrement de ce côté de Marseille.

– Tu conduis autre chose qu'une trottinette ?

– Je vais finir par croire que tu m'espionnes.

Il éclate d'un rire franc.

– Tu m'as surtout frôlé quelques minutes après notre rendez-vous. J'ai cru que tu allais m'arracher le bras, tu ne m'as même pas vu sur ton engin !

Merde. Je me rappelle mon état à ce moment-là et espère qu'il ne m'a pas vue pleurer. Ce serait tellement pathétique. Je glousse, gênée, en essayant de trouver une excuse plausible au cas où.

– Ah ? Je venais juste de me prendre la tête avec ma mère au téléphone…

Il me regarde avec un air désolé pendant que je donnerais n'importe quoi pour me fondre dans le décor. Quoi de mieux pour casser l'ambiance que de parler de sa mère, putain !

– C'est bien ici ?

Je détourne mon attention vers le chauffeur qui m'a fait sursauter puis jette un coup d'œil rapide à la rue avant de détacher ma ceinture. Je n'avais pas remarqué qu'il s'était arrêté. À point nommé en plus !

– Oui, pardon.

Nous y sommes. En fait, j'aurais préféré que la pièce tombe côté pile. C'est étrange de faire venir un homme chez moi. Ce sera la première fois. Pourquoi je n'ai pas tout simplement proposé qu'on aille chez lui ? J'aurais pu le laisser me guider, partir quand j'en aurais eu envie. Comme c'est arrivé lors des quelques « plus si affinités » que j'ai rencontrés ces derniers mois. J'aurais aimé aussi voir son appartement et assouvir ma curiosité qui est sans limite en ce qui le concerne. Je perds toujours aux jeux de hasard.

Au bas de l'immeuble, j'ouvre la porte d'entrée. Malgré mes talons, il me dépasse de presque une tête et je me sens toute petite. Il me suit dans l'escalier et quand on arrive devant ma porte, je lève les yeux vers lui et il y a quelque chose dans son regard qui me pousse à ne pas reculer. J'en ai envie. Autant que lui. *Plus que lui ?* J'enfonce la clé dans la serrure et la déverrouille. Son souffle est déjà dans mon cou. Je reste figée devant la porte encore fermée pour savourer l'instant. Cet instant où je suis sur le point de mettre fin à mon obsession pour cet homme et d'obtenir ce que je désire. Il y a eu un avant. Celui où j'ai pensé chaque jour à lui, imaginé mille façons de le découvrir, tout fait pour le rencontrer. Il y a un pendant et c'est de ce moment que je souhaite m'imprégner. Car je ne sais pas de quoi sera fait l'après.

Est-ce que je serai déçue ? Est-ce que j'en voudrai encore ?

Son odeur, ce parfum entêtant que je déteste, m'enivre. Il m'embrasse dans le cou, millimètre par millimètre, alors que j'appuie ma tête contre lui. Plus sa bouche s'approche de la naissance de mon visage, plus la chaleur irradie mon corps. Les battements de mon cœur s'affolent alors que les secondes ralentissent. Je suis prisonnière entre son corps et ma porte. Ma main est toujours sur la poignée tandis que l'autre tient la clé. Une porte claque quelque part dans l'immeuble et c'est comme si c'était le point de départ que j'attendais. J'effectue le quart de tour qui manquait pour que nos lèvres se rencontrent. Sa main remplace la mienne sur la poignée et, lèvres contre lèvres, nous pénétrons dans l'appartement. Je laisse tomber mon sac à terre, il ferme la porte d'un revers de la main. Sa langue joue avec la mienne et le goût du rhum vient réveiller mes papilles. Il m'a plaquée contre le mur de l'entrée et ses lèvres repartent à l'assaut de mon cou. Son début de barbe irrite ma peau que la douceur de ses baisers apaise en même temps. C'est excitant, cette sensation de douceur et de fermeté. Un peu comme un plat sucré-salé.

L'appartement est plongé dans le noir. Je n'avais pas fermé les volets et l'éclairage tamisé des lampadaires crée un jeu d'ombres et de lumières beaucoup trop faible pour que l'on y voie quoi que ce soit. Peut-être est-ce cette obscurité presque totale qui décuple mes sensations, mais je suis en train de me consumer. Nos langues se mêlent encore alors que je déboutonne sa chemise et que l'une de ses mains remonte entre mes jambes. Il passe son pouce sous la dentelle de mon brésilien et je laisse échapper un gémissement quand il rencontre sans difficulté mon point sensible. Les pectoraux que je devinais sous ses vêtements ne sont pas un mirage. Sa musculature a l'air impressionnante et je partirais bien à la découverte de son corps s'il ne me mettait pas au supplice en jouant avec mon intimité de ses doigts agiles. Mes yeux se sont habitués à la pénombre et à présent, je distingue les contours de son visage. Son front est appuyé contre le mien alors que je hoquette de plaisir. Il tourne la tête vers la pièce à vivre.

– Dis-moi où…

Même son timbre de voix est différent dans le noir. Je réfléchis difficilement. De son index, il exerce une pression sur un point dont j'ignorais l'existence. Je frémis tandis qu'il répète, le sourire au coin des lèvres.

– Dis-moi où.

Il n'est jamais venu ici, c'est à moi de l'orienter. Je ne tiens plus et décide finalement d'aller au plus simple. Fébrile, je me détache de son emprise pour l'entraîner vers le canapé. Alors que je passe devant lui, je fais à peine quelques mètres que, sans prévenir, il m'attrape par la taille et me pousse contre le petit îlot qui nous barre le chemin.

Okay, ça ira aussi.

Sans difficulté, il me soulève pour m'asseoir sur la pierre froide qui me sert de plan de travail et sur laquelle je ne découperai plus jamais de légumes de la même façon. Nos langues se cherchent pendant que je déboutonne son jean. J'entends le bruit d'un emballage qu'on déchire et j'accompagne ses mains qui enfilent le préservatif. J'ai le souffle court alors qu'il écarte la dentelle pour se frayer un passage entre mes jambes. Mon corps n'a jamais été aussi près de l'implosion quand il me pénètre. Je suis en ébullition et je donnerais n'importe quoi pour éteindre le feu qui brûle en moi. Mes mains se faufilent dans son dos, sous sa chemise que je ne lui ai même pas retirée, alors que ses va-et-vient me rapprochent chaque fois un peu plus de l'extase. Je gémis et j'accentue la pression de mes doigts sur sa peau, comme pour en demander plus. Plus vite, plus fort. Plus de lui. Il me donne ce dont j'ai envie et quand sa respiration s'accélère, je ne contrôle plus rien. Il m'a amenée vers l'orgasme comme s'il connaissait le chemin depuis toujours.

Haletante, je reprends mon souffle, la tête appuyée contre son torse moite pendant qu'il enfouit son nez dans mes cheveux. Je viens de vivre quelque chose de complètement dingue. Ce n'est pas ma première fois avec un quasi-inconnu mais c'est la première fois que je ressens quelque chose d'aussi intense.

Je redoute le moment où nos corps vont se délier l'un de l'autre et où la magie disparaîtra. Il recommence à m'embrasser, dans mes cheveux d'abord, dont il inspire le parfum. Puis délicatement contre mon oreille avant de descendre dans mon cou alors qu'il se retire et rajuste son pantalon. Mes bras ont quitté son buste pour trouver appui sur le plan de travail et quand il s'empare de mes lèvres, je me perds totalement dans ce baiser car je me doute que ce sera le dernier. Comme s'il partageait ce sentiment, il passe sa main sur ma nuque pour lui donner plus de profondeur. Encore quelques secondes avant qu'il ne s'arrache à moi. Il me regarde intensément et caresse le contour de mon visage avant de reculer. J'esquisse un sourire en le regardant boutonner sa chemise. Il s'enfonce dans l'obscurité de l'entrée tandis que, doucement, je glisse de l'îlot et inspire profondément pour calmer les battements de mon cœur encore affolé.

CHAPITRE 15

MICA

C'est rare que j'ouvre les yeux à la première alarme de mon téléphone. Normalement, il me faut deux rappels pour émerger, mais pas ce matin. Disons qu'à peine l'œil ouvert, la fin de soirée m'est revenue en mémoire, et impossible de me rendormir. Je devrais vivre des moments comme ça plus souvent. Je souris et file d'un pas léger dans la cuisine pour me faire couler un café. Même s'il est sept heures, la pièce à vivre baigne dans une lumière douce et c'est pour cette raison que je ne ferme jamais les volets ici. Pour le plaisir d'arriver dans un espace lumineux dès le réveil. Il fait encore frais et je frissonne dans mon ensemble en soie. Une autre de mes lubies. Dormir dans de belles matières. Ma tasse à la main, je me hisse sur un tabouret et fixe l'écran de mon téléphone. Il n'affiche aucun message. J'ai déjà rassuré les filles hier en me couchant avec un rapide : « Bien rentrée…

super soirée. Je vous raconte demain ! » Je pense qu'elles sont loin de se douter à quel point c'était une… super soirée.

Leio n'a pas mon numéro et je n'ai pas non plus le sien d'ailleurs. Je ne suis donc pas surprise de ne pas avoir de nouvelles. L'envie me démange d'aller checker mes mails mais j'ai peur d'être déçue en trouvant une boîte de réception vide. Il n'a pas été question qu'on se revoie mais je me connais, je ne pourrai pas m'empêcher de ressentir une pointe d'amertume. Notre moment était beaucoup trop fort hier pour que je puisse passer à autre chose à peine quelques heures plus tard et j'espère que c'est réciproque. Je préfère donc retarder le moment de la déception et ouvre la conversation de notre trio, « Chlomiro ». Le surnom qu'on se donne depuis le lycée et qui est tout simplement tiré des premières syllabes de nos trois prénoms.

Je crois bigler quand des photos de phallus envahissent l'écran et je me félicite d'avoir déjà grignoté ma biscotte. Ça m'aurait coupé l'appétit. Les deux images ont été postées par Chloé.

Qu'est-ce que c'est que cette blague ?

Mi-figue, mi-raisin, je remonte dans la conversation pour en choper le début et il me faut de longues secondes pour y parvenir. Chloé a envoyé des captures d'écran des échanges qu'elle a avec un type sur Cocktail. S'ensuit une conversation entre elle et Romie à mourir de rire.

Chloé : Imagine, on se chauffe,
je vais chez lui et je découvre…
un micro-pénis ?

Romie : Il aura sûrement
d'autres talents ;)

Chloé : Non mais ce serait tendu
quand même ! Ça craint si je place
« Montre-la-moi mon gars avant qu'on
continue la conversation » ?

Romie : OUI. C'est important la taille ?
Je veux dire, abuse pas,
un micro-pénis, ça ne peut pas arriver.

Chloé : Je vais sur cette appli pour
m'amuser. Plus ça prend de la place,
mieux c'est. Je n'ai pas envie
de perdre mon temps !

Elles échangent ensuite des gifs animés de banane et autres bêtises qui me font pouffer de rire. Quelques minutes plus tard, c'est Romie qui relance.

Romie : Moi aussi je discute avec
quelqu'un. Il veut qu'on se rencontre.

Chloé : Fais voir sa tête.

La photo est pas mal. Le mec présente bien.

Chloé : Trop fils à papa. Il ne m'a pas
l'air de mettre des fessées.

Romie : Eh mais je veux pas de
fessées ! Je suis une gentille fille.

S'ensuit une série de gifs à tendance maso.

Romie : Arrête avec tes gifs
dérangeants !

Je n'en peux plus de rire. Ma tasse est tellement secouée que des gouttes de café en débordent. Comment j'ai fait pour rater ça hier soir ?

Chloé : Vas-y, aide-moi à choisir
entre les trois !

Et trois photos de pénis suivent.

Romie : Mais mais MAIS !

Chloé : Ils sont tellement chauds
les mecs sur cette appli,
je leur envoie une petite photo sexy
et ils me balancent un gros plan dans
la foulée. Pas de surprise comme ça !

Romie a mis un gif d'une nana choquée, puis d'une autre en train de feuilleter un catalogue.

Romie : J'ai mis un pouce
sur mon choix. Tu m'as tuée.

Chloé : En fait, y en a deux
qui m'ont l'air sympathiques.
Je vais les rencontrer.

Romie : Les deux ??

Chloé : Ouais.
Pas le même soir hein ;)

Et c'est là que je me suis pointée, tellement dans mon euphorie que je n'ai pas fait attention à leur conversation en cours.

Mica : Bien rentrée les filles...
super soirée. Je vous raconte demain !

Chloé : Non, maintenant !

Romie : Alors alors ?

Chloé : Je rêve où elle est partie ?

Romie : T'as vu l'heure ?
Je vais me coucher aussi.

Chloé : Ah ah, regarde la photo
qu'il m'a envoyée, l'autre,
pour me dire bonne nuit.

Et encore deux images de quéquettes suivent. Quand je repose le téléphone, hilare, c'est pour me rendre compte que je suis passée de quelques minutes d'avance à un quart d'heure de retard. Cela dit, je n'ai pas de douche à prendre car je l'ai prise avant de me coucher, ce seront dix minutes de gagnées. J'enfile une robe courte bleu marine et noue un foulard en guise de bandeau autour de mes cheveux pour éviter de me coiffer. Ça me donne un style seventies que je trouve sympa de temps en temps. Un trait d'eye-liner et une touche de rouge à lèvres plus tard, je suis prête à affronter la journée. Juste avant d'enfourcher la trottinette, j'hésite à regarder mes mails... et puis non. Sur le trajet, je me sermonne. Il faut que j'arrête de ne penser qu'à Leio. Il a été honnête hier soir en disant qu'il ne cherchait rien de sérieux. Nous avons eu notre soirée, j'ai pris ce que je voulais prendre, c'était au-delà de ce que j'aurais imaginé, passons à autre chose.

Non ? En garant ma trottinette devant l'agence, je n'y tiens plus. Okay. Je regarde et je serai fixée. Mes mains deviennent moites rien qu'à l'idée qu'il n'y ait rien. Ou qu'il y ait quelque chose. Il n'y a rien. C'était à prévoir mais malgré tous mes efforts pour me persuader que ce n'est pas grave, je deviens soudain d'une humeur massacrante. Voilà exactement pourquoi je dois arrêter de penser à ce type. Parce que son silence m'atteint bien plus que je ne le voudrais. Enfoiré. Arrivée dans mon bureau, je plonge la tête dans mes dossiers et n'en ressors que par moments pour un rapide échange avec ma collègue ou pour une pause-café où je n'emporte pas mon téléphone afin de ne plus être tentée. Ce n'est qu'à midi quarante-cinq que je cède à nouveau et jette un coup d'œil à ma boîte de réception. Mon pouls s'accélère quand je vois un mail qui date d'une heure.

De : Leio Sari
À : Micaëlle Simone
Objet : Cherche numéro…

… d'une jolie demoiselle,
croisée hier soir sur un toit
de Marseille.
Indice : Elle était (très) bien
accompagnée ;)

– J'espère que c'est le mail que je t'ai envoyé qui te met de bonne humeur ?

Je sursaute en voyant Lucie dans l'embrasure. Elle m'a envoyé le planning d'un chantier qui commence dans deux semaines et je n'ai pas eu le temps de m'y pencher.

– C'est une bêtise envoyée par une copine, je mens.

Son air narquois me confirme que j'ai rougi malgré moi. Elle s'approche et me tend un café.

– Bon, tu me racontes quand ?

– Donc c'est une pause-café imposée, je souris.

– Tu croyais que j'avais oublié le beau mâle que tu matais sur l'ordinateur l'autre jour sous prétexte de chercher un community manager ? Tu l'as rencontré ou pas ?

Elle n'était vraiment pas dupe. Je ris.

– Hier soir justement.

– J'ai un sixième sens ! elle s'exclame avant de faire quelques pas en arrière pour fermer la porte et revenir s'asseoir sur le coin de mon bureau. Alors, qu'est-ce que ça a donné ?

Je n'aurais jamais cru qu'un jour je ferais de telles confidences à une collègue de boulot mais Lucie est un peu plus que ça et avec tout ce qu'elle m'a raconté sur elle, et avec sa spontanéité, j'ai envie de lui parler. Ce n'est pas le genre de nana qui juge. Je me laisse donc aller à lui résumer ma soirée dans les grandes lignes.

– Non mais génial ! Vous vous revoyez quand ?

Pour l'instant, je garde pour moi le fait qu'il m'a demandé mon numéro.

– Pas prévu. Il ne cherche rien de sérieux. Et moi non plus.

Enfin, moi je n'en sais rien mais puisque j'ai accepté le deal, c'est tout comme. Lucie hausse les épaules.

– C'est pas parce que vous ne voulez pas vous mettre en couple que vous ne pouvez pas vous revoir pour baiser ! C'est l'essence même d'un plan cul.

Les mots de Lucie se fraient un chemin dans mon esprit. Un plan cul, je n'y avais pas pensé. Mais lui si, apparemment, puisqu'il me relance. Quand elle s'en va, je décide de lui répondre.

De : Micaëlle Simone
À : Leio Sari
Objet : 06 78 98 76 54

J'espère que tu ne feras pas semblant
de ne pas me reconnaître si
je t'accorde un autre rendez-vous.

Je suis étonnée de me découvrir si entreprenante. Je ne m'en serais jamais crue capable il y a quelques mois. Il y a quelques mois, je ne me sentais même pas capable de sortir de chez moi pour aller ailleurs qu'au boulot. Les choses ont changé et ça me fait un bien fou de reprendre confiance en moi. Quand mon portable vibre à nouveau, je ne suis pas surprise de voir un message en provenance d'un numéro inconnu.

Numéro inconnu : Ta bouche si bien dessinée, je la reconnaîtrais entre mille. Mais pour être sûr, il vaut mieux que je te revoie.

Un deuxième rendez-vous. Il attend sans doute que je choisisse la date. Voyons voir… Ce soir, je suis avec les filles et c'est tout ce que j'ai au planning pour les jours à venir. Je peux lui proposer demain. Quoi que… ça fait un peu pitié, la nana qui n'a rien prévu de son samedi soir. Le mobile vibre dans mes mains. C'est à nouveau lui.

Numéro inconnu : Dis-moi quand.

Son « Dis-moi où… » me revient en mémoire. Un frisson me parcourt l'échine. Je choisis le soir que je déteste le plus de la semaine pour conjurer le sort. Et parce que ce n'est que dans quarante-huit heures.

Mica : Dimanche soir ?

Sa réponse arrive dans la foulée.

Leio : Je passe te prendre à 20 h.

Mica : Où tu m'emmènes ?

Le sourire aux lèvres, j'allume l'ordinateur et me plonge dans mes dossiers. J'ai hâte. Plus tard, je jette un coup d'œil à mon téléphone pour y lire sa réponse.

Leio : Confidentiel ;) Couvre-toi.

J'ai du mal à laisser ma curiosité inassouvie.

Mica : Me couvrir ? Ne me dis pas que
tu t'es déjà lassé de Marseille
et qu'on quitte la région ?

Sa réponse ne tarde pas et ça me plaît. Alors que je sais, à force de le suivre au travers de ses stories, que c'est un hyperactif, il me donne l'impression d'attendre mes messages.

Leio : Je serai en deux-roues,
j'espère que tu n'as pas peur ? Promis,
je suis moins dangereux que toi
sur ta trottinette. Et si tu as trop chaud,
je te découvrirai.

Mica : Si tu me parles comme ça…

CHAPITRE 16

MICA

Le vendredi soir est celui que je préfère. Le week-end commence et je peux profiter de la soirée sans craindre un réveil difficile le lendemain. Pour l'heure, nous sommes sur la terrasse du Sanguin où nous avons accompagné nos verres de quelques tapas, puis nous irons à une soirée blanche donnée par un ami de Chloé. D'une voix lasse, Romie nous relate les derniers événements.

– Noam a tambouriné à la porte de l'appart hier soir et avant-hier il est même venu au boulot mais j'ai demandé au vigile de le foutre dehors.

– Hein ? Mais justement, c'était l'occasion de mettre les points sur les i ! Tu vois qu'il s'acharne en plus, écoute au moins ce qu'il a à te dire ! je m'exclame.

– Non mais Mica, quelques jours après notre pseudo-break, il était sur un site de rencontres, tu imagines comme c'est humiliant ? C'était tellement rapide que je me demande même s'il n'y était pas avant notre séparation. De toute façon, je ne peux plus le regarder en face, c'est impossible.

Son ton est sans appel et je sais à quel point Romie est intraitable quand elle a pris une décision. Je ne peux m'empêcher de ressentir un pincement au cœur en réalisant que c'est fini entre eux pour de vrai alors que je les considérais comme un couple modèle.

Il n'y a vraiment aucun amour qui dure ?

Chloé partage certainement ma pensée, car elle fronce les sourcils.

– T'es pas soûlée de ne pas savoir ce qui lui est passé par la tête ?

– Mais je ne suis pas naïve, arrêtez un peu ! Qu'est-ce que vous voulez qu'il invoque comme raison ? Que comme j'étais trop prise par le boulot, il s'est dit que ce serait bien de retourner chez ses parents, coucher avec une fille ou deux au passage avant de revenir au bout de quelques jours comme si de rien n'était ?

Seul notre silence lui répond. D'un côté, elle n'a pas tort et de l'autre, je ne suis pas sûre que cette façon de réagir l'aide à passer à autre chose. Parfois je me demande si elle ne tient pas son côté intraitable de ses parents. Son père comme sa mère nous ont toujours fait flipper, Chloé et moi. Romie a eu beau suivre une scolarité brillante, ce n'était jamais suffisant pour eux. Le moindre retard, une note trop proche de la moyenne ou un mot mal employé à table, et elle était punie. Dans le genre zéro ouverture d'esprit, ils se sont bien trouvés, et j'ai peur que Romie en ait gardé quelques séquelles. Elle pose ses mains sur la table et son sourire en coin n'annonce rien de bon.

– Il s'est passé quelque chose pendant ma retraite improvisée à la montagne. La dame chez qui j'ai logé m'a secouée et ça m'a fait du bien. En rentrant, j'ai discuté avec quelqu'un sur Cocktail et on a l'air d'être sur la même longueur d'onde. Je le rencontre demain soir.

Chloé et moi échangeons un regard surpris. Elle nous fixe tour à tour avant de s'offusquer.

– Quoi ? Me regardez pas comme ça ! Mica, tu veux que je te rappelle que tu as suivi un inconnu, forcé une rencontre, couché avec…

– *Pouni* ! Interdit d'invoquer cette histoire quand tu balances une bombe pareille.

Chloé souffle bruyamment.

– C'est qui, ce mec ? Et où tu as rendez-vous ?

– C'est Marc, celui dont je t'ai envoyé la photo hier soir.

– Ah, celui qui ne met pas de fessées ?

Je pouffe.

– C'est vrai qu'il a une belle gueule.

Romie rougit légèrement.

– Ça fait trois jours qu'on se parle. Il sort aussi d'une relation compliquée et n'a pas envie de se prendre la tête.

– Tu veux dire qu'il cherche quoi ?

Elle me regarde comme si j'étais stupide mais je ne peux pas imaginer que Romie aille coucher avec le premier venu. Chloé non plus apparemment.

– Il veut juste baiser ? Et toi aussi ?

– Non mais arrêtez ! J'ai l'impression de faire quelque chose de mal alors que c'est exactement ce que vous faites.

Je vide mon verre en faisant la sourde oreille tandis que Chloé énumère bruyamment ses règles.

– Tu lui donnes rendez-vous dans un lieu public. Tu ne vas pas chez lui et il ne vient pas chez toi !

Romie lève un sourcil.

– Chez moi, ça me semble évident, c'est encore chez Noam. Mais pourquoi je n'irais pas chez lui ?

– Mais parce que c'est un inconnu !

J'ai parlé trop fort et les personnes à la table d'à côté se sont retournées. Chloé explose de rire.

– C'est toi qui dis ça !

Son verre vide en main, Romie interpelle le serveur pour en commander un autre. J'essaie de recentrer le débat.

– Bon, Roro, pour commencer, tu le vois dans un bar. C'est ce que j'ai fait avec Leio puisque tu tiens tant à suivre mon exemple, garce !

Chloé s'incruste.

– Et tu nous dis le nom du bar. On ne viendra pas mais on saura où tu te trouves ! Règle numéro un.

Elle me fait un énorme clin d'œil et quand je comprends ce qu'elle a en tête, je réprime une envie irrésistible de rire. Si on va espionner Romie, je ne donne pas cher de notre discrétion. L'intéressée ne paraît pas avoir deviné notre projet et hoche la tête très sérieusement.

– Okay, et une fois sur place, je discute avec lui et j'évalue s'il présente un risque ou pas. Vous avez raison. Je vais lui dire tout de suite qu'on change de plan.

J'hallucine.

– Parce que sinon tu avais prévu de te pointer comme ça chez lui ? Non mais Romie, je croyais que tu étais la plus sensée de nous trois !

Elle grimace et fuit mon regard en se concentrant sur l'écran de son portable. Chloé a un sourire niais accroché au visage et est en train de faire de même.

– Vous voulez savoir ce que Thibaut vient de m'écrire ?

– NON !

Romie et moi avons répondu en chœur. Ça fait trois fois qu'elle nous lit des phrases de son lover. On est visiblement encore dans une période Thibaut. Me sentant seule, j'attrape moi aussi mon mobile resté dans mon sac et suis surprise d'y découvrir un nouveau message. De Leio.

Leio : C'est moi ou chaque fois que je tourne la tête… je te vois ?

Le message date de quelques minutes et je scrute les alentours discrètement. Je le reconnais. Quelques tables plus loin. Il est avec trois autres gars et je discerne à peine son visage masqué par la visière de sa casquette. En fait, je commence à me demander si on ne s'est pas trouvés ici au même moment mille fois sans le savoir vu que cet endroit est vraiment fréquenté de tous les trentenaires marseillais. Chloé a salué au moins trois groupes depuis son arrivée, Romie nous a dit qu'une de ses employées était là et à présent, voilà qu'il y a Leio. Il est en pleine discussion mais je sais qu'il sait que je suis en train de le regarder. Comme si j'étais son petit secret. Instantanément, je décide de ne rien dire aux copines. Elles seront incapables d'être discrètes et on friserait encore une fois le ridicule. Je me rends compte que j'affiche le même sourire que Chloé qui est en train de m'observer.

– Tu penses à Leio toi !

Elle lit dans mes pensées ou bien ?

Je secoue la tête en tentant de masquer mon sourire. L'humidité commence à tomber et je frissonne. Nous avons prévu d'aller à une soirée donnée par une connaissance de Chloé après l'apéro et je me suis apprêtée. Je suis vêtue d'une robe très légère que j'ai osé porter sans soutien-gorge. Pas le choix vu les bretelles croisées et le dos décolleté. Et bien entendu, j'ai eu la bonne idée de ne pas prendre de veste. Je me frictionne les bras et pique un morceau de tortilla sur la planche que le serveur vient de déposer. Romie pose son téléphone. Je suppose qu'elle a informé le Marc du changement de programme.

– Alors, comment vous vous organisez demain ?

– On se voit dans un bar qui s'appelle La Cigale, dans le quartier du Panier, à côté de chez lui. À vingt-deux heures. Vous êtes rassurées ?

Chloé m'adresse un clin d'œil exagéré.

– Connais pas, mais parfait, c'est plus sûr. Et si tu t'emmerdes, tu m'envoies un message et je t'appelle direct pour te dire que le chien de Marilou s'est fait écraser et qu'il faut que tu viennes, conseille Chloé.

– C'est qui Marilou ? je demande.

– Ma voisine, son clebs aboie en permanence ! Mais on s'en fout, t'as compris Romie ?

L'intéressée hoche la tête et Chloé agite son téléphone.

– Sujet suivant. Écoutez le compliment que vient de me faire Thibaut…

Elle nous lit le couplet que vient de lui pondre son lover et pendant que Romie affirme que c'est pathétique, je réponds à Leio.

Mica : Le destin fait tout
pour nous réunir, on dirait.

Les minutes passent et il ne répond pas. Mince, est-ce que je lui ai fait peur ?

Leio : Je ne crois pas au destin.
Juste aux évidences. Tu es là,
je suis là. Tu m'as l'air d'avoir froid,
il fait plus chaud à l'intérieur.

Ça me demande un self-control extrême de ne rien laisser transparaître devant les filles, même pas un petit sourire.

Mica : Ce ne serait pas sérieux.

Leio : Si on était sérieux,
on serait chiants.

Je recule ma chaise et balance d'un ton que j'espère nonchalant :

– Je vais aux toilettes.

Elles m'adressent à peine un regard, absorbées par leurs écrans respectifs. Je slalome entre les tables sans regarder dans la direction de Leio.

Me suivra ? Me suivra pas ?

À l'intérieur du bar, la musique bat son plein. Les corps, emportés par le rythme latino, dansent la salsa dans le petit espace. La proximité crée une ambiance très *caliente*. Je progresse vers le fond sans me presser et m'arrête quelques mètres avant l'arrivée, attendant que l'attroupement devant les toilettes se dissipe.

Il se passe peut-être trente secondes avant qu'un bras ne glisse autour de ma taille. Je tressaille et baisse les yeux sur cet avant-bras recouvert d'encre. Ses lèvres sont contre mon oreille et je sens la chaleur de son souffle. J'attends qu'il dise quelque chose mais pas un mot ne sort de sa bouche et c'est pire. La visière de sa casquette m'empêche de tourner la tête vers lui. Une douce excitation m'envahit alors que je me cambre contre lui. Il me mordille le lobe. D'un œil extérieur, nous pourrions passer pour un couple qui attend collé-serré qu'une table se libère ou qu'une autre musique passe. En réalité, nos deux corps sont en ébullition. Sa main libre se pose sur ma hanche et se balade vers l'avant de ma cuisse où il vient exercer des pressions du bout de ses doigts, tout près de la dentelle de mon brésilien.

J'ignorais que cet endroit pouvait être sensible, j'ai l'impression que je vais m'embraser.

N'y tenant plus, je l'entraîne sur le côté, où il y a un peu moins de monde, et enfin, nos yeux se rencontrent. Il me dévore du regard et j'aime ça. C'est tellement grisant, cette sensation de se sentir désirée. Séduisante. Femme. Face à lui et adossée au mur, je me rappelle avec quelle facilité il m'a soulevée la dernière fois et ma peau se couvre de chair de poule. Un groupe de filles alcoolisées passe derrière lui et le bouscule, l'obligeant à se rapprocher encore de moi. Il baisse la tête doucement vers mon cou et je l'entends murmurer à mon oreille, le souffle court :

– Pas la peine de jouer à pile ou face. On n'a plus le choix.

Fébrile, je tourne la tête et nos lèvres se rencontrent fiévreusement. Comme la dernière fois, il a un petit goût de rhum et cette saveur fait remonter toutes les sensations ressenties hier soir. La musique qui me perfore les tympans, sa paume qui maintient ma nuque et les doigts qu'il a glissés dans mes cheveux, son odeur musquée, son baiser possessif, mes mains qui prennent appui sur son torse musclé, tout s'assemble pour me mettre en transe. S'il me prenait par la main, je serais capable de le suivre n'importe où tant qu'il calme l'incendie qu'il a allumé dans ma petite culotte.

Mais après avoir joué avec ma langue et mordillé une dernière fois ma lèvre inférieure, il recule.

Je vois dans ses yeux que c'est à contrecœur et je souris. On se comprend. Les toilettes sont bondées, il n'y a pas d'issue. Si on continue ce petit jeu, on va prendre feu. À regret, je me détache de son emprise et le contourne pour rejoindre la sortie. Quand j'atteins la porte, je me tourne pour m'apercevoir qu'il n'a pas bougé et regarde dans ma direction. D'ici, je ne distingue plus son regard brûlant et ça me manque déjà. Je pourrais lui proposer de jouer les prolongations chez moi et peut-être que c'est ce qu'il attend. Pour l'instant, j'ai besoin de me remettre les idées en place.

L'air frais de l'extérieur fait redescendre ma température de quelques degrés. Quand je me rassois, les filles sont en train de parler de vêtements. Romie a envie de renouveler ses fringues et… je ne sais pas, j'écoute plus. À la périphérie de mon champ de vision, je le vois regagner sa table. Quelques minutes plus tard, mon mobile s'éclaire.

Leio : Chez toi ou chez moi ?

J'hésite. J'ai envie et… j'ai envie d'être plus que ça. Ça tombe bien que je sois de soirée, ça m'oblige à ne pas craquer. Il va falloir qu'il prenne son mal en patience.

Mica : Ni l'un ni l'autre.
On se voit dimanche…

Leio : Dimanche…
dans quarante-huit heures ?

Un coup d'œil vers sa table me montre qu'il regarde dans ma direction. Je souris.

Mica : Quelque chose comme ça, oui.

Leio : Je croyais que le destin
nous avait réunis ce soir.

Mica : Je croyais que tu ne croyais
pas au destin. Et la seule évidence,
c'est que je suis déjà prise
avec mes amies ce soir ;)

J'ose à nouveau un regard vers lui. Il est adossé contre sa chaise, une main derrière la nuque, et je jurerais qu'il arbore un sourire en coin. Il dégage une telle assurance que j'oscille entre excitation et agacement. C'est énervant de ne pas voir vraiment son visage à cause de sa casquette, qui n'a d'ailleurs aucun intérêt autre que de me frustrer, à cette heure de la journée. Son menton est suffisamment levé pour que je sois sûre d'une chose : il me regarde. Et il me fixe si intensément que les deux potes qui lui font face se tournent vers moi. C'est à ce moment-là qu'il doit s'en rendre compte car il détourne brusquement son attention et je vois qu'il lance un sujet de conversation. Je souris en rangeant mon portable dans mon sac.

Serait-il déstabilisé ?

CHAPITRE 17

MICA

La Cigale où Romie et le dénommé Marc ont rendez-vous se trouve dans le quartier du Panier, sur une placette charmante. Je suis passée des dizaines de fois devant sans jamais avoir eu l'occasion de boire un verre ici. Il est vingt et une heure quarante-cinq quand Chloé et moi arrivons et l'endroit est bondé. Tant mieux, cela rendra notre présence plus discrète. Chloé m'attrape le bras et chuchote à mon oreille :

– Il est là !

Je suis son regard. Et effectivement, le type est assis à une table près d'un olivier, une bière à la main.

– Si on se met à cette table, on peut les regarder sans être vues.

Ma copine acquiesce.

– Ouais, par contre, on sera dans le recoin, ça veut dire qu'on ne peut pas se lever tant qu'elle ne part pas sinon on passe devant elle et on est grillées.

Le but, c'est de surveiller Romie, être sûres que le mec n'est pas louche, ne lui met pas quelque chose dans le verre ou encore de l'empêcher de partir soûle à son bras. Il ne faut pas qu'elle nous voie. Après avoir tergiversé quelques secondes, on finit par s'installer et commander deux spritz à la serveuse. Le temps que je me détende et regarde autour de moi, je sursaute.

– Romie arrive !

On se tourne instantanément du côté de Marc, espérant qu'il l'interpelle avant qu'elle balaie du regard toutes les tables. Il s'est levé et est carrément allé à sa rencontre et je suis certaine que si on zoomait sur sa bouche, on apercevrait un filet de bave. Romie est époustouflante. Elle a relevé ses cheveux en un chignon flou, quelques mèches descendent dans sa nuque et elle est habillée d'une robc longue, à motifs rouge et bleu marine dont le décolleté dans le dos est presque indécent. Plusieurs têtes se tournent sur son passage et je la détaille de pied en cap, admirative.

– C'est qu'elle s'est pomponnée, notre Roro. Et on dirait qu'elle s'est acheté une robe pour l'occasion, tu l'avais déjà vue, celle-là ?

– Elle l'a prise aux Galeries cet aprèm.

– Comment tu sais ? je m'étonne.

– Ben, j'étais avec elle !

Je dois changer de couleur car elle éclate aussitôt de rire.

– Respire, c'est une blague !

Effectivement, je respire mieux. Mais je suis vexée.

– Je ne vois pas ce qu'il y a de drôle à ce que vous vous appeliez ou vous voyiez sans me le proposer.

Elle s'allume une cigarette et je chasse la fumée qui me parvient au visage.

– Tu me fatigues ! Hier soir, elle nous a dit qu'elle allait aujourd'hui faire les boutiques avec sa sœur, tu n'as même pas écouté ! Et elle nous a appelées à midi en visio car elle hésitait entre deux robes et sa sœur n'en aimait aucune. Tu n'as pas répondu.

– Normal, je déjeunais avec mes parents et je ne savais pas qu'elle appelait pour ça.

– Moi non plus, je l'ai su en décrochant.

La serveuse nous dépose nos verres. Chloé attrape le sien et sourit.

– On parie qu'elle se dégonfle ?

– J'espère bien !

– Pourquoi t'es méchante ? elle me demande.

Je triture nerveusement la rondelle d'orange qui orne mon verre.

– Je ne suis pas méchante, j'ai peur qu'elle regrette. Ce n'est pas son genre de se jeter dans les bras du premier venu, aussi charmant soit-il.

Chloé hausse les épaules.

– Justement, si ça peut lui faire oublier Noam, c'est une bonne chose. Si c'est sa façon d'aller de l'avant, où est le mal ? Tant qu'elle ne fait pas ça parce qu'elle a trop bu, évidemment.

– Mais même, on ne la reconnaît pas depuis quelques jours. J'ai peur qu'elle soit en pleine dépression et qu'elle ne soit pas vraiment consciente de ce qu'elle fait. Un peu comme quand elle a voulu manger de la viande ou quand elle s'empiffre de pains au chocolat. Un jour, elle nous tuera pour l'avoir laissée faire d'ailleurs. Et puis, est-ce qu'il ne vaut pas mieux qu'elle parle avec Noam une bonne fois pour toutes ?

Chloé fronce les sourcils.

– Bof, entre Peter qui s'est barré et tous les connards que j'ai rencontrés, plus rien ne m'étonne.

– Non mais on parle de Romie et Noam ! Le couple le plus sage du monde.

Elle souffle bruyamment.

– Je ne comprends pas, tu veux qu'on aille interrompre son rendez-vous ?

– Non ! Avec un peu de chance, ils discutent puis ils se quittent ici, je réponds posément.

– Okay, ça, c'est le plan A. Plan B, elle part avec lui, on fait quoi ?

J'avoue qu'il vaut mieux qu'on sache comment réagir maintenant.

– Ben écoute, on fait semblant de leur tomber dessus par hasard. Elle n'y croira jamais mais tant pis. Et on fait style qu'on a un problème. Tiens, le chien de Marilou qui s'est fait écraser, je propose.

– Si un jour vous me faites ça, je vous tue.

Je secoue la tête, excédée, alors qu'elle sirote son verre en les regardant.

– Putain, le courant a l'air de passer. Regarde comme ils discutent, on dirait qu'ils se connaissent depuis toujours, lance Chloé en les pointant du menton.

– C'est vrai ! Il la fait marrer en plus. Oh non ! Je crois qu'elle a fait son rire de cochon.

– C'est sûr ! Elle se cache le visage, peuchère.

– Oh, il lui prend la main, c'est mignon.

On explose de rire. Au bout de quelques minutes, ils ont l'air plongés dans une discussion animée et mes pensées partent vers Leio.

– J'ai rendez-vous avec Leio demain soir.

Elle m'adresse un clin d'œil.

– Moi aussi j'ai un rancart.

– Thibaut ?

– Non ! Un petit nouveau de l'appli de rencontres. Un steward qui s'appelle Gianni.

J'ai loupé un épisode.

– Je croyais que Thibaut était le lover du siècle !

Elle hausse les épaules.

– Mais grave. Je ne sais pas si c'est parce qu'il est ostéopathe, mais il masse chaque centimètre de mon corps avec une patience infinie. Et puis, il écoute vraiment quand je lui parle… ce mec est incroyable. Et justement, il faut que je voie quelqu'un d'autre pour ne pas m'attacher.

Mon hochement de tête doit ressembler à celui de Oui-oui. Sauf que dans mon esprit, tout s'embrouille. J'essaie de rassembler les informations.

– Bah alors pourquoi tu ne vois pas Melvin ?

Imperturbable, mon amie sort une cigarette d'un étui en métal et la porte à ses lèvres.

– Et tu n'avais pas arrêté de fumer ?

– Je m'autorise une dérogation le samedi soir. Et pour te répondre, je commence aussi à trop m'attacher à Melvin. On a une connexion… impossible à expliquer. On est fusionnels, mais aussi indépendants. On ne veut pas se mettre en couple mais ces derniers jours, dès que je n'avais pas de nouvelles, je commençais à vriller. Bref, je veux me changer les idées avec du sang neuf. Histoire de repartir du bon pied.

J'ai du mal à comprendre comment elle peut parler avec autant de passion de deux hommes différents, au même moment. Je peine à trouver un mec au bout de quatorze mois et voilà que Chloé en trouve deux en quelques semaines. Chloé décèle mon incompréhension car elle enchaîne :

– Pour résumer, Thibaut envoie du love et Melvin envoie du lourd. L'apothéose serait d'avoir les deux dans le même lit ! Et comme ce n'est pas possible et que je pense trop à eux, Gianni va entrer en action.

Je flotte. Quelque part entre les éclats de rire de Romie face à un inconnu et les projets sexuels de Chloé. Je crois qu'il va falloir que je raisonne chacune de mes amies. À commencer par celle que j'ai à disposition.

– Mais il n'y en a pas un des deux avec qui ça pourrait devenir sérieux ?

– Non ! Mica, je ne veux plus être amoureuse, c'est trop chiant. Je veux papillonner, aller à droite, aller à gauche, faire demi-tour au rond-point…

Elle m'épuise, je pouffe en reportant mon attention sur Romie. Elle a l'air de raconter un truc hilarant à en croire l'état de Marc. Nous commandons un autre verre, Chloé me montre la photo de Gianni, un Italien qui a un regard de braise, et on passe le temps en lisant leurs échanges. Peu à peu, la place désemplit et il est près de minuit quand je regarde ma montre en bâillant.

– C'est quoi leur plan, en fait ? Parler toute la nuit ? J'en viens à me demander si on ne va pas les abandonner là.

Chloé pouffe.

– On ne peut même pas partir sans frôler leur table ! Et dire que demain je me lève à sept heures.

– Pourquoi ?

– J'ai un shooting dans le Luberon. Ça va me prendre la matinée puis je rentre faire une sieste pour être en forme pour ma séance de galipettes avec Gianni.

Je lève les yeux au ciel.

– Sois pas jalouse, toi aussi tu as des galipettes de prévues avec ton Leio.

– J'ai un dîner de prévu. La suite, on verra.

Elle secoue la tête, amusée.

– À d'autres.

Je suis impatiente. J'ai pensé à lui toute la journée et me suis retenue mille fois de lui envoyer des messages. Je profite que Chloé zieute son portable pour regarder sur le mien si Leio a alimenté sa story. Je n'ai pas pu m'empêcher de jeter un coup d'œil aujourd'hui. Il n'a rien fait d'extraordinaire et j'ai honte de ce voyeurisme mais c'est devenu une petite habitude de suivre ses faits et gestes – ou en tout cas ce qu'il veut bien montrer. La dernière courte vidéo qu'il a postée était en début de soirée, on y voit un beau barbecue rond où trônent des côtes de bœuf. Je ne suis qu'à quelques rues de chez lui et lui se trouve dans un restaurant de mon quartier, c'est drôle. La main de Chloé qui s'agite devant mes yeux me fait sursauter comme si j'avais été prise en train de faire une connerie.

– Mica ! Tu m'écoutes ou pas ?

– Oh noooon putain ! Non, non !

– Quoi ? Quoi ?

Je me prends la tête entre les mains. Ce n'est pas vrai d'avoir la poisse comme ça ! Ma copine s'impatiente tandis que j'ai envie de commettre un meurtre.

– Tu m'as fais peur, et sans faire exprès j'ai envoyé un émoticône sur la story de Leio ! J'ai voulu supprimer, j'en ai envoyé un autre !

Elle me regarde d'un air goguenard.

– Tu rigoles ?

Elle me prend le téléphone des mains et éclate de rire.

– D'abord l'émoticône du bonhomme qui pleure puis celui avec des cœurs dans les yeux !

Je la regarde se tenir les côtes et j'ai autant envie de rire que de pleurer comme le bonhomme. Ce n'est pas grave en soi mais c'est tellement nul.

– Pourquoi ça m'arrive à moi ?

– Non mais n'abuse pas ! T'as vu combien il a d'abonnés le mec ? 89 000 ! Il ne lit pas tous les messages qu'il reçoit, impossible !

Son avis me gonfle d'espoir et je m'accroche au peu de dignité qu'il me reste.

– Pitié, que tu aies raison ! Je veux pas qu'il croie que je le stalke.

– Mais tu le stalkes.

Elle rit de plus belle et je suis contaminée par sa bonne humeur. Inutile de faire dans le mélodrame. Après tout, si j'ai de la chance, il ne s'en aperçoit pas, et au pire, je trouverai une parade.

– Et d'abord, pourquoi il y a autant de monde qui le suit ?

Je hausse les épaules.

– Je ne sais pas, il donne son avis sur des vêtements de sport, des appareils, des conseils en muscu aussi je crois.

Mon téléphone qu'elle vient de poser sur la table s'éclaire et elle est la première à se pencher. Elle repart dans un fou rire tel que mon sang se glace. Un message de Leio.

Leio : Soit tu es végétarienne,
soit tu t'es trompée, soit tu es bipolaire.
Pour ce dernier cas,
ce numéro n'est pas attribué.

Mais merde !

– Je suis deeeeg. Je réponds quoi ?

– Ben là, t'es cuite. Change de sujet, envoie-lui une photo de ton décolleté tiens, il est pas mal.

Je soupire en pianotant ma réponse.

Mica : Okay, j'ai honte. Je traînais sur Insta, je t'ai trouvé, mon doigt a dérapé. Bref, ça avait l'air bon.

Leio : Ravi de savoir que le destin t'a envoyée vers moi... encore. Demain tu ne t'ennuieras pas.

Je souris. J'en profite pour m'abonner à son compte et dans les secondes qui suivent, il s'abonne au mien. On dirait qu'on a franchi une étape., La serveuse nous débarrasse de nos verres vides et nous dépose l'addition, signe que le bar va bientôt fermer. Chloé et moi échangeons un regard inquiet en voyant que de plus en plus de personnes se lèvent et partent.

– Comment elle fait pour ne pas nous voir ?

– Elle est dans sa bulle. Peut-être qu'on devrait y aller comme si de rien n'était et qu'elle ne nous verra pas.

– Tu crois ?

– C'est soit ça, soit on finit à quatre sur cette place car ils n'ont pas l'air d'être prêts à se quitter.

À présent qu'il y a moins de monde, les éclats de rire de notre amie parviennent jusqu'à nous. J'adresse un signe à la serveuse.

– On peut avoir l'appareil pour régler ?

– Désolée, on ne prend pas la carte. C'est écrit sur toutes les ardoises.

Effectivement. Chloé râle.

– Je n'avais pas vu, je n'ai pas de monnaie.

Je fouille dans mon portefeuille, sachant que c'est perdu d'avance.

– Je n'ai que la moitié, il y a un distributeur ?

La serveuse soupire.

– Il faut descendre deux rues pour aller à la banque la plus proche. Environ quinze minutes aller-retour mais je ne peux pas vous laisser y aller ensemble, évidemment.

Nous nous regardons en chien de faïence. Ni l'une ni l'autre n'a envie de faire le trajet à cette heure tardive. La serveuse nous tourne le dos pour encaisser d'autres clients. Chloé regarde sous la table.

– Qu'est-ce que tu fais ? je la questionne.

– J'évalue la hauteur de tes talons. Tu peux courir ?

Je mets une seconde avant de percuter.

– Dis-moi que tu délires.

Elle rit.

– Évidemment, c'est moi qui ai les talons les plus hauts, je me ferais rattraper c'est sûr. On fait comment, putain ? Tu crois qu'on demande à Romie ?

– La terrasse s'est vidée, elle ne pourra pas nous louper si on passe à côté d'elle pour aller retirer. Autant lui emprunter vingt balles au passage.

On échange un regard.

– Qui va la voir ? je demande.

Chloé mime un non de la tête et sort à nouveau une cigarette que je lui confisque.

– Okay, chifoumi en une manche, elle propose.

Pierre, feuille, ciseau.

Je dégaine la pierre et écrase le ciseau qu'elle sort toujours. Tellement facile. Je m'attends à ce qu'elle râle mais un sourire se dessine sur son visage et ça ne me dit rien qui vaille. D'une voix forte, elle m'interpelle en se levant.

– Mica, regarde qui est là !

La garce. Je tourne la tête vers notre amie qui reste bouche bée en nous voyant. Plus le choix. Je me lève à mon tour et défroisse ma robe.

– Oh, ça alors !

Plus fausse, tu meurs. Les yeux plissés, elle nous regarde tour à tour alors qu'on s'approche de sa table.

– Qu'est-ce que vous faites là ?

Son ton est implacable et elle a détaché distinctement chaque syllabe, comme pour être sûre qu'on comprenne bien qu'elle n'a pas envie de plaisanter. Je me mords la lèvre en lui montrant maladroitement notre emplacement.

– Rien, on buvait un verre… là.

Chloé renchérit.

– Ouais, c'est sympa… ici. On allait partir quand on t'a vue et on s'est dit que… ça serait cool si tu nous prêtais vingt balles.

Notre amie fronce les sourcils, regarde Marc et nous regarde à nouveau.

– Quoi ? Vous êtes venues là pour que je vous prête… vingt euros ? Mais vous n'êtes pas bien ou quoi ?

– Romie ?

En entendant la voix masculine dans son dos, Romie change de couleur et Chloé et moi sursautons.

Noam. Il regarde sa femme puis le mec qui lui fait face et la fixe à nouveau, attendant une explication. Elle souffle bruyamment et s'adresse à Chloé et moi.

– Je rêve ! Vous lui avez dit que j'avais un rendez-vous ? Ou vous l'avez carrément emmené ici ?

– On n'a rien dit !

Nous nous sommes exclamées d'une même voix et Noam s'avance encore vers la table.

– Carrément, c'est… un rendez-vous ? Et c'est qui, lui ?

Romie devient rouge et si elle pouvait lancer des éclairs avec ses yeux, il serait déjà foudroyé.

– De quel droit peux-tu me juger ? Tu n'as pas honte de me suivre ?

– Ça fait des jours que tu refuses de me parler ! J'ai vu sur ta localisation que tu n'avais pas bougé d'ici depuis plus de deux heures. Ce n'est pas un endroit où tu as l'habitude d'aller et…

– Ne me localise pas ! Fais ce que tu as à faire et ne t'occupe pas de moi Noam !

Waouh. Ses mots sont violents. Le visage de Noam se crispe.

– Je crois que c'est ce que je vais faire. Maintenant je comprends mieux ton silence.

Il regarde d'un air mauvais Marc, qui est rouge et ne sait plus où se mettre, avant de partir, les poings serrés. Chloé et moi n'osons pas intervenir et regardons nos chaussures. Okay, Noam est allé sur une appli de rencontres le premier mais est-ce qu'il est allé plus loin ? Ce n'est certainement pas le moment d'aborder le sujet mais vu la tête qu'il a tirée, il souffre. Et je connais suffisamment Romie pour savoir qu'elle aussi. Marc se lève et dépose de l'argent sur la table.

– Je vous laisse.

Personne ne lui répond alors qu'il quitte la place. La serveuse revient vers Chloé et moi.

– Je peux vous encaisser à présent ? Nous allons fermer.

Comme si elle sortait de sa torpeur, Romie fouille dans son sac et me tend le billet attendu. J'ajoute ce que j'ai dans mon porte-monnaie et la serveuse s'empare du tout avant de déguerpir.

– On se casse ?

Chloé a le sens pratique. Romie est toujours assise et regarde dans le vide. Elle finit par se lever.

– Il se barre avec ses affaires, s'inscrit sur un site de rencontres pour aller voir ailleurs, ne me donne pas de nouvelles et ensuite, se permet de me localiser, dites-moi qu'il est cinglé ?

Je saisis la perche qu'elle nous tend pour donner mon point de vue.

– Justement, à ta place, ça fait longtemps que j'aurais cherché à comprendre ce qu'il foutait sur ce site. Tu as vu la tête qu'il avait ? Il a clairement perdu du poids et il avait des cernes jusqu'au menton.

– Ouais, ben même si j'adore Noam, moi, je n'aurais rien voulu savoir non plus. Les mecs sont trop forts pour nous endormir. Peut-être qu'il a fait ce qu'il avait à faire et que maintenant il regrette.

Romie nous regarde l'une et l'autre mais je vois que l'avis de Chloé lui convient davantage car elle hoche la tête.

– Et Marc est parti. La honte.

Chloé a un sourire en coin alors qu'on commence à marcher.

– Tu avais l'air de le kiffer !

Je renchéris.

– Vous en aviez, des trucs à vous dire.

Romie lâche un petit rire.

– Non mais qu'est-ce qui vous a pris de me suivre ?

– Idée de Chloé.

– Ouais c'est mon idée mais Mica avait l'intention d'intervenir si tu le suivais chez lui.

– Vous êtes infernales ! En tout cas, ça s'est super bien passé.

Chloé lui met un coup de coude.

– On a vu ça, hein. Tu vas le revoir ?

– Non. Je ne peux pas passer à autre chose aussi rapidement. Je pense qu'il faut d'abord que la séparation avec Noam soit officielle, que nous l'annoncions à nos familles et qu'il déménage pour de vrai.

Je lui passe mon bras autour de la taille et elle pose sa tête sur mon épaule. Chloé se greffe à nous et on marche jusqu'au parking où est garée sa voiture en silence.

CHAPITRE 18

MICA

Dix-neuf heures cinquante-neuf. J'ai attendu cette soirée avec impatience et à présent qu'elle est sur le point de commencer, je doute. Est-ce que j'ai bien fait de mettre un jean avec des chaussures compensées ? Est-ce que je suis bien habillée ou trop décontractée ? Est-ce qu'il conduit prudemment ? Je n'aime pas tant que ça les surprises, finalement. Il ne pouvait pas faire simple et me donner rendez-vous à un endroit précis ? Non, en fait, je ne suis pas sûre que j'aurais moins stressé. La vérité, c'est qu'on a beau s'être déjà vus à deux reprises, sans compter les quelques minutes dans le bar vendredi soir, je ressens encore plus de pression que les fois précédentes. Mon téléphone vibre.

Leio : Je t'attends en bas.

On y est. Une touche de rouge à lèvres et un pshiiit – non, trois – de parfum plus tard, je suis prête. J'enfile un gilet sur mon top et attrape mon sac avant de dévaler les quatre étages à petites foulées pour ne pas le faire attendre davantage. Au moment où j'atteins la dernière marche, je lève la tête et sursaute en le voyant adossé contre la porte d'entrée ouverte. Il a dû m'entendre descendre comme un éléphant.

– T'étais pressée de me voir.

La vache, il me plaît.

Exit la casquette, ses cheveux encore humides bouclent et quelques mèches récalcitrantes retombent sur son front. Il a un sourire espiègle et j'éclate de rire spontanément en arrivant vers lui.

– En fait, t'es insupportable ! Je me suis dépêchée pour que tu n'attendes pas…

– J'ai quand même attendu cinq minutes. Qu'est-ce que ça doit être quand tu prends ton temps !

Je profite de ce qu'il tienne la porte pour me faufiler à l'extérieur et vois un scooter blanc sur le trottoir. Je l'observe alors qu'il se dirige vers l'engin. Son jean lui moule les fesses et je me demande si je préfère la version pile ou la version face avec son tee-shirt noir au col juste assez ouvert pour laisser deviner ses pectoraux. Il ouvre le coffre et me tend un casque.

– Prête ?

– Impatiente de savoir où tu m'emmènes.

Comme si j'étais une enfant, il vérifie que le casque que je viens d'enfiler est bien attaché et j'en profite pour scruter chaque détail de son visage.

J'aime qu'il ne se soit pas rasé de près. Il a une petite cicatrice en bas du menton et cette imperfection le rend encore plus charmant. Avec sa veste style campus, il a un côté bad boy qui me fait frissonner. Peut-être que c'en est un, en fait. Il met son casque à son tour et prend place, m'invitant d'un signe de tête à grimper. Je suis à peine installée que mes doutes se dissipent. Je passe naturellement mes bras autour de sa taille et il démarre. À travers le tissu de sa veste, je sens sa musculature développée et un frisson me parcourt.

La visière remontée, j'inspire profondément l'air, même s'il est davantage chargé du monoxyde de carbone des véhicules que de la fraîcheur de la mer pas si loin. On slalome entre les voitures et j'aime cette sensation de liberté que le deux-roues procure. Il ne roule pas trop vite, ce n'est pas une balade de touristes non plus. Je me laisse transporter. Exactement comme je me suis laissée porter par cette intuition qui me guide vers lui depuis le début. Sans réfléchir. Il se passe quelque chose entre nous et je ne sais pas si je suis la seule à le ressentir mais je suis certaine que je ne me trompe pas. Il y a un je-ne-sais-quoi qui va nous emmener au-delà d'une simple aventure.

Perdue dans mes pensées, je suis surprise de voir que nous nous dirigeons au cœur de la ville. Je l'imaginais longer la côte et m'emmener dans un de ces restaurants de fruits de mer en vogue, avec groupe de jazz en fond. Ça m'aurait plu, mais ça aurait été impersonnel et je suis encore plus curieuse de savoir ce qu'il a prévu. Nous arrivons sur le cours Julien et je tente de visualiser le plan de la ville pour deviner où nous pourrions nous rendre mais il finit par se garer devant un hangar, dans une rue très animée aux murs couverts de graffitis. Je descends et retire mon casque, avant d'ébouriffer un peu mes cheveux aplatis par le voyage.

– Je ne savais pas que tu avais une âme d'artiste… je le taquine.

Il range nos casques sans se départir de son air espiègle. J'en profite pour retirer mon gilet et le fourrer dans le coffre. Mon petit haut en soie bleu électrique est la touche originale et sexy de ma tenue ce soir, autant le montrer tant qu'il fait bon. Son regard me balaie lentement des pieds à la tête et je m'attends à ce qu'il me complimente.

– Tu as entendu parler d'Art & Food ?

Raté.

– Non… euh attends, si, peut-être !

J'ai du mal à rassembler mes esprits quand tu me regardes comme ça.

Ses yeux sont rieurs et il croise les bras.

– Oui ou non ?

Je regarde à nouveau autour de moi. Il y a beaucoup de passage, de la musique qui semble provenir du fameux hangar… L'ambiance a l'air vraiment chouette ici, c'est fou qu'on ne vienne jamais en soirée par là avec les filles. Art & Food… oui, ça y est. C'est Lucie qui m'en a parlé, elle a démarché le patron pour que l'agence fasse la décoration mais elle a été devancée. Je reporte mon attention sur Leio.

– C'est un genre de food court c'est ça ?

Il acquiesce et se dirige vers l'entrée.

– Oui. Le propriétaire a fait venir des graffeurs qui ont redonné vie à ce hangar. Il y a des stands de nourritures du monde et trois soirs par semaine, des groupes de musique.

– Oh excellent ! Tu viens souvent ?

– Ça ouvre samedi prochain. Ce soir, c'est l'inauguration.

Je marque un temps d'arrêt.

– Et ils vont nous laisser entrer ?

Question tellement bête. Pourquoi on serait là, sinon ?

Tais-toi Mica.

Il porte la main à sa poche et je suppose qu'il va me brandir sous le nez deux invitations. Au lieu de ça, c'est une pièce de cinquante centimes qu'il dégaine.

– Pile on entre, face… on rentre.

– Allez ! Ils t'ont supplié de venir parce que tu es influenceur, c'est ça ?

Il conserve son air mystérieux, le sourire aux lèvres. Il lance la pièce qui retombe sur le côté pile. Cette scène m'en rappelle une autre et je m'approche.

– Maintenant que tu m'as emmenée ici, on entrera. Je veux voir ce concept !

Nos regards se soutiennent un instant. Le désir que je lis dans ses yeux me galvanise.

Lit-il la même chose dans les miens ?

Il baisse finalement sa main et remet la pièce dans sa poche.

– Allons-y.

Je m'accroche à son bras et juste au moment où nous atteignons l'entrée, il me murmure :

– Le plus important, c'est qu'après, on rentrera.

Cette promesse me fait frissonner alors que l'agent d'accueil vérifie l'identité de Leio. Nous pénétrons dans le hangar. À l'intérieur, c'est une explosion de couleurs qui nous accueille. L'espace est divisé en de multiples corners à thèmes, des fausses plantes ont l'air de tomber du plafond telles des lianes, il y a un brouhaha bon enfant et les odeurs de nourriture me titillent l'estomac. Il y a un monde fou. Vu le style des uns et des autres, je suppose qu'on a une belle brochette d'influenceurs, de blogueurs et de personnes de la jet-set.

Nous commençons par prendre une bière et Leio me laisse quelques minutes pour aller devant le stand de charcuterie italienne. Depuis la table haute où je me trouve, je l'observe prendre en photo la découpe de jambon et filmer autour de lui. Il navigue entre les groupes sans prêter attention à personne, telle une âme solitaire. Deux femmes se retournent sur lui et il ne paraît pas s'en rendre compte, focalisé sur son téléphone. Ayant compris ce qu'il est en train de faire, je me rends sur Instagram et m'aperçois qu'effectivement, il a posté une vidéo. J'envoie un émoticone cœur et un message.

Tu es avec Mica ? Petit chanceux !

Instantanément, il tourne la tête vers moi en riant.

Homme qui rit...

Je lui décoche un clin d'œil et il ne tarde pas à revenir s'installer en face de moi.

– Excuse-moi... j'ai promis au proprio que j'en parlerais sur mes réseaux. Il va falloir que je fasse quelques films et ensuite, je ne m'occupe que de toi.

– Dit comme ça, ce serait presque romantique...

Il ne répond pas et son regard est perçant. J'essaie de ne pas vaciller et de garder mon assurance en prenant un ton faussement désinvolte.

– Okay. Je suppose que les choses romantiques t'angoissent.

Un peu déstabilisée par son silence, je bois une gorgée de ma bière sans le quitter des yeux.

– Par contre, si tu es aussi peu bavard, c'est chiant. Je ne pourrais pas faire ma vie avec quelqu'un qui ne parle pas.

Il avale de travers et manque de tout recracher. Je vois qu'il a du mal à réprimer un sourire.

– C'est que c'est intéressant de t'écouter faire les questions et les réponses. Viens, on va aller manger, ça va t'occuper.

Volontiers. Ça fait bien quelques minutes que mon estomac gargouille ! Je descends du tabouret et regarde autour de moi. Partout, les gens font des photos ou des selfies, comme si c'était *the place to be*. Je ne suis qu'à moitié étonnée car, en effet, l'univers est atypique et mérite le détour. On avance et je reste un moment à regarder un cuisinier faire des glaces en direct sur un genre de plancha réfrigérée pendant que Leio filme un peu tout ce qu'il voit. Je pourrais regarder cette animation pendant des heures : les fruits sont hachés sous nos yeux, puis du lait de coco est versé sur la mixture et se cristallise instantanément pendant que la main experte du cuisinier lui donne une forme de rouleau. Je sursaute en sentant une main se poser au creux de mes reins. Une voix me susurre au creux de l'oreille :

– Qu'est-ce que tu aimes ?

Il ne faut pas davantage que cette proximité soudaine pour que la chair de poule recouvre ma peau et que je sente une tension dans le bas de mon ventre. Toujours derrière moi, ses deux mains remontent lentement le long de mes bras. À ce rythme, je vais me consumer sur place. Comme s'il avait deviné ma détresse, le cuisinier me tend un rouleau glacé. Ça ne pouvait pas mieux tomber. Si seulement je pouvais me l'étaler sur la nuque pour calmer mon pouls… Je saisis l'occasion pour me dégager de l'emprise de Leio et lui faire face.

– Tu l'as vu faire ? C'était un vrai spectacle ! Tu veux goûter ?

Il me fixe, imperturbable.

– J’ai tendance à garder le dessert pour la fin.

C’est fou comme ce mec ne se départit jamais de son assurance. Étrangement, me sentir séduisante à ses yeux me donne une confiance en moi nouvelle. Comme si je découvrais seulement mon sex-appeal à l’approche de la trentaine.

– Est-ce que c’est une métaphore dans laquelle je suis le dessert ?

Droit au but, toujours. Je sens que ça me donne une longueur d’avance sur lui et que ça le rend plus fébrile. Il sourit et change de sujet.

– Par quoi on commence ? Regarde, il y a des chichis freggi.

Je suis son regard vers le stand en question.

– Sacrilège… tu me garantis qu’ils sont aussi bons que ceux de L’Estaque ?

Il me regarde, étonné.

– Aucune idée, je n’en ai jamais mangé… il rit.

– Alors cette fois, c’est toi qui m’angoisses ! je lui réponds, sincèrement interloquée.

Les chichis de L’Estaque sont la base. On ne peut pas passer à côté. On avance vers le centre et il pointe du doigt les différents étals.

– Des sushis, des huîtres, des fala…

– Des falafels ? Y a un corner libanais ? je le coupe.

Il secoue la tête, amusé.

– Tu ne m’as même pas laissé finir mais oui, là-bas.

J'attrape le bras qu'il me tend et nous nous frayons un passage entre les groupes. Soudain, un monsieur d'un certain âge l'apostrophe.

– Leio, je vous cherchais justement.

Nous nous arrêtons et l'homme lui serre la main avant de se tourner vers moi. C'est Leio qui fait les présentations.

– Édouard Bavier, le propriétaire de cet endroit. Et… Mica.

– Enchanté, il incline la tête dans ma direction avant de se tourner vers mon accompagnateur. Leio, je vous appellerai la semaine prochaine, j'ai une connaissance qui souhaiterait que vous vous occupiez de développer une application et de gérer les réseaux sociaux de son entreprise, comme vous l'avez fait pour moi.

Je souris en comprenant ma méprise. Leio est ici non pas en tant qu'influenceur mais parce qu'il est community manager sur le projet. Alors qu'ils commencent à parler travail, je me dandine d'un pied sur l'autre, consciente d'être de trop.

– Je vais découvrir la partie du fond, je murmure à leur attention.

Le monsieur me sourit.

– Je suis navré, je ne vais pas le retenir longtemps, vous êtes la petite amie de Leio ?

Il me détaille d'un air gourmand et un court silence s'ensuit. Pour dissiper le malaise, je me hâte de répondre.

– Tout à fait. Je me plais beaucoup ici, l'ambiance est très réussie, bravo !

Bac + 3 en changement de sujet.

– Espérons que les services presse partagent votre avis. En tout cas, Leio m'a beaucoup parlé de vous.

LOL.

Je caresse le dos de l'intéressé.

– Il ne peut pas s'en empêcher ! je susurre.

Le visage de mon prince charmant prend une légère teinte rouge et je me retiens pour ne pas rire à gorge déployée pendant que la discussion se poursuit et que je m'éclipse.

Allons voir ce qu'il se trame par ici. À quelques mètres, le risotto qui cuit dans sa meule de parmesan me fait de l'œil. Je me fraie un chemin pour attraper un petit ramequin avant de m'excuser auprès de deux couples qui attendaient. Je n'avais pas vu qu'il y avait une file. Comme c'est une inauguration, les portions sont réduites et gratuites, ce qui est parfait pour goûter de tout mais c'est un peu l'anarchie au niveau de l'organisation. Un peu plus tard, je pique une barquette de falafels au moment même où Leio me retrouve.

– Tu m'as abandonné à une discussion sans fin. Tu es la pire des… petites amies.

Je ris.

– Goûte !

Il se laisse tenter.

– J'espère que cette fois tu n'es pas passée devant tout le monde ?

Je rougis.

– Les gens attendaient sur le côté, je n'avais pas compris ! Tu m'as vue ?

– Je vois tout. Tu es insortable.

Il se passe entre nous quelque chose que je n'arrive pas à définir. Officiellement, c'est une relation sans lendemain, c'est un coup de cœur partagé qui nous amène à nous revoir. Mais officieusement, ce n'est pas que ça. Au fond de moi, je sais déjà qu'il y aura d'autres fois. *Le sait-il ?* La façon que l'on a de se comprendre rien qu'en se regardant, ce début de complicité qui nous lie, cette manière qu'il a de m'observer sans cesse… Je n'ai jamais ressenti ce feeling auparavant et je ne peux imaginer une seconde que cette rencontre n'est que passagère. Il s'agit forcément du début de quelque chose mais il faut qu'il le comprenne aussi. Il passe son doigt sur la commissure de mes lèvres, comme pour enlever une miette invisible.

– On y va quand tu veux.

Au loin, les notes de musique latine m'attirent et je n'avais pas l'intention de partir si tôt. Je suis un peu frustrée qu'il ne se dévoile pas et si je veux plus de profondeur dans notre relation, c'est ici et maintenant. Je décide de jouer cartes sur table.

– Je n'ai pas atteint mon objectif.

Une lueur de surprise passe dans ses yeux pendant que j'engloutis une bouchée de foie gras enrobé d'une fine couche de chocolat qu'un serveur vient de me proposer. Il se frotte le menton en souriant.

Il est tellement sexy.

– Micaëlle Simone a un objectif. Je peux en savoir plus ?

– Je veux apprendre trois choses sur toi. Hors de question de ramener un inconnu chez moi.

– Tu m'as déjà ramené chez toi.

Je feins l'incompréhension.

– Quand ? Ah tu veux dire que… c'était toi la dernière fois ?

Il rit et s'approche de moi lentement. J'espère qu'il ne lit pas dans mes yeux à quel point j'ai envie, là, tout de suite, de déguerpir avec lui. Avant de me consumer sur place, je l'attrape par la main et le tire vers le fond du hangar. Il se laisse guider, sans poser de questions. Plus nous approchons et plus l'ambiance change. La musique est entraînante et la voix du chanteur a quelque chose d'envoûtant. Nous sommes accueillis par une serveuse qui nous offre de la sangria. Je bois une gorgée de mon verre. C'est mal dosé et à la limite du buvable. Leio peine à retenir une grimace. D'un échange de regards, on se comprend et on éclate de rire.

– Heureusement que la musique est bonne, il murmure.

Je m'empare de son verre que je pose sur le comptoir avec le mien. Il me regarde laisser mon sac sur une chaise et sourit en s'approchant de moi. S'il est partant pour danser, je ne le lâche plus jamais.

C'est l'une des choses qui m'a toujours manqué avec Peter. Il ne dansait pas.

Je chasse le souvenir qui vient perturber le moment présent et me concentre sur Leio. Une chanson cubaine commence et nous rejoignons la vingtaine de personnes sur la piste improvisée. Il tire sur ma main pour rapprocher nos corps et il ne fait aucun doute qu'il a le sens du rythme dès son premier déhanché que j'accompagne sensuellement. La température montre très vite et après quelques pas de salsa, il me ramène encore à lui, si près que nos corps ne forment plus qu'un. Son souffle dans mon cou irradie ma peau, je suis comme en apnée.

– *Qué más quieres saber de mí ?*

Une décharge électrique m'aurait fait le même effet. Sa voix rauque et son accent parfait manquent de me faire défaillir.

Qu'est-ce que je veux savoir ?

– On s'en va.

CHAPITRE 19

MICA

Il arrête le scooter et je retire à regret mes bras de sa taille. Au hangar, j'ai enfin réussi à lire la phrase qu'il a dans le cou, ou plus exactement sur la gorge. « *La vida loca* », *la vie folle.* Je suis curieuse de savoir quelle est sa part de folie. Je regarde la porte d'entrée derrière lui en m'efforçant de ne montrer aucun signe de reconnaissance. Je ne sais pas ce qui me donne le plus d'adrénaline. Prolonger la soirée avec lui ou découvrir son appartement. En le suivant sur les réseaux sociaux, je peux voir chaque jour où il est, ce qu'il fait, ce qu'il porte et même découvrir le détail de ses tatouages sur le bras, dont j'essaie de comprendre le sens et la logique Peine perdue car les dessins en couleur, dans un style très old school, n'ont rien à voir les uns avec les autres. En revanche, il n'a jamais fait de story sur lui, on n'aperçoit pas les gens avec qui il est, il ne parle de rien de personnel. Juste de marques et d'adresses qu'il recommande. Je suis impatiente de découvrir son jardin secret.

Nous grimpons l'escalier jusqu'au deuxième étage et nous y sommes. Je m'engouffre après lui dans l'appartement. Mon premier sentiment, en regardant autour de moi, c'est la déception. Il serait difficile de faire plus impersonnel. À part le canapé rouge tout dodu dans lequel on a envie de se jeter, rien ne dépasse, tout a l'air aseptisé. Je pose mon sac tandis qu'il se dirige vers la cuisine.

– C'est… bien rangé chez toi.

Il sourit en s'affairant derrière le bar.

– Mojito ?

– Oui ! Tu es sûr que tu vis ici ?

Le seul signe de vie que je vois dans ce salon, c'est un ordinateur portable posé sur la table basse.

– Je bouge souvent. C'est rare que je reste plus d'un an ou deux dans la même ville alors je ne perds pas de temps à décorer.

– Non mais même ! Il n'y a rien qui traîne, j'ai l'impression d'être chez Dexter !

Il éclate de rire et je crois que c'est la première fois. Il est encore plus beau comme ça.

– *Dexter*… ça date ça ! Disons que comme je ne suis presque jamais là, ça aide à tout laisser en ordre.

C'est compliqué de le faire parler mais peu à peu, je vais y parvenir. Je suis encore plus têtue qu'il est mystérieux.

– C'était sympa, le Kiwa ?

J'ai vu ce matin qu'il prenait un brunch là-bas, un restaurant en bord de mer. Depuis la honte que j'ai eue hier en lui envoyant un émoticône, j'ai décidé d'assumer le fait que je regarde son compte. Et puis, il m'a tendu la perche en me disant qu'il n'était jamais chez lui. S'il est décontenancé par ma question, il ne le montre pas.

– Très.

– Tu m'emmèneras ?

Il arrête de couper la menthe pour lever la tête vers moi.

– Tu es insupportable.

Je me suis assise sur un tabouret du bar et j'appuie mon menton dans la paume de ma main pour le regarder préparer son cocktail consciencieusement.

– Ce que je trouve dingue, c'est que tu es à Marseille depuis quoi… quelques mois ? Et tu connais des adresses dans lesquelles je n'ai jamais mis les pieds ! D'ailleurs, pourquoi il y a autant de monde qui te suit sur Insta ?

Il me tend l'un des deux verres.

– Je suis influenceur.

J'affiche un sourire narquois.

– Avec toutes les marques que tu taggues, je l'avais compris. Mais tu l'es devenu comment ?

– Par hasard, il y a deux ans. J'avais posté des photos de la marque de fringues d'un pote. Le message sur le pull est devenu viral et je me suis trouvé sur le devant de la scène. Et de là, ça s'est enchaîné. D'autres marques m'ont proposé des partenariats. Le nombre d'abonnés a augmenté et maintenant, même des établissement me contactent, comme le Kiwa.

– Ah bon ? Ils te demandent de venir ?

– C'est ça. Les restaurants m'invitent et les marques me commissionnent sur les ventes. C'est un bon complément à mon job.

Satisfaite d'en savoir un peu plus, je porte le verre à mes lèvres. Le mojito est parfaitement dosé. Je me délecte de la première gorgée pendant que, d'une manipulation sur son portable, il envoie de la musique acoustique dans des enceintes de la pièce. L'ambiance devient instantanément plus intime. Peut-être plus propice aux confidences ? Je tente encore…

– Je comprends mieux pourquoi tu es toujours en vadrouille.

– Donc tu me suis depuis longtemps ?

Mince, je ne m'y attendais pas. Je soutiens son regard en esquissant doucement un sourire.

– Bien sûr. Je veux savoir à qui j'ai affaire.

Le sien est imperturbable et je crois qu'il commence à se demander si je plaisante ou pas.

– Je ne suis pas… le mec idéal.

– Oh tu sais, je ne suis pas du genre à idéaliser. L'imperfection est la seule chose réelle.

Ses yeux se teintent de surprise. Je sens que son ton est faussement désinvolte.

– Dis-moi, Micaëlle… qu'est-ce que tu recherches ?

Quelqu'un de sérieux. Tout ce que tu n'es pas et pourtant, il y a un fil invisible qui me rattache à toi. Et j'ai bien l'intention de tirer dessus pour découvrir pourquoi.

Je sens que je lui fais peur et ce n'est pas ce que je veux. En tout cas, pour le moment, j'ai autre chose en tête. Je descends du tabouret et fais glisser mon gilet le long de mes bras. Il pose son verre et contourne doucement le bar, suspendu à mes lèvres. Ce que je recherche, là tout de suite… Je m'appuie sur le dossier du canapé et retire la lanière de l'une de mes sandales compensées. À moitié déchaussée, je descends de quelques centimètres et, cette fois, reste en équilibre pour retirer la seconde.

– Tu sais, Leio… je ne finis jamais un repas…

Il avance vers moi sans me quitter un instant du regard, ce qui m'électrise en même temps que ça m'intimide. À mesure qu'il se rapproche, je recule. La pièce n'est pas grande, je n'irai pas bien loin avant l'impact de son corps contre le mien.

–… sans un dessert.

Il retire sa veste qu'il laisse sur le canapé. Son tee-shirt noir épouse juste assez son corps pour me laisser deviner qu'il ne fait pas semblant de se rendre à la salle de sport. Ses bras sont impressionnants. Jusqu'ici, je n'avais jamais trouvé qu'une musculature prononcée était un atout de séduction chez un homme. Alors pourquoi ces fourmillements irradient mon bas-ventre ? La température a beaucoup trop monté en quelques secondes. Je déboutonne mon jean et ça y est. Je sursaute quand mon dos entre en contact avec un mur. Presque aussitôt il me fait face et place ses mains de chaque côté de mon visage. Même si dans ma culotte je n'en mène pas large, je continue à le défier du regard, le menton levé vers lui.

Lentement, sa main tatouée se promène sur mon bras et vient jouer avec la bretelle fine de mon haut. Je n'ai pas mis de soutien-gorge et, à la pointe de mes tétons qui tendent le tissu, il le sait. Je mordille ma lèvre en essayant de prendre le contrôle sur ma respiration devenue trop rapide. Son regard quitte mes yeux, descend un instant sur ma bouche, puis sur ma poitrine au moment où il fait glisser la bretelle. C'en est trop pour tous les deux. Nos langues se trouvent dans un baiser brûlant qui se prolonge pendant qu'il baisse mon jean et que je me tortille pour le faire glisser le long de mes jambes. Ses mains partout sur mon corps ne me laissent aucun répit. Ses lèvres auxquelles je suis devenue complètement accro font des allers-retours entre ma poitrine et ma bouche, son souffle chaud me consume de désir et je ne sais même plus comment j'atterris sur ce qui doit être son lit.

Il retire son tee-shirt avant de s'allonger sur moi et j'imprime mes mains contre sa peau nue. Il mord doucement ma clavicule pendant que ses doigts se faufilent en moi et je gémis en tentant d'atteindre son jean. Au bout de quelques minutes à faire monter le désir, il se redresse et j'entends un bruissement qui m'est familier. Je me cambre pour me relever et le prendre dans ma bouche. C'est lui qui gémit à présent tandis que sa main passe dans mes cheveux et exerce une pression délicate mais ferme. Je joue avec lui encore quelques secondes avant de m'arrêter quand je le sens à son paroxysme. Nos yeux se sont habitués à l'obscurité et la lumière du salon apporte juste ce qu'il faut d'éclairage.

Je me rallonge, les bras de chaque côté de la tête, alors qu'il enfile le préservatif. Il fond sur moi et sa bouche prend soudainement d'assaut la mienne. Nos corps fusionnent. *Encore.* Mes doigts viennent s'emmêler dans ses cheveux, griffer ses fesses rebondies. Ses lèvres contre les miennes. Son goût de rhum. Ses va-et-vient intenses. *Encore.* Bientôt, nous roulons sur son lit et je le chevauche. Il se redresse jusqu'à s'asseoir, referme ses bras sur moi et je rejette ma tête en arrière alors qu'il enfouit son nez dans mon cou. Sa respiration se fait plus rapide. Il vient, je le sens et je suis grisée d'avoir le contrôle.

– *Me vas a volver loco.*

Le timbre de sa voix a raison de moi. Je ne sais plus où je suis. Ces quelques mots murmurés contre ma gorge me font exploser à mon tour.

CHAPITRE 20

MICA

À la migraine que j'ai et à mes paupières lourdes, je dirais qu'il doit être entre six et sept heures du matin. Un morceau du volet de la chambre est cassé, de telle sorte qu'un faible rayon de soleil arrive tout droit sur le lit. Heureusement car je ne me serais jamais réveillée sinon. Bonjour le lundi matin. En essayant de bouger le moins possible, je cherche du coin de l'œil un réveil ou une horloge qui me permettrait de savoir de combien de temps je dispose pour rentrer chez moi, sauter dans une douche et me préparer pour attaquer ma journée. Je ne vois rien qui puisse me venir en aide et mon portable se trouve dans mon sac à main, quelque part dans le salon. Il ronfle. Pas comme mon père, mais un léger ronflement qui casse un peu le mythe et me donne envie de pouffer de rire. Il n'y a pas que moi qui ai trop bu hier. Je me rappelle le dernier mojito qu'on a pris, enlacés sur le canapé, avant de regagner le lit. J'aurai dû refuser ce dernier verre, c'était couru d'avance qu'on remettrait ça. Je me suis endormie dans ses bras. Je m'en souviens, il me caressait les cheveux en disant qu'il allait me ramener. Lovée contre lui, je n'ai pas eu envie de répondre. J'ai dû m'assoupir et il n'a pas osé insister.

Purée, je suis un boulet !

Comment je fais maintenant pour m'extirper des draps sans le réveiller ? Si on peut éviter la gêne de se dire au revoir après une soirée comme celle-ci, ce serait mieux. Je profite de ce qu'il soit profondément plongé dans les bras de Morphée pour l'observer. Ses cheveux en bataille qui lui donnent un air sauvage. Une partie de sa peau colorée par l'encre des tatouages qui partent de la main gauche pour aller jusqu'à la naissance du cou. Un cactus, un cœur avec une bannière où sont inscrits des chiffres ou encore une paire de baskets… Trop d'informations. D'autant que je n'arrive pas à réfléchir avec la barre que j'ai au milieu du front et qui, je le sens, ne me quittera pas de la journée. Doucement, je sors du lit et marque un temps d'arrêt en tirant sans le vouloir sur le drap dans lequel le bas de son corps est entortillé. Sa cuisse fraîchement dénudée laisse entrevoir un dessin. Le seul en noir qu'il ait sur son corps, à ma connaissance. Je m'approche une seconde pour le voir de plus près. C'est original et un peu effrayant à la fois. Une carte de tarot… L'Hermite si j'en crois ce qui est inscrit. Je le vois bouger et, craignant qu'il finisse par se réveiller, je me faufile hors de la pièce. Ma culotte et mon jean sont échoués près du mur. Je les enfile à la va-vite avant de me diriger vers mon gilet qui est tombé du dossier du canapé et que je ramasse. J'aperçois une sandale ici, l'autre là, mais pas mon haut en soie… où est-il ?

Purée, j'ai l'impression d'être le Petit Poucet. J'ouvre mon sac à main pour prendre mon portable et regarder l'heure. Douze appels en absence des filles. Merde. Il est sept heures vingt-neuf. Sept heures vingt-neuf ! Juste le temps de désactiver le réveil avant qu'il ne sonne. J'abandonne l'idée de trouver mon haut, enfile mon gilet et ouvre la porte d'entrée. Avant de me rendre compte que je n'ai pas mes chaussures. Je repars dans le salon, les chausse en titubant à nouveau vers la sortie quand la porte se claque sous mes yeux dans un courant d'air.

Inspire, expire, ça va bien se passer.

Je dévale l'escalier en évaluant mentalement le temps dont je dispose pour rentrer et repartir bosser, sachant qu'ici, je suis plus près de mon bureau que de chez moi. Le timing est vraiment short. Je trottine plus que je ne marche vers la grande avenue où je parviens rapidement à héler un taxi. Je vais éviter de rentrer à pied et risquer de croiser une connaissance entre chez moi et le quartier où je bosse. Merci bien. Mes cheveux sont en vrac, mon maquillage a dû couler et je dois sentir le sexe à des kilomètres. Enfin pour le dernier point, j'espère pas. Dans l'habitacle du taxi qui a bien voulu s'arrêter, je profite du court trajet pour sortir mon téléphone qui vibre dans mon sac. J'ignore les notifications et me rends directement sur la conversation « Chlomiro ». Il y a une dizaine de messages non lus et, un instant, j'ai un nœud à l'estomac en voyant que les filles s'en sont envoyé autant sans moi. Puis je repense aux appels en absence. Elles ne m'ont pas oubliée.

Arrête de croire qu'on va t'abandonner.

Je remonte le fil de la conversation et lis entre les lignes. Mince ! Hier soir Chloé avait rendez-vous avec un inconnu, le steward. Je culpabilise. Pas une minute je n'y ai pensé ! Heureusement que Romie a pris des nouvelles peu avant minuit. Visiblement, Chloé était contente de sa soirée. Je lis que Romie a eu un dimanche difficile. Elle a passé sa journée chez ses parents, comme souvent, et lorsqu'elle est rentrée, Noam était passé récupérer toutes ses affaires. Entre ses géniteurs qui sont froids comme des pierres et le départ de son mari, je culpabilise à nouveau de ne pas avoir été présente hier soir.

Mon nom revient souvent dans la conversation. Elles me tagguent et me demandent des nouvelles. À deux heures, Romie hésite à appeler la police. À deux heures douze, Chloé lui dit qu'elle m'a localisée et que je suis sûrement chez « l'autre ». Qu'au pire des cas, mon corps y est et qu'elles régleront ça demain matin si je ne donne pas de nouvelles. Puis elle poste une capture d'écran de mes coordonnées GPS. Elle m'a localisée ? Je fronce les sourcils, je n'étais pas au courant qu'elle avait accès à ma géolocalisation, elle me fatigue. Juste avant que la voiture ne s'arrête devant mon immeuble, je m'empresse d'envoyer un message au cas où Romie, qui doit déjà être prête pour sa journée de boulot, serait tentée de faire un détour du côté de chez Leio pour s'assurer que tout est okay.

Mica : Tout va bien les filles !
On s'appelle à midi ? Ou ce soir ?

De retour à la maison, je suis presque tentée d'appeler ma cheffe pour feindre une angine. Mais je sais que si je fais ça, mon karma me retrouvera et s'occupera de moi. Je n'ai plus qu'à assumer ma courte nuit et ma gueule de bois en prenant mon mal en patience. Ce soir, je me coucherai tôt. Pas une minute à perdre. Je fonce dans la salle de bains où je prends une douche froide rapide mais revigorante. J'enfile une robe en jean, sèche mes cheveux avant d'appliquer un léger gloss sur mes lèvres. On est lundi, il est huit heures trente-sept, j'ai tout donné et j'ai l'impression d'être un vendredi soir. C'est dire ce que la journée va être longue.

Moins de trente minutes plus tard – grâce à ma trottinette – j'arrive au boulot avec seulement une poignée de minutes de retard. Rien de choquant pour un lundi matin. Un lundi veille de jour férié qui plus est. Ça tombe très bien car je pourrai dormir toute la journée de demain si j'en ai besoin. En attendant, il faut tenir debout. Je parviens à ne pas bâiller face à Solange qui me raconte les problèmes de livraison qu'elle rencontre sur l'un des chantiers que l'agence supervise et je me prépare un demi-litre de café pour tenir bon pendant le rendez-vous découverte que j'ai avec un nouveau client.

Pas de chance, je suis tombé sur un indécis qui a décidé d'étudier tous les catalogues d'échantillons de tissu que j'ai sur mon étagère et qui a apparemment une matinée à perdre. Entre deux hésitations de camaïeux de vert, j'ai envie de faire *pouni* et de hurler.

Je voudrais juste une dizaine de minutes seule, sans être dérangée, pour me refaire le film de la soirée.

Il est midi et demi quand enfin, je m'enferme dans mon bureau avec une salade niçoise que je suis sortie acheter à la boulangerie. J'ai une petite appréhension en allumant mon téléphone que j'ai éteint en arrivant ce matin pour préserver la batterie. Si je n'ai pas de nouvelles de Leio, je serai forcément déçue. Les notifications indiquent plusieurs messages. Certains provenant des filles. Et ouf. Un autre de lui. À sept heures quarante, l'heure où j'ai dû entrer dans le taxi, je n'avais pas vu.

Leio : Je conduis si mal que ça ?

Mon état de fatigue est tel que je ne comprends pas tout de suite. Puis je souris. J'aime ce ton léger qu'il adopte en permanence. Si loin de la lourdeur qu'ont la plupart des mecs.

Mica : Tu dormais comme un bébé…

Sa réponse fuse.

Leio : Exactement, et j'ai apprécié
la délicatesse avec laquelle tu as
fermé la porte. J'ai failli tomber du lit.

Je pouffe en repensant au claquement de la porte d'entrée.

Mica : Pas fait exprès. J'avais oublié
mes chaussures et le temps
que je revienne, la porte a claqué.

Je souris alors que je vois les points de suspension qui indiquent qu'il est en train d'écrire.

Leio : Tu as aussi oublié un bout
de tissu bleu sur le coin de mon lit.
Tu es insupportable.

Voilà donc où était mon petit haut.

Mica : Ça, c'est fait exprès par contre.
Je commence à laisser
quelques affaires.

Les points de suspension apparaissent, puis disparaissent. Avant d'apparaître à nouveau. Ce sujet le met mal à l'aise et j'adore ça. Ce qui est fou, c'est que je ne plaisante qu'à moitié. Je secoue la tête en lisant sa réponse.

Leio : Rien de sérieux,
rien de romantique.

Cette relation est le début de quelque chose, il ne le sait pas encore mais moi, j'en suis intimement convaincue.

Mica : Puisqu'on peut laisser
le romantisme de côté,
sache que tu ronfles. (La prochaine
fois, je prendrai des boules Quiès.)

J'ai un sourire niais en pensant à lui. Encore les petits papillons dans le ventre. Tout ça. Et si je me trompais sur toute la ligne ? Plus je vais m'attacher à lui, plus la chute sera rude si je fais fausse route. Cette pensée me fait glisser du nuage sur lequel je me trouvais.

Pensons à autre chose.

En picorant ma salade, j'ouvre ensuite la conversation « Chlomiro ». Les filles ont tellement discuté que je capitule avant même d'essayer de reprendre depuis le début. Et ça tombe bien, car le dernier message est celui que Chloé vient d'envoyer. Elle propose que pour changer, on se retrouve au Glacier du roi juste après le boulot. Même si on était ensemble vendredi et samedi soir, il y a des périodes comme ça où le téléphone et les messages ne suffisent pas. On a besoin de se voir sans attendre et sans pouvoir se l'expliquer. C'est un peu notre sixième sens à nous. C'est tout bête, mais la perspective de retrouver mes amies dans quelques heures me donne un regain d'énergie ; j'attaque un projet que je ne pensais commencer qu'en fin de semaine et l'après-midi passe finalement plus vite que prévu.

À dix-sept heures vingt, je gare ma trottinette près de la place de Lenche, avec une faim de loup.

La salade de ce midi, que je n'ai pas terminée, ne m'a pas calée et j'ai bien l'intention de me rattraper avec une énorme coupe de glace. D'autant plus qu'ici, ce sont les meilleures de la ville. Romie et Chloé sont attablées et leurs glaces sont bien entamées. Sympa.

– Je vois que vous m'avez attendue.

Je les embrasse avant de me laisser tomber lourdement sur une chaise. Romie hausse les épaules.

– On ne savait pas à quelle heure tu nous rejoignais mais, promis, si j'avais fini avant que tu arrives, j'en aurais repris une autre avec toi.

Chloé grimace.

– J'espère que tu plaisantes, tu as pris une coupe quatre boules ! Putain, c'est mon fantasme, ça.

Voyant qu'on la regarde sans comprendre, elle articule :

– Quatre boules. QUATRE boules, deux paires de…

Je percute et l'interromps en riant.

– C'est bon, j'ai compris, pas besoin d'un dessin !

Romie écarquille les yeux.

– Un plan à trois ?

Sa surprise me fait rire à nouveau.

– Tu sais que Chloé, c'est madame Toujours-Plus, moi ça m'étonne pas. Raconte ton rendez-vous d'hier.

Chloé s'essuie la bouche.

– Rolàlà, il est tellement *hot*. Alors, d'abord on s'est rejoints au bar en bas de chez moi pour voir si le feeling passait.

– Pour être sûre qu'il n'était pas du genre à te ligoter et te découper en morceaux ? demande Romie.

– Entre autres. À peine il est arrivé qu'on a commencé à se bouffer du regard. Vous voyez, le truc ? Je buvais mon verre de vin en mode « ravie de te rencontrer » alors que je crevais d'envie de lui arracher son tee-shirt et…

– Vous avez choisi ? nous interrompt le serveur.

On ne l'avait pas vu arriver et, à son petit sourire, il a clairement entendu la dernière phrase de Chloé. Elle m'arrache la carte des mains, qu'elle lui tend.

– La coupe de la semaine s'il te plaît, lui assène-t-elle.

Il repart tandis que je la fixe, interdite.

– Pourquoi t'as commandé pour moi ?

– Parce que tu veux savoir la suite de mon histoire. Tu vas voir, c'est ce que j'ai pris, c'est une tuerie.

– Y a quoi dedans ? j'insiste, encore contrariée qu'elle m'ait coupé l'herbe sous le pied.

– Trois boules, calisson, amande et fruits confits.

– Fruits confits ?

– Mica, la lourdeur ! J'en étais au meilleur moment. On arrive chez moi…

– On en était au verre de vin, intervient Romie.

Elle ne dit rien en mangeant sa glace mais suit très bien l'histoire visiblement. Chloé souffle.

– Y a rien à dire de plus sur le bar. Bref, il embrasse de ouf. J'étais tout émoustillée rien qu'en l'embrassant, j'ai rarement ressenti ça. On a niqué deux heures d'affilée. Le mec, il est endurant. Vous imaginez même pas comme j'ai mal à la…

Elle regarde cette fois derrière elle avant de prononcer le mot « patchole ». Je n'en peux plus d'elle. Romie enfourne sa dernière cuillerée de glace, l'air hébétée.

– Tu vois, ça donne envie, mais je ne sais pas si je pourrais, murmure-t-elle.

– Niquer deux heures ? demande naïvement Chloé.

– Non ! Assumer mes envies et avoir le cran d'aller au rendez-vous, tout ça, quoi…

Le serveur me dépose ma coupe et je la regarde avec gourmandise. Chloé attend qu'il soit parti avant de me pointer du menton.

– Dis à Romie que c'est pas si compliqué de se trouver un plan cul.

J'explose de rire.

– Ah non ! Tu y arrives avec une facilité déconcertante.

Elle nous regarde tour à tour.

– Vous trouvez que c'est mal ce que je fais ?

– Mais pas du tout ! Si c'est ton kif pourquoi ça serait mal ? je réponds, la bouche pleine.

Romie soupire.

– Ce qui serait mal, ce serait que je prenne une autre coupe. Si vous me voyez interpeller le serveur, jetez-moi un verre d'eau.

Chloé est visiblement rassurée de voir qu'on ne juge pas ses choix.

– Bref, c'était sympa, mais je ne le reverrai pas. Y avait pas… cette étincelle, vous voyez ?

– Non mais Chloé, il peut pas y avoir une étincelle avec tous les mecs ! s'exclame Romie, presque excédée.

– En fait, c'est tellement bien avec Thibaut et Melvin que je peux pas m'empêcher de comparer. Et quand je compare, eh ben…

– Eh ben t'as encore plus mal à la patchole… complète Romie.

L'entendre parler comme ça déclenche à nouveau l'hilarité à notre table.

– Combien tu paries qu'on va avoir un battle entre Melvin et Thibaut, je chuchote en adressant un clin d'œil à Romie.

– Oui, j'avoue qu'ils m'ont l'air de se distinguer du peloton, ces deux-là. Je mise sur Melvin.

– Cent balles sur Thibaut, je lance en lui tapant dans la main.

Chloé nous regarde tour à tour, mi-amusée mi-agacée.

– Vous avez fini ? Ce n'est pas de ma faute s'ils sont au-dessus des autres. Je demande que ça, moi, de rencontrer d'autres gars à la hauteur de mes attentes.

Je la taquine.

– Depuis le début, tu essaies d'ajouter des Bunny ou des inconnus dans l'équation, mais tout revient toujours à ces deux-là. D'ailleurs, il est finalement pas si rempli que ça, ton harem.

Romie lui adresse un sourire innocent.

– Petite joueuse !

La bouche de Chloé forme un O de surprise mais Romie l'empêche d'en placer une.

– Chloé, tu es amoureuse de l'un des deux et la présence de l'autre t'empêche de t'en rendre compte. C'est ma théorie.

– Je suis d'accord, il faut que tu fasses une pause avec les deux, genre un long break, pour voir lequel te manque le plus, j'ajoute.

Chloé souffle.

– Arrêtez, mes oreilles saignent. Je suis amoureuse de leurs bites magnifiques, c'est tout.

La glace au calisson est vraiment incroyable. Je profite du silence pour changer de sujet.

– Bon, moi hier, Leio m'a amenée dans un super endroit, ça s'appelle Art & Food et…

– Sur le cours Ju ? Un collègue m'a proposé de venir à l'inauguration hier mais j'avais déjà prévu le rendez-vous avec Gianni, si j'avais su que tu y serais… regrette Chloé.

Dieu merci, elle ne l'a pas su !

Je n'aurais pas pu être autant dans ma bulle avec Leio.

– On ira toutes les trois, du coup je vous décris pas l'endroit, vous verrez, c'est vraiment sympa. J'ai fini la soirée chez lui… c'était cool aussi. Et désolée d'avoir fait la morte, en fait je me suis endormie chez lui.

Chloé soupire.

– Gianni aussi s'est endormi. En fait, je crois qu'il avait la flemme de refaire une heure de route pour rentrer chez lui.

Je compatis.

– Tu m'étonnes, après deux heures de baise. Tu l'as laissé ?

– Non, j'avais pas envie de dormir avec lui, je lui ai dit de partir.

– Mais tu es un bonhomme en fait ! lance Romie.

– Non, je suis une femme. Une femme libre, nous balance fièrement Chloé.

Romie pousse sa coupe vide sur le côté.

– Bon, en parlant de femme libre, c'est officiel. Noam a pris toutes ses affaires et il s'est barré.

Un silence s'ensuit. J'échange un regard entendu avec Chloé et réponds doucement.

– Vu la scène de samedi soir, ça me choque pas, Romie. Il t'a vue avec un mec et tu n'as pas mâché tes mots quand tu lui as dit de partir.

– Si j'avais été à sa place, j'aurais fait bouffer à Marc toutes les chaises du bar. Il a été cool, Noam. Après, tu as raison, il l'a cherché.

Notre amie regarde dans le vague.

– Je suis triste. Vraiment triste. Mais je sais que je ne pourrai pas lui pardonner de m'avoir trompée car pour moi, ce qu'il a fait, c'est de la trahison. S'inscrire sur un site de rencontres aussi rapidement, c'est pas possible.

Ni Chloé ni moi ne savons que répondre.

– Ce week-end, je vais trier nos affaires. Vous pourrez venir m'aider ?

– Évidemment.

Imaginer ce qu'elle vit me replonge plusieurs mois en arrière. Je sais à quel point le cap qu'elle va passer sera difficile. Sentant l'ambiance s'alourdir, je change de sujet.

– Je suis en vacances à la fin de la semaine, on se programme une journée piscine-apéro chez mes parents dans les quinze jours qui arrivent ? J'essaierai de mettre Momo et Titi dehors.

Monique et Thierry, de leurs vrais prénoms, sont mes parents que mes amies ont affublés de ces surnoms qu'ils détestent. Je profite de ce qu'elles se plongent dans leur agenda pour regarder mon téléphone. Leio ne m'a pas donné de nouvelles. Je ne résiste pas plus d'une demi-seconde à aller sur Instagram pour voir ce qu'il a bien voulu poster comme story dernièrement. Ça commence par les vidéos qu'il a faites au hangar. Je souris en pensant que j'étais à côté à ce moment-là. Pas une fois il ne fait allusion au fait qu'il est accompagné et on ne voit aucun indice sur ma présence. Il reste vraiment discret sur sa vie et je ne peux m'empêcher de ressentir un soupçon de possessivité. J'aurai aimé qu'il dise qu'il était en bonne compagnie ou un truc qui soit un clin d'œil. Bref.

Les stories passent à aujourd'hui et je vois qu'il est allé courir ce matin, juste après mon départ. Il a ensuite fait de longues vidéos sur un centre sportif où il a testé un appareil qui muscle toutes les parties du corps sans effort. J'imagine que c'est sponsorisé et, peu intéressée, je n'écoute pas tout. À l'instant, il vient de poster une photo de son ordinateur avec des hashtags indiquant qu'il bosse. Est-ce que ce serait prétentieux d'imaginer qu'il y a un message subliminal à mon attention ? Du style : *Je suis chez moi et je n'ai rien de prévu. Mica si tu passes par là...* Bon, peut-être pas à ce point mais il sait que je regarde ses réseaux, donc… Jusqu'à présent, c'est toujours lui qui m'a relancée. Je ne vois pas pourquoi je n'inverserais pas la tendance.

Mica : Si tu fais une pause
et que tu veux passer…
me rapporter mon haut,
ça serait sympa, non ?

Les points de suspension m'indiquent qu'il est en train de répondre et je sens mes mains devenir moites en attendant.

Leio : Mica… si on se voit aussi
souvent, ça va ressembler à ce à quoi
je n'ai pas envie que ça ressemble.

Très bien.

Mica : On t'a déjà dit que tu étais
doué pour refroidir l'ambiance ?
Pas de problème, tu me le déposeras
dans la boîte aux lettres.

Enfoiré. Ça fait un peu femme vexée mais ce n'est pas mon genre de cacher ce que je ressens. Je suis quelqu'un de simple.

Si ça se passe bien, j'ai envie de te revoir, peu importe comment ça s'appelle. Et je sais que tu en as envie aussi.

Je fais mine de m'intéresser à la discussion en cours, quand un autre message arrive.

Leio : Je vais passer ce soir. Histoire
que tu n'aies pas rien à te mettre
à ta prochaine soirée.

Qu'est-ce que je disais… On dirait que Leio n'a pas une volonté de fer me concernant.

Mica : Je commande une pizza.

CHAPITRE 21

LEIO

« Je commande une pizza. » Cette fille est… énergivore. Ce n'est pas la première fois qu'une nana attend trop de moi mais elle… Elle, je n'arrive pas à la contrer. Enfin, je pourrais mais je ne suis pas sûr d'en avoir envie. Pour la première fois, je suis partagé entre la tentation de voir où ça pourrait nous mener si je me prêtais au jeu et… Et puis merde, non. Je fonctionne comme ça depuis toujours et c'est ce qui m'empêche de sombrer. Pas de relation durable, pas de problème. Pas de comptes à rendre. Pas de responsabilités. Pas de passé à raconter. On ne se doit rien et c'est ce qui nous protège. C'est comme ça que j'aime les femmes que je fréquente : sans attente. Comme avec toutes les autres avant elle, j'ai joué franc-jeu avec Mica. Enfin, je crois, elle a réussi à me mettre le doute. Si elle vient me taquiner avec cette histoire de petit haut laissé exprès chez moi, c'est qu'elle sait que c'est tout le contraire de ce que je veux.

Le tissu glisse entre mes doigts pour atterrir au sol. Ce bleu vif me plaît, le toucher soyeux aussi mais ce n'est rien comparé à l'odeur qui y est imprégnée. Sucrée et presque entêtante. Comme s'il ne suffisait pas qu'elle soit déjà présente dans mes draps, sur ma peau, dans ma tête. Impossible de la sortir de mes pensées et ça m'angoisse. Elle a réussi à s'immiscer par les pores de ma peau jusque dans mon esprit et je me taperais presque la tête contre un mur pour en redevenir maître. J'ai beau compenser en me mettant la race au sport, en voyant toujours plus de monde, en multipliant les trucs à faire… elle m'obsède. Elle m'obsède et elle outrepasse sans le savoir les règles que je me fixe. Les fois où j'ai laissé une fille dormir dans mon pieu sont si rares que je pourrais les compter sur les doigts d'une main. Cette nuit, j'ai tenté de la ramener mais elle n'a pas répondu et ensuite, je n'ai pas lutté en m'endormant contre elle, presque naturellement. Elle était là, elle est restée et elle a fait un boucan d'enfer en partant. Sa fuite matinale m'arrache un sourire malgré moi. C'est exactement l'image qui illustre mon ressenti. Elle fait du bruit dans ma vie. Mon téléphone vibre et j'ignore l'appel. Je suis excédé de penser à elle mais je n'ai pas envie de sortir de cette bulle imaginaire, je m'y sens bien même si je ne veux pas m'y attarder.

Est-ce que je deviens fou ?

Cette petite blonde me fait vriller. Elle est pourtant à l'opposé des filles que j'ai l'habitude de fréquenter. Souvent des bimbos superficielles avec qui ça le fait quelques jours, avant de passer à la suivante. Mica m'a saisi par sa spontanéité, son esprit et sa fraîcheur qui la rendent naturellement sexy. Voilà, c'est ça. Elle est simple et c'est ce qui rend tout compliqué. Non, je ne devrais pas y aller ce soir. Je sens qu'elle attend ce que je ne pourrai pas lui donner et je n'ai envie ni de m'embarquer dans une histoire qui va droit dans le mur, ni de la décevoir. Il faut que j'aille courir. Le sport est la discipline qui m'a permis de reprendre le contrôle sur ma vie et de ne pas devenir fou. Alors, je vais lui envoyer un message pour lui dire que c'était cool mais que je préfère qu'on en reste là. Je vais aller faire un footing et je lui laisserai son haut devant la porte de chez elle en passant. Mon téléphone vibre pour la troisième fois consécutive. Toujours Ilan. Je déteste quand il insiste comme ça mais il vaut mieux que je décroche avant d'envoyer le téléphone par la fenêtre.

– Yep ?

– Ça va ma nine ?

Sa voix enjouée résonne à l'autre bout du fil. Mon cousin a toujours la pêche et rien qu'à entendre son accent marseillais hyper prononcé, mes lèvres s'étirent.

– Bien. Quoi de neuf ?

J'ai essayé de prendre un ton désinvolte, mais j'ai la voix enrouée, ça n'a pas dû bien marcher.

– Y a un truc qui va pas ?

Qu'est-ce que je disais…

– Si, tout roule. Je bosse sur un projet, j'étais concentré. Dis-moi ?

– Ce soir, y a toute l'équipe qui vient prendre l'apéro, tu te ramènes ?

J'hésite. Ça me changerait les idées. Je grommelle un son inaudible, qui ne veut ni dire oui ni dire non, pour gagner du temps. Elle va être déçue mais il faut que je coupe court. Ça a commencé par un verre, je l'ai emmenée sur un lieu où il y avait mes clients hier soir et elle a dormi chez moi cette nuit. Si ça se continue avec une pizza… je sais très bien où ça va me mener.

– Alors frangin, tu tires ou tu pointes ? la voix bourrue de mon cousin m'engueule au bout de la ligne.

Je me baisse pour ramasser le bout de tissu bleu. Ce parfum. Putain. Juste un dernier soir, ce soir.

– Non, j'ai un truc de prévu, on remet ça demain ? je finis par lâcher.

– Ça roule. Si t'as besoin d'un gros câlin, fais-moi signe.

CHAPITRE 22

MICA

Il y a une distance. Une distance infime mais qui me perturbe. Je l'ai sentie dès qu'il est entré. Comme s'il s'était protégé d'une armure invisible avant de venir, pour m'empêcher de le percer à jour. Qu'importe. Il est là et c'est tout ce qui compte. Un pas après l'autre. La pizza que j'ai commandée est sur la table basse, j'ai débouché la bouteille de vin rouge qu'il a apportée et on est assis côte à côte sur le petit canapé de la terrasse. Il a cette casquette grise qu'il portait la première fois que je l'ai vu et un ensemble tee-shirt et short du même ton. Dans ce look sportwear qui me laisse la vue libre sur ses bras et ses mollets musclés, il me fait terriblement envie. Je nous sers un verre et on trinque.

– À notre dernier rendez-vous, je souffle.

Il me regarde d'un air dubitatif.

– Pourquoi je sens de l'ironie dans ta voix ?

– Pourquoi je sens du soulagement dans la tienne ?

Il secoue la tête en souriant et je me redresse.

– Tu crois vraiment que je vais te persécuter pour qu'on continue à se voir ?

Son regard est troublant et j'ai l'impression que ses pupilles plus sombres que d'habitude me mettent à nu. J'essaie de maîtriser le tremblement qui s'empare de mon corps mais j'ai un mal fou à prendre le dessus sur mes envies. J'adopte à nouveau le ton de l'humour pour donner le change.

– J'ai ce haut depuis des années et du coup, il a une valeur sentimentale, je voulais le récupérer.

– Et l'invitation à dîner ?

– Ça va, c'est une pizza ! Je n'allais pas te faire faire un aller-retour sans au moins te nourrir, je suis bien éduquée.

Je bois une gorgée et lui adresse un clin d'œil.

– Enfin, au premier verre. Si je bois trop, il est possible que je perde mes bonnes manières.

Je tourne la tête vers lui et le regarde avec insistance.

– Donc tu es en train de dire qu'il faut que je profite de toi cette nuit. Parce que c'est la dernière fois et parce que tu auras sûrement trop bu.

Il fait mine de plaisanter mais je sens que la tension n'a pas quitté ses épaules.

– C'est ce que tu veux entendre, pas vrai ?

Une lueur de surprise passe dans ses pupilles.

– Dit comme ça, j'ai l'impression d'être une ordure, mais oui, je n'aime pas faire de la peine ou donner des illusions.

Cette réponse, même si elle est celle que j'attendais, me serre la gorge. C'est moi qui ai tendu la perche et c'est le jeu. Pour dissiper mon trouble, je plonge le nez dans mon verre alors qu'il a l'air de scruter l'expression de mon visage.

– Et toi… qu'est-ce que tu cherches ?

Malgré moi, je soupire profondément. La conversation est en train de prendre une tournure qui n'était pas prévue mais si je veux qu'il se livre, peut-être que je devrais commencer.

– Je vais avoir vingt-neuf ans, dans quelques jours.

– Et tu veux que je vienne à ta boum d'anniversaire ?

Je ris.

– Presque. En fait, je vois que les années passent et j'aimerais bien… me poser, tu vois ?

Tout en parlant, j'ouvre le carton de pizza et lui tends une part, avant de me servir également. Je fuis son regard car je sais qu'on n'est pas sur la même longueur d'onde et j'ai peur de ce que je pourrais y lire.

– Comment ça se fait que tu sois toujours célibataire ? Tu es trop insupportable ?

Il me taquine mais je sais que c'est une vraie question.

– J'ai vécu une longue histoire. Très longue, genre treize ans.

– Treize ans ?

– Oui. Un chanteur. On s'est connus jeunes et il y a un an et demi, il s'est dit qu'il fallait qu'il parte à l'aventure… sans moi.

C'est étrange. Au moment où je prononce ces mots, je suis… détachée. Leio fronce les sourcils et la dernière chose que je souhaite, c'est sa pitié. Hors de question que cette soirée vire au mélodrame.

– Me regarde pas comme ça, je le taquine. J'ai survécu.

Je prends un ton plus enjoué.

– Bref, j'ai profité un peu de mon nouveau célibat et j'en suis là. À manger une pizza avec un mec qui s'est forcé à venir. Tu imagines le déclin ?

On ne peut pas dire que je n'aurais pas tout donné pour remettre de la bonne humeur dans la conversation. Et ça a l'air de prendre. Leio me dévisage intensément puis se met doucement à rire et je me dis que j'adore ce son.

– Je sais que tu trouveras quelqu'un, aucun doute là-dessus.

Je déteste cette phrase et même s'il a pris un ton désinvolte, les mots sonnaient faux dans sa bouche. À son tour. Je mets mes deux pieds sur le canapé et ramène mes genoux contre ma poitrine.

– Et toi ? Pourquoi tu ne veux pas de relation sérieuse ?

– Je veux mener une vie d'ermite.

À ce mot, la carte de tarot qu'il a tatouée sur sa cuisse me revient en mémoire.

– Pas de relation, pas d'obligation. J'ai besoin de ça, d'être libre d'aller et venir comme je le souhaite, dans ma vie perso comme pro. Je ne suis pas capable de me poser.

Pourquoi en est-il si convaincu ? Ou essaie-t-il de se convaincre ? Encore une fois, les mots qu'il prononce ne sont pas en adéquation avec ce qu'il dégage. Son regard me transperce et je sais au plus profond de moi qu'il apprécie le temps qu'on passe ensemble. Une autre question me vient en observant sa main qui est en train de frotter sa mâchoire. Le dessin qui y figure est un œil emprisonné dans un triangle et entouré de ce qui doit être des rayons de lumière. Le réalisme est saisissant.

– Ça veut dire quoi ?

Il suit mon regard et contemple le tatouage comme s'il le découvrait pour la première fois.

– *El ojo y la luz*, il prononce à voix basse. L'œil de la Providence, c'est un symbole protecteur. La lumière qui triomphe sur le mal.

Hum… Quand il parle espagnol, il dégage quelque chose d'encore plus sensuel. Un délicieux fourmillement s'empare de mon corps quand je pense à la danse qu'on a partagée hier soir. Mon regard rencontre le sien et, à l'intensité avec laquelle il me fixe, je sais qu'il pense à la même chose. J'inspire profondément pour reprendre le contrôle.

Pas maintenant. J'ai besoin d'en savoir encore sur lui.

– Tu parles espagnol couramment ? je murmure.

– C'est ma langue natale.

Soit il ne dit rien sur lui, soit il balance des infos capitales, l'air de rien.

– Non, tu blagues ? Tu n'as aucun accent !

Il finit son verre qu'il pose sur la table.

– Normal, mon père est français, ma mère espagnole. J'ai appris les deux langues en même temps.

Il y a un instant de silence que je savoure en faisant tourner mon verre de vin presque vide entre mes doigts. Il m'en ressert et je ne le quitte pas des yeux.

– Tu es déjà allé en Espagne ?

– J'y ai vécu. Et j'ai passé tous mes étés ici, à Marseille, d'où mon père est originaire.

Il répond en regardant devant lui, c'est bizarre. Comme s'il n'aimait pas ce sujet de conversation. Mais ma curiosité est trop forte et j'ai encore tant à apprendre sur lui…

– Et donc si, depuis tes vingt ans, tu es encore là, c'est que tu préfères la France ?

– Bon, assez parlé de moi. Je te ressers une part ou… on passe à autre chose ?

Je pose mon verre sur la table et sans qu'il s'y attende, monte à califourchon sur lui. La visière de sa casquette s'érige comme une barrière entre nous et je plaque mon front juste dessus.

– J'adore qu'on parle de toi. Je sens que ça te met à l'aise en plus.

Il a compris que je le taquine et m'observe de ses yeux rieurs.

– Tu en sais plus sur moi que la plupart des filles que j'ai rencontrées. Moi, il y a une chose que je veux absolument savoir sur toi…

– Dis-moi…

Il se lève d'un coup, à la force des cuisses, alors que j'enserre sa taille de mes jambes et son cou de mes bras pour ne pas glisser. Je frissonne à son timbre rauque contre mon oreille.

– Le goût que tu as.

***

Sa langue joue avec mon point sensible, sa barbe naissante m'irrite, sa bouche sur cette partie de mon corps m'enivre. Il éloigne son visage de quelques centimètres et souffle sur mon intimité. La fraîcheur après son passage brûlant a le don de me rendre folle. Je ne demande qu'à être emplie de lui.

– Leio…

Il se redresse, l'une de ses mains passe sur ma cuisse et il me fait pivoter, de sorte que je me retrouve sur le ventre. Je tremble d'excitation alors qu'il me caresse les fesses du bout des doigts. Son pouce vient se glisser en moi et je gémis à nouveau.

– Leio.

Son silence fait monter mon adrénaline et je suis à mon paroxysme alors qu'il enfile le préservatif. Plus que quelques secondes. Il pose ses mains sur mes hanches et s'insinue en moi. Enfin. Sa force contre ma vulnérabilité. Je sens l'orgasme monter à chacun de ses coups de reins. Il augmente la cadence et soudain, d'une main, il me redresse complètement et je ne sais plus où j'habite. Je suis à genoux alors qu'il continue de me prendre, une main sur mes seins et l'autre sur mon cou, son souffle dans mes cheveux et son torse plaqué contre mon dos. L'orgasme m'emporte complètement à l'instant où sa voix rauque grogne contre mon oreille.

Je ne veux que des moments comme ça.

***

– Tu veux de la grenadine ?

– De la grenadine ?

Je ris.

– Je n'ai rien d'autre.

On est venu prendre l'air sur la terrasse. Il s'est assis par terre, a remis sa casquette, et il me regarde d'un air amusé alors que j'attends sa réponse, ma bouteille de sirop à la main. Il est vêtu seulement de son short et j'imprime cette image dans ma tête car je sais qu'elle viendra longtemps me faire fantasmer.

– Je ne sais même pas si j'en ai déjà goûté…

– Quoi ? Tu sais que tu es passé à côté de ton enfance ?

– Tu ne viendrais pas de Marseille, toi ?

Je ris encore et nous sers deux verres. Mon téléphone s'éclaire. C'est Chloé qui m'envoie un message à minuit, comme prévu, pour me dire que tout va bien. Leio suit mon regard.

– Il est quelle heure ?

– C'est malpoli de demander l'heure quand on est invité.

Il m'attire de sorte que je monte à califourchon sur lui.

– Et est-ce que c'est malpoli de se resservir ?

– Seulement si tu gardes ta casquette.

***

Il est trois heures trente du matin. On a fait l'amour. Plusieurs fois. Il a caressé toutes les parties de mon corps avec une sensualité qui m'a rendue folle. Dans mon lit, le dos appuyé contre le mur, je lui masse doucement les épaules. Le bout de mes doigts effleure ses bras et je regarde les tatouages qu'il arbore.

– Qu'est-ce qu'ils signifient ?

Seul le silence me répond et je murmure :

– Tu t'es endormi ?

– Je ne dors que chez moi, mademoiselle.

Je souris en pensant que la veille, je me suis imposée toute la nuit chez lui.

– C’est ma vie. Des souvenirs de voyage, des choses que j’aime, des mots qui me parlent.

– Je dirais qu’il y a au moins trois tatoueurs différents qui ont travaillé sur ton bras.

Il tourne la tête sur le côté pour tenter de me regarder et je vois qu’il lève un sourcil surpris.

– Tu as l’œil.

– Peut-être parce que je suis décoratrice et qu’il m’arrive de dessiner, j’ai le sens du détail. Et c’est encore une autre personne qui a fait la carte de tarot sur ta cuisse.

Je le sens se crisper et exerce de mes doigts une pression plus forte pour le détendre.

– Tu sais ce qu’il te faudrait comme dessin ?

– Dis-moi.

– Une pizza. Pour te rappeler comme cette soirée était fabuleuse.

Il se dégage de mon emprise pour me faire face. Ses mains sur mes hanches, il m’attire à lui, de sorte que je me retrouve allongée, son visage juste au-dessus du mien.

– Cette soirée fabuleuse s’est transformée en nuit.

– Tu veux qu’elle se transforme en matin ?

– Mica…

J’encercle sa taille de mes jambes et ondule sur son corps. Je ne peux pas me rassasier de lui et, à le sentir durcir contre moi, je comprends que c’est compliqué pour lui aussi. J’accroche mon regard au sien.

– Embrasse-moi et tu t'en vas.

Ni lui ni moi n'y croyons une seconde. Je l'aurai à l'usure. Il ne m'a pas tout dit ce soir, il y a quelque chose qui l'empêche de s'autoriser à vivre une vraie relation et il faut que je trouve quoi. Ses lèvres fondent sur les miennes, encore engourdies de nos baisers.

***

Cinq heures du matin. Ou peut-être six heures. On n'a dormi qu'épisodiquement. À moitié assoupie, je l'entends se rhabiller et me tourne vers lui. Les premiers rayons de soleil caressent le lit et se posent sur mon corps entortillé dans le drap. Tel un félin, j'étire mes muscles endoloris par une nuit trop courte, trop mouvementée, trop voluptueuse. Il me regarde langoureusement en remettant sa casquette sur ses cheveux en bataille. Est-ce qu'il croit vraiment qu'il n'y aura plus d'autres fois ? Quand il se penche pour ramasser son téléphone resté au sol, il en profite pour déposer un baiser sur ma clavicule. Je ferme les yeux une seconde et quand je les rouvre, il est parti.

CHAPITRE 23

MICA

Je comptais passer la journée à traîner à la maison mais je n'ai pas réussi à dormir au-delà de dix heures du matin, et à la fin de la matinée, je tournais déjà en rond. Pas question d'espionner les stories de Leio aujourd'hui, ni de le harceler de messages. J'aimerais que ce soit lui qui revienne à la charge et qu'il comprenne, par la même occasion, qu'il se passe quelque chose entre nous.

Si ma présence lui manque autant que la sienne me manque, il reviendra.

J'ai débarqué à l'improviste chez mes parents et me suis invitée au déjeuner. Ma mère avait fait un taboulé à la menthe que j'adore et mon père, me voyant arriver, a allumé le barbecue pour y faire griller quelques saucisses. Me voilà en train de lézarder sur le dos, sur une chaise longue au soleil, quand je sens une présence à côté de moi.

– Tu lis quoi, maman ?

– Un livre que j'ai déniché dans un vide-grenier sur l'histoire du tarot de Marseille.

Je fais un effort pour ne pas lever les yeux au ciel. Sa grande passion est le tirage divinatoire du tarot. Un don qu'elle tient de sa mère, qui le tenait de la sienne. En refusant de m'y intéresser, je brise la chaîne, au grand dam des femmes de la famille. Je sais bien que maman n'attend que ça, que je lui pose des questions, mais à cause d'un tirage qu'elle a fait à Peter quelques semaines avant notre rupture, j'associe ces cartes à ma plongée en enfer. C'est ridicule, j'en suis consciente mais c'est comme ça. Ignorant ostensiblement le bouquin qu'elle feuillette à quelques centimètres de mon visage, je ferme les yeux et me concentre sur le chant des cigales. Malgré toute ma bonne volonté, c'est peine perdue, le bruit des pages successivement tournées m'empêche de lâcher prise. Le tarot me ramène à Leio et à la carte qui est parfaitement reproduite sur sa cuisse. Je me redresse pour poser à ma mère la question qui me taraude.

– Qu'est-ce que ça signifie, l'Hermite ?

Surprise, elle semble hésiter un instant.

– On peut l'interpréter de différentes manières. Tout dépend de la question qui a été posée quand on la tire.

– Un ami se l'est fait tatouer mais je n'ai pas osé lui demander ce que ça veut dire. J'imagine que c'est super négatif ?

Voyant que le sujet m'intéresse, elle ferme son livre et se lève pour aller, je le sais, chercher son paquet de cartes de tarot. Pour la première fois depuis des mois, j'ai envie de les voir de plus près. L'Hermite en particulier. De retour, elle s'assoit sur mon transat où je lui fais une place et tire la fameuse carte du jeu qu'elle pose sur la petite table à côté de nous. On y voit un vieil homme avec une cape, il tient une lanterne d'une main et un bâton de l'autre. En papier ou sur la cuisse de Leio, je trouve l'image glauque.

– Il y a tant à dire sur l'Hermite. C'est une carte qui est incomprise. On l'associe à la négativité mais le message qu'elle délivre n'est pas toujours mauvais.

Pourtant, quand je la regarde, elle me fait peur. Je la laisse continuer, pressée d'en savoir plus.

– Le bâton correspond au chemin spirituel. La lanterne contient une étoile qui représente la sagesse. Il symbolise la patience, la prudence ou encore l'isolement.

– C'est assez lourd quand même, il n'y a rien de vraiment positif, je marmonne.

– Eh bien si justement ! Si cet ami dont tu parles s'est fait tatouer cette arcane, on peut supposer qu'il a éprouvé le besoin de prendre du recul pour avancer dans sa vie ou se libérer d'un passé difficile. Est-ce que c'est mauvais en soi ?

Je hausse les épaules, ne sachant que penser. Elle soupire.

– Tu devrais prendre le guide d'interprétation des arcanes de mamie, dans la bibliothèque.

Voyant que je ne refuse pas, elle tente le tout pour le tout.

– Tu sais quoi, j'ai une idée, je te tire les cartes et on interprète ensemble ?

Elle a pris un ton désinvolte pour m'amadouer.

Bien joué, maman.

Je fixe les cartes qu'elle a en main, sans expression. Enfant, cette pratique me fascinait et j'étais fière de faire semblant de lire l'avenir à toute la famille en répétant des bribes de ce que j'avais entendu sur telle ou telle carte. Adolescente, je n'étais jamais satisfaite de la signification des cartes que je tirais. Mes questionnements portaient essentiellement sur des futilités concernant mes amitiés et mes amours du moment et, avec le recul, les tirages que je me faisais n'avaient aucun sens. Cependant, ils m'ont amenée à bouder le tarot quelques années. Et puis, alors que mon attrait avait commencé à revenir, il y a eu ce jour où je suis venue déjeuner ici avec Peter. Pendant le café, ma mère et lui se sont mis à philosopher sur la vie et elle lui a tiré les cartes. Je faisais une partie de dames avec mon père à quelques mètres d'eux, mais j'ai tilté en entendant ma mère dire quelque chose du style : « Le plus dur est de se libérer de ce qui nous entrave pour avancer. » Deux semaines plus tard, Peter se barrait. Évidemment, elles n'y étaient pour rien, mais malgré moi, j'en ai tenu rigueur à ces foutues cartes. Je suis sûre que ma mère s'est posé la question, elle aussi, du rôle que le tirage avait joué dans la prise de conscience de Peter car depuis son départ, c'est la première fois qu'elle ose m'en proposer un.

Fébrile, elle attend ma réponse. Je vois bien qu'elle a du mal à cacher son excitation en me voyant acquiescer. Je prends le jeu et, lentement, bats sept fois les cartes avant de poser le paquet sur une petite table à côté de nous. Je fais mine de le faire avec nonchalance mais en réalité, je me suis concentrée à fond sur mon histoire avec Leio. Je coupe et mets en évidence quatre cartes. L'une d'elles me met instantanément mal à l'aise. L'arcane numéro 13, représenté par un squelette tenant une faux. J'ai un mouvement de recul et ma mère pose sa main sur la mienne comme pour me rassurer.

– Celle-ci, c'est l'Arcane sans nom, elle signifie la fin de quelque chose. Je te le dis tout de suite, ce n'est pas parce qu'elle est représentée par un squelette qu'elle signifie la mort ! Il s'agit de la fin d'une étape.

– Maman, reconnais que cette image est effrayante !

– Seule la signification importe. Il faut bien qu'un cycle se termine pour qu'un autre commence, tu comprends ? On finit un chapitre avant d'en commencer un autre ! Ce peut donc être la fin d'une relation négative ou… un gros changement au travail.

Elle me regarde en fronçant les sourcils.

– Ça se passe bien à l'agence ?

– Ça va, je suis en vacances à la fin de la semaine, ça va bien tomber car je suis épuisée.

La vérité, c'est que cette carte concerne sûrement ma relation avec Leio et que je n'ai pas envie d'en parler avec ma mère. Je pointe le menton vers la seconde carte que j'ai tirée et qui représente un jeune homme levant un bâton vers le ciel. Je me rappelle que ma grand-mère aimait bien celle-ci.

– Le Bateleur… Mamie l'appelait le magicien, ma mère murmure. L'arcane numéro 1. Le commencement… tu vois, cela renforce ce que je te disais. C'est le moment de tous les possibles. Par contre, cette carte met en garde contre le danger de faire fausse route.

Je rêve ! Même quand une carte me semble positive, ça cache quelque chose. Je soupire.

– Il commence à m'inquiéter maman, ce tirage.

Elle rit.

– Mais pas du tout. Il va y avoir un changement dans ta vie et tout sera entre tes mains.

Je soupire en mettant mes lunettes de soleil sur mon nez. Ce n'est pas l'impression que j'ai, hélas.

– On verra… et qu'est-ce qu'elles disent, les deux dernières cartes ?

– Tu as tiré la Roue de la fortune.

Elle passe son index sur sa lèvre inférieure, un tic qu'elle a quand elle peine à comprendre quelque chose.

– Cool, je vais être riche ?

– Je ne pense pas mais tu vas être amenée à saisir des opportunités. Puiser dans tes désirs pour aller chercher ce que tu veux. Attention, car cette carte peut vouloir dire aussi que tu te poses trop de questions, tournes en rond et te laisses dérouter par les événements.

Je secoue la tête pour lui signifier mon exaspération.

– Enfin la Lune… Avec la Roue de la fortune, ce sont les deux seules arcanes qui ne représentent pas de personnage. La Lune est une carte mystérieuse et quand tu la tires à l'envers comme tu l'as fait, elle met en avant la vérité, la révélation.

À l'origine, j'étais venue ici pour ne pas avoir le blues. Loin de me rassurer, les propos de ma mère m'ont perturbée. Je me redresse et jette un coup d'œil à mon portable pour donner le change, même si c'est inutile car elle sait toujours ce que je ressens. Elle regarde d'un air pensif les quatre cartes devant elle.

– Et comment vont les filles ?

Super…

Puisque je suis célibataire, elle doit penser que ce tirage étrange est lié à mes amies et elle va s'en inquiéter. Ma mère a une relation forte avec elles. Romie a souvent trouvé du réconfort et une oreille attentive ici quand on était adolescentes. Et mon père a toujours été fan de Chloé et de sa façon de pointer à la pétanque. Bref, leur maison était notre quartier général et je crois bien qu'ils les considèrent comme les sœurs qu'ils n'ont pas voulu me donner. Une relation qui a été renforcée avec leurs nombreuses allées et venues quand je suis venue vivre ici après le départ de Peter. J'hésite à parler de la séparation de Romie et Noam. Je ne suis pas certaine que Romie veuille que ce soit officiel et à la minute où elle sera informée, ma mère ne pourra s'empêcher de l'appeler. Je me contente de hausser les épaules.

– Elles vont bien, elles vous embrassent.

– Elles viennent samedi midi ?

La tradition familiale est d'organiser un barbecue le samedi qui suit mon anniversaire avec les tantes et cousins, et mes amies et Noam y sont bien entendu conviés. Cette année, ça tombe le jour même.

– J'espère bien, je vais le leur rappeler.

Quelques minutes plus tard, je profite qu'elle soit partie aider mon père à repeindre les volets pour filer dans le salon à la recherche du fameux bouquin de ma grand-mère qui détaille chaque carte du tarot. Ma curiosité concernant l'Hermite est restée inassouvie et j'ai l'intention d'emprunter ce livre pour en apprendre davantage.

Que caches-tu, Leio ?

Décidément, peu importe où je vais, il sera dans mes pensées. Autant retourner chez moi avant que les rues soient impraticables en ce 14 juillet, et que je passe des heures coincée dans les bouchons. Je décline la proposition de mon père de me ramener et file à l'arrêt de bus qui ne se trouve qu'à quelques mètres. Calée au fond du bus, je lance un appel groupé vers les filles. Chloé est la première à décrocher.

– Enfin tu m'appelles !

– J'étais chez mes parents et je n'ai pas osé t'appeler à l'aller, il n'était même pas onze heures.

– Ouais t'as bien fait, je me suis levée à midi. Comment ils vont ?

– Bien, tu les verras samedi.

– Pourquoi ?

Le fait qu'elle ne percute pas m'agace.

– Ben pour mon anniversaire !

– Mais merde, pourquoi tu ne me l'as pas dit avant ? Je shoote dans le Luberon toute la journée !

Je fronce les sourcils.

– Chloé, depuis quand tu as besoin d'un recommandé ? Tu le sais, que tous les samedis qui suivent mon anniversaire, on fait un barbecue à la maison, et là ça tombe pile ! Mon père va être trop déçu, il te voyait déjà dans son équipe pour son tournoi de pétanque.

Elle éclate de rire.

– Dis à Titi qu'il ne gagnera pas si je ne suis pas sa coéquipière. Momo aussi va être dégoûtée, les repas sans moi sont comme une bouillabaisse sans poisson.

– Toujours plus. Avec qui t'as passé la nuit pour te lever si tard ? je demande pour changer de sujet.

– Personne.

Je rêve ou j'entends soudain des trémolos dans sa voix ?

– Qu'est-ce qu'il y a Chloé ?

– Je suis amoureuse.

Purée, elle m'a fait peur, cette imbécile.

– Ça, on s'en doutait je te signale. Duquel ?

Seul le silence me répond.

– Chloé ?

– Des deux.

Son soupir en dit long.

– Tu dis ça parce qu'on t'a taquinée hier avec Romie. Tu ne peux pas être amoureuse des deux, d'autant qu'ils n'ont rien en commun, à t'écouter.

– Justement, tu ne comprends pas ? C'est parce qu'ils sont différents qu'ils sont complémentaires. Je suis aussi amoureuse de Thibaut, de sa façon de me regarder comme si j'étais unique au monde et de nos discussions sans fin que de Melvin avec qui c'est torride et qui termine des phrases que j'ai commencées. Enfin, tu vois, quoi.

Ouais, enfin non, je ne vois pas.

– Tu ne confonds pas le sexe et les sentiments ? je demande.

– Non, parce que crois-moi, je me serais bien passée des sentiments.

Je pouffe de rire, et quelques passagers se retournent. Le bus est à l'arrêt, dans les embouteillages. Je baisse d'un ton.

– Et donc on arrive au moment fatidique où tu vas devoir choisir lequel des deux tu préfères.

– Arrête, rien que d'y penser, je transpire.

– Laisse-toi un peu de temps, essaye de prendre du recul.

Elle soupire.

– J'ai l'impression que, quoi que je fasse, mes relations sont vouées à foirer.

– Et moi donc… je murmure.

– Vas-y, raconte.

– Moi aussi je suis amoureuse. C'est nul hein ?

– Ben ça dépend. Et lui ?

– Lui, il ne veut pas de relation.

Je l'entends souffler.

– Si c'est ça, ne t'attache surtout pas à ce mec. C'est perdu d'avance si le type est dans cet état d'esprit.

Je soupire. Elle a raison mais je ne sais pas abandonner une bataille tant que je ne suis pas sûre qu'elle est perdue.

Je ne suis pas Peter.

Elle brise le silence.

– Il faut toujours voir le verre à moitié plein. Dis-toi que Leio, c'était un super plan cul et qu'il y en a à la pelle.

Je n'ai pas envie d'enchaîner les relations sans lendemain ou d'avoir plusieurs sex friends. Je voudrais un point d'ancrage, quelqu'un sur qui compter. J'ai été malheureuse quand Peter est parti et ça a duré plus ou moins jusqu'à ce que Leio déboule dans ma vie. Alors, je n'ai pas envie de le laisser filer.

– Il y a plus que de l'attirance. C'est impossible à expliquer mais je me sens tellement bien avec lui. Les conversations sont fluides, je suis moi-même, le temps passe vite… Tout ça quoi.

– Putain tu as vu le message de Romie ?

Sa voix est paniquée et elle m'inquiète subitement.

– Lis-le à voix haute, je suis dans le bus, je n'ai pas mes écouteurs.

– Elle a fait un malaise vagal au boulot, sa sœur l'a emmenée à l'hosto !

Mince. Qu'est-ce qu'il se passe en ce moment ? On dirait que tout part en vrille dans nos vies.

– Et donc, elle sort quand ? Elle a besoin qu'on lui apporte quelque chose ? je m'enquiers.

Le silence.

– Oh mon Dieu ! Chloé hurle.

Je fais un bond dans mon siège. Il n'y a pas beaucoup de passagers dans le bus et je m'efforce de parler doucement pour qu'on n'entende pas ma conversation.

– Il se passe quoi ? je demande.

– Tu n'as pas lu ?

– Je suis dans le bus au téléphone avec toi, je lis comment, putain ?

J'entends son souffle dans l'appareil.

– Elle est enceinte ?

– Hein ?!

La vieille dame devant moi se tourne et me lance un regard noir. Je baisse le ton.

– Tu rigoles ?

– Non, ils ont fait un test sanguin. Elle dit qu'elle nous appelle demain mais que là, elle va éteindre le téléphone et aller se reposer chez sa sœur.

Mon cœur bat à mille à l'heure et les pensées se bousculent dans mon cerveau.

– On n'a rien vu, comment c'est possible ?

Chloé peine à déglutir.

– Non mais… *what the fuck ?!*

– Je comprends mieux ses sautes d'humeur, je soupire.

– Et son appétit et les kilos qu'elle a pris… non mais on est aveugles ou quoi ?

Je me gratte la tête de ma main libre en regardant le paysage défiler par la fenêtre. Chloé inspire de façon exagérée.

– C'est hardcore du Nord.

– Abuse pas. C'est Romie et Noam, ça va aller… j'en suis sûre.

– C'est la pire chose qui pouvait lui arriver, elle ajoute comme si elle n'avait pas entendu ce que je viens de lui dire.

Normalement, elle n'est pas si pessimiste.

– Tu n'as pas dit qu'il fallait voir le verre à moitié plein, il y a quelques minutes ? je m'agace.

– Ouais ben pour le coup, il est plein là. Plein de problèmes !

– Bon, je suppose qu'elle ne viendra pas non plus samedi, je soupire.

Un bref silence s'installe, et on s'écoute mutuellement respirer.

– Faut que je décompresse, c'est trop d'informations, elle marmonne. Tu fais quoi ce soir ?

– Pourquoi, tu veux coucher avec moi ? je chuchote pour alléger l'atmosphère.

Ça marche car elle s'esclaffe.

– T'es con.

– Je n'arrive pas avant une demi-heure à l'arrêt en bas de chez moi. Viens à la maison si tu veux.

– Non, en fait j'ai la flemme. Je crois que je vais me coucher tôt. Et toi, oublie-le.

– Qui ? je demande bêtement.

– Oublie-le et passe à autre chose.

CHAPITRE 24

MICA

J'ai toujours adoré les anniversaires. Organiser ceux des autres, profiter du mien. Cette année n'a pas dérogé à la règle avec le barbecue avec toute ma famille réunie chez mes parents, où j'ai été choyée comme une princesse. À présent, l'autre partie de la journée m'attend. Le resto avec les copines. Ça va nous faire du bien de nous retrouver. Et comme, dans ma vie, il n'y a pas de ciel bleu sans nuage, il y a forcément quelque chose qui vient perturber ma bonne humeur. Leio ne m'a pas donné de nouvelles depuis notre dernière nuit, soit depuis lundi matin. Presque une semaine s'est écoulée et je suppose que je dois considérer que c'est fini. Si on peut qualifier de fini quelque chose qui n'a pas commencé. Je me prépare avec un soin particulier pour l'occasion. Un jean noir, des talons hauts et une blouse avec un décolleté vertigineux. Ma pochette dorée à la main, j'ose quelque chose que je fais rarement. Poster un selfie que j'accompagne d'un seul hashtag : *BirthdayGirl*. Comprendra qui voudra. M'enverra un message qui voudra. Je suis pathétique. Sur cette bouteille à la mer, je quitte l'appartement. Chloé m'attend en warning et je ris en voyant le ballon à l'hélium XXL qui flotte, accroché au rétro de la voiture.

– Ils n'avaient plus le vingt-neuf alors j'ai pris vingt-huit.

– On va où ?

Elle me lance un regard désolé.

– À la base, on avait réservé une soirée sur un bateau, mais…

– Ça tombe à l'eau ?

– T'es con. Mais oui, c'est ça. Romie ne se sent pas d'aller dans un lieu branché. Du coup, on va dans un petit resto à côté de chez elle, c'est plus intimiste mais super sympa…

Je me doute bien que Romie n'a pas le cœur à faire la fête et je n'en serais pas capable non plus à sa place. On l'a à peine eue au téléphone cette semaine, elle nous a dit que ça allait et qu'elle avait besoin d'être un peu seule.

– Viens on prend des sushis et on va manger chez elle. Je m'en fous du resto. On se rattrapera à mes trente ans !

Elle tourne la tête vers moi.

– Tu es sûre ? Dans ce cas, on sort après toutes les deux ?

Je hoche la tête et trouve sur mon téléphone l'application pour faire livrer de la nourriture japonaise. Pendant que je commande en ligne, Romie fait un saut dans une cave à vin pour prendre une bouteille de blanc. Nous ne sommes plus qu'à deux minutes de notre destination quand elle m'interroge brusquement.

– Et Leio, il fait toujours partie du paysage ?

Leio.

En soufflant mes bougies à midi, j'ai souhaité avoir un message de sa part. C'est le vœu le plus con que j'aie fait de toute l'histoire de mes vœux d'anniversaire.

– Non.

Elle s'abstient de commentaire et le silence règne pendant son créneau. Quelques minutes plus tard, quand Romie nous ouvre la porte, surprise de nous voir sur son palier, j'ai l'impression qu'elle s'est arrondie. Peut-être parce que, maintenant, je sais ce que son état cache.

– Soirée sushis ! On a une super bouteille de…

Je me tais en comprenant la bêtise que je suis en train de dire. Elle me prend dans ses bras.

– Joyeux anniversaire ma chérie.

Contre moi, elle se met à pleurer. Chloé articule silencieusement : « Je la cache ? » en montrant la bouteille dans le dos de Romie et j'acquiesce en entraînant cette dernière sur le canapé. Avant de s'asseoir, elle déboutonne son jean et je suis surprise de voir que son ventre est déjà légèrement proéminent. Chloé, qui revient de la cuisine, pense la même chose car elle s'arrête net en bloquant dessus.

– Qu'est-ce que ça a donné, le rendez-vous chez la gynéco ?

Elle nous regarde tour à tour, s'essuie le nez et se met à rire. Un rire nerveux, limite gênant. Chloé et moi essayons à tour de rôle de rire aussi mais rien ne sort. Puis elle enfonce la tête dans ses épaules et sanglote. Je lui passe la main dans le dos.

– Tu ne sais pas quoi faire, ma poulette ? Tu dois être perdue mais…

– Quatre mois.

– De quoi tu parles ?

Chloé s'assoit sur le fauteuil en face de nous.

– Je suis enceinte de quatre mois.

– Oh fatch… murmure Chloé.

– C'est pas possible ! je m'écrie.

– J'ai dit la même chose à la gynéco.

Elle se tait et le silence est plombant.

– Trop d'émotion. Je suis désolée mais j'ouvre la bouteille.

Je lance un regard noir à Chloé.

– Ben quoi, elle peut boire un petit verre, elle n'est plus à ça près !

– Chloé ! je m'offusque.

Romie nous regarde, effarée.

– Oh là là, je n'avais pas pensé à ça ! Tout ce que j'ai bu ces dernières semaines. Je vais avoir un bébé qui n'a pas de père et qui sera malformé et…

Je lui coupe la parole.

– Tu dis n'importe quoi.

Chloé débouche la bouteille.

– Pour le père on peut encore faire quelque chose.

Non mais là, j'hallucine.

– Chloé, il t'arrive quoi là ? Niveau soutien, t'es nulle.

Elle reste perplexe un instant puis s'adresse à Romie.

– Pardon. Tu sais que quand la situation m'échappe, je perds pied. J'essaie de dédramatiser mais évidemment, ton bébé sera en bonne santé. Ma mère a pris une cuite au champagne quand elle était enceinte de six mois, et regardez-moi !

Romie et moi échangeons un regard et elle rit à travers ses larmes.

– Je suis sous le choc. J'ai passé ces derniers jours au fond de mon lit avec mon téléphone pour lire des articles sur le déni de grossesse. Je n'arrive pas à croire que ça m'arrive…

Chloé lui sert un verre d'eau gazeuse.

– Moi non plus. Va falloir t'habituer aux softs, ma vieille. Et rappeler Noam.

Je saute sur l'occasion pour donner le fond de ma pensée.

– Et j'ai envie de dire, c'est peut-être un signe du destin pour vous réunir.

– Ne vous emballez pas, il n'est pas encore revenu. Et on a beaucoup de choses à régler.

Elle lève son verre.

– C'est la soirée de Mica. Trinquons à tes vingt-neuf ans et, pitié, changez-moi les idées !

Elle est interrompue par la sonnette qui nous indique l'arrivée du livreur de sushis et elle grimace à peine le livreur reparti.

– Je n'ai pas le droit de manger du poisson cru. Vous allez voir, c'est une partie de plaisir, la grossesse.

Solidaires, on file toutes les trois dans la cuisine pour lui préparer des pâtes. Quand l'eau bout, Chloé attrape un paquet au hasard dans le placard et me demande l'heure pour lancer la cuisson. Je retourne dans le salon pour chercher mon portable et vois que j'ai plusieurs notifications. Des messages d'amies en réponse à ma story. Et un texto. Le numéro est inconnu et, curieuse, j'approche mon mobile de mes yeux pour lire le message.

Numéro inconnu : Est-ce qu'on peut rembobiner ?

Je le lis deux fois. Trois. Dix.

– Ça ne va pas ?

La voix de Romie me fait sursauter et, le portable encore à la main, je me tourne vers elle. Chloé apparaît dans l'embrasure de la porte.

– Il est quelle heure Mica ? Ben qu'est-ce que t'as, on dirait que tu as vu un fantôme !

Justement. Je regarde encore une fois le message et leur montre le téléphone, la main tremblante.

Le titre de cette chanson qu'il avait écrite pour mon anniversaire et que je ne connais que trop bien.

– Devinez qui vient de m'envoyer un texto ?

Je m'apprête à m'asseoir mais je ne loupe pas le regard coupable qu'elles échangent. Romie regarde ses pieds.

– Peter ?

Chloé se mord la lèvre. J'ai l'impression de prendre un coup de poing dans l'estomac.

– Pourquoi vous n'avez pas l'air surprises ?

CHAPITRE 25

MICA

Chloé laisse échapper un long soupir.

– Quel connard ! Comment il peut oser te souhaiter ton anniversaire comme si de rien n'était ?

– Tu étais sûre qu'il allait la contacter, c'était l'occasion rêvée pour lui.

Je les regarde tour à tour converser comme si je n'étais pas là.

– Non mais allô ! De quoi vous parlez ?

Chloé lâche la bombe.

– On a croisé Peter.

Mon cœur manque un battement. Recevoir un message de sa part et apprendre qu'il est de retour et que les filles sont au courant dans la même poignée de minutes, ça fait beaucoup.

– Qui, « on » ?

– Toi et moi. À la soirée à L'Accent.

J'essaie d'assembler les informations mais c'est difficile. Romie vient à mes côtés et me force à m'asseoir sur le canapé, comme je l'ai fait pour elle il y a quelques minutes. Chloé attrape mon verre de vin sur la table et me le tend comme si c'était un remède à tous les maux. Cette soirée où je n'avais d'yeux que pour Leio. Peter était là ? C'est comme si tous les éléments d'information dansaient un ballet dans mon cerveau et j'essaie d'attraper une bribe d'information par-ci, une autre par-là, pour les recaser au bon endroit. Je me souviens que Chloé avait dit être malade et qu'on était parties tôt de la soirée. Et je revois leurs visages secrets et leurs messes basses le lendemain matin sur ma terrasse. Une colère sourde gronde en moi.

– Vous savez qu'il est là depuis au moins trois semaines et aucune de vous deux n'a jugé nécessaire de me prévenir ?

Elles ont l'air aussi coupables l'une que l'autre. Romie met sa main sur son ventre.

– Mica, je ne suis pas moi-même depuis plusieurs semaines et maintenant on sait pourquoi, je…

– Tu me joues la carte de la grossesse ?

Je la regarde, stupéfaite. Chloé surenchérit.

– Romie, t'es sérieuse ?

Pourquoi est-ce qu'elles m'ont caché une chose pareille ? J'en veux particulièrement à Chloé car c'est elle qui l'a vu la première et qui a pris la décision immédiate de ne rien me dire.

– Comment ça s'est passé ? Avec qui il était ?

Elle pose son paquet de pâtes sur la table et s'assoit sur le fauteuil en face de moi.

– À part son retour, rien à signaler ! Je suis tombée nez à nez avec lui à l'intérieur du bar. Tu sortais prendre l'air, il n'a pas dû te reconnaître avec ta nouvelle coupe car vous vous êtes frôlés sans vous en rendre compte.

J'expire profondément pour contenir toutes ces émotions qui menacent de remonter à la surface.

– Il a cru que j'allais être contente de le revoir ! Son sourire s'est vite évanoui quand il a vu mon regard !

– Vous vous êtes parlé ?

– Non.

Romie croise les bras et regarde fixement Chloé qui souffle.

– Bon okay, peut-être un peu.

Je suis sur le point de perdre patience.

– Tu ne peux pas tout déballer une bonne fois pour toutes ?

– Il s'est approché trop près, je me suis reculée, je lui ai dit : « Tu crois vraiment qu'on va se taper la bise comme si de rien n'était ? » Bref, il était gêné et je l'ai enchaîné. Je crois que j'ai dit un truc du genre : « N'espère même pas t'approcher de Mica, elle a refait sa vie, tu n'existes plus pour elle », et j'ai fini par lui écraser le pied en partant dans ta direction pour t'entraîner vers la sortie.

– Tu lui as dit que… j'avais refait ma vie ?

Son air passe de coupable à provocateur.

– Ouais, pourquoi ? Tu aurais préféré que je lui dise : « On t'attendait Peter ! Mica est sur la terrasse là-bas, en train de regarder les étoiles en pensant à toi » ?

Voyant que je ne sais pas quoi répondre, Romie prend ma défense.

– Ça va Chloé, tu vois bien qu'elle est sous le choc ! Dis quelque chose, Mica. On a préféré te le cacher car tu avais Leio en tête et on avait peur que savoir Peter de retour te brouille les idées et te fasse du mal.

Évidemment que ça me fait souffrir. Il est revenu et n'a même pas daigné m'appeler.

– Vous auriez dû me le dire.

Chloé reprend son paquet de pâtes et s'apprête à retourner dans la cuisine.

– À refaire, je ferais la même. Tu aurais tout arrêté avant même que ça commence avec Leio et regarde, tu es amoureuse non ?

– Et qu'est-ce que ça m'apporte ? Je suis encore seule, oui ou non ?

Cette fois je laisse la colère m'emporter. Chloé se met à crier aussi.

– Tu as vu que tu étais capable de passer à autre chose, c'est ça qui compte !

Romie me caresse le dos.

– Je suis d'accord avec Chloé.

J'ai l'impression que la pièce tourne autour de moi et je n'entends plus les filles. Le film de la soirée à L'Accent défile devant mes yeux. Leio. La brune sexy. Puis Chloé qui vient me chercher et qui veut déguerpir en urgence. Le retour silencieux.

Et sa question. Sa foutue question avant de dormir. Qu'est-ce que je ferais si Peter revenait.

On dirait qu'on y est, non ?

Un rire nerveux résonne dans la pièce et je mets un temps avant de comprendre que c'est le mien. Des mois et des mois sans nouvelles, un trou béant dans le cœur, des nuits à sangloter, des journées à broyer du noir… et mes amies ne jugent pas important de me dire qu'il est de retour. Le pire dans tout ça, c'est qu'il avait peut-être l'intention de me contacter mais que Chloé l'en a dissuadé avec son mensonge. Avant de hurler quelque chose que je pourrais regretter, je me lève et me dirige vers l'entrée où je prends mon sac à main. Chloé avance vers moi.

– T'es sérieuse ? Tu m'en veux ?

– Tu n'aurais jamais dû lui dire ça.

– Peter sera toujours Peter. Tu l'as dit toi-même, il ne sera jamais stable !

– Mais merde Chloé, tu n'avais pas à lui interdire de venir me parler. Et si, moi, j'avais des choses à lui dire ? C'est de ma vie qu'il s'agit, pas de la tienne !

– Votre séparation nous a tous touchés je te signale. Tu es au courant qu'avant, on avait une bande de potes qu'on ne voit plus ? Et qu'à chaque fois que Noam fait un truc avec eux, Romie n'y va pas ? Tu sais que ces potes nous manquent parfois ? Mais qu'on s'en prive parce que les fréquenter ferait remonter tous tes souvenirs ? Tu le sais, ça ?

Elle m'a craché tout ça comme si elle l'avait sur le cœur depuis des mois. Je n'y avais jamais pensé. Il est vrai que pour me sortir de ma torpeur, les filles ont changé nos habitudes et nous avons cessé de voir, du jour au lendemain, les amis en commun que j'avais avec Peter. J'ai gardé les filles, lui, les mecs, comme un partage équitable. Et pourtant, c'est un noyau de longue date qu'on a explosé. Je me sens coupable. Romie, toujours assise sur son canapé, se frotte le visage.

– On peut parler de ma grossesse finalement ? C'était beaucoup moins anxiogène.

Debout dans le hall d'entrée, Chloé et moi nous toisons du regard et je m'aperçois qu'on pleure toutes les deux.

– Je suis désolée, je murmure.

– Mica !

Je dévale l'escalier. Elle a raison, sûrement sur toute la ligne, mais c'est quand même dur à avaler. Entre le retour de Peter, son message et les reproches de Chloé, je suis refaite.

Dans la rue, animée malgré l'heure tardive, je me rends compte que je ne sais pas où aller. Dans ce quartier du septième arrondissement, je suis bien trop loin pour rentrer à pied. Je n'ai même pas envie de rentrer. Ni de retourner chez Romie. Mon téléphone vibre pour la cinquième fois et j'envoie un message aux filles pour les supplier de me laisser digérer tout ça, au moins ce soir. Je mens en leur disant que j'ai pris un Uber et que je rentre. En vrai, l'air frais me fait du bien et la lueur de la lune rend la nuit moins effrayante. Je repense à l'une des cartes que j'ai tirées, la Lune justement. Cette semaine, j'ai lu plus en détail le guide d'interprétation des arcanes majeurs et celle-ci concernait la trahison. La vérité qui éclate. Un sentiment d'amertume m'étreint.

Je marche en direction de l'Escale Borély, le spot le plus près d'ici. Au bout de quelques minutes, j'aperçois les reflets des lumières du bar sur la mer. Inconsciemment, je sais où mes pieds me mènent et il est temps que j'arrive car ils me font souffrir dans mes chaussures qui sont loin d'être prévues pour une randonnée. Je dépasse les restaurants et les bars, pour arriver dans un coin plus tranquille. Sur un banc qui fait face à l'horizon, je me laisse tomber et retire mes sandales pour masser mes orteils endoloris. C'est bizarre de revoir ce banc où j'ai tant de fois posé mes fesses. Il n'a pas changé. Toujours recouvert de ses graffitis et si je cherche bien, je devrais pouvoir trouver l'inscription « Mica + Peter » ou encore, ailleurs, dans un cœur, « Chlomiro ». Étrangement, me retrouver ici, où j'ai tant de souvenirs avec lui, ne me fait pas de mal. Pas comme je l'aurais redouté, en tout cas. Non, ce sont uniquement les bons souvenirs qui reviennent.

Est-ce que c'est parce que je sais qu'il est de retour ?

Au bout de quelques minutes à observer les étoiles (exactement comme l'a dit Chloé tout à l'heure), je sors mon téléphone. Les filles ont essayé de m'appeler encore une fois. Je relis le message de Peter.

Est-ce qu'on peut rembobiner ?

C'est une chanson très courte qu'il avait écrite à l'occasion de nos cinq ans, et qu'il m'avait chantée pour mon anniversaire. Et mes anniversaires qui ont suivi, il me les a souhaités par ces mots plutôt que par la formulation d'usage. Mon doigt reste en suspens sur la touche supprimer. Si je le fais, je n'aurai plus de moyen de le contacter. Mes yeux s'embuent alors que j'attends, le pouce en l'air, un signe du destin. Je pense soudain à ma mère en souriant amèrement. La Roue de la fortune. Faire les bons choix. Si je revois Peter, est-ce que j'aurai assez de recul pour me protéger ? Ou est-ce que je pourrai à nouveau me laisser emporter par son âme tourmentée ? La lumière de mon téléphone s'éteint, signe que le délai est dépassé. Il faudra à présent que je le déverrouille pour prendre ma décision et ça me soulage. Je ne suis pas encore prête à le rayer une deuxième fois de ma vie.

Une notification Instagram me parvient et j'ouvre mes messages pour me changer les idées et répondre aux amis qui m'ont souhaité mon anniversaire par ce biais-là. Lucie en fait partie et ça me fait plaisir de la voir s'amuser en croisière sur sa story. Un prénom me saute aux yeux dans la liste des messages. Leio.

Leio : Ton anniversaire,
c'est aujourd'hui ?

Blasée, je ne réponds pas. C'est drôle car de là où je suis, je peux distinguer les lumières de L'Accent. Il s'y trouve certainement et ça ne me fait ni chaud ni froid. J'ai commencé la journée en espérant avoir de ses nouvelles, et voilà que je la finis en l'ignorant. J'ai le chic pour tomber amoureuse de mecs qui ne veulent pas s'engager. J'ai perdu treize ans avec le premier et trop de temps avec le second.

Pourquoi est-ce qu'il est revenu ?

Chloé a tellement raison. S'il m'avait rejointe sur la terrasse, j'aurais été prise de court, j'aurais perdu mes moyens et un mot de lui aurait suffi pour démolir ma nouvelle assurance. Je n'aurais pas eu le temps de me blinder avant de lui faire face. Cette fois je l'ai eu et je suis prête. Je suis décidée, mes doigts pianotent sur le téléphone.

Mica : Je suis sur un banc.
Tu sais… le banc.

Ce banc où tu m'as demandée en mariage.

CHAPITRE 26

MICA

Il est là. J'ai entendu ses pas et je sens sa présence dans mon dos. Ça doit faire une demi-heure que j'ai envoyé le message et je lui donnais mentalement encore dix minutes avant de partir. Parce qu'il fait frais en bord de mer quand on n'est pas couverte. Parce qu'il fait nuit noire. Parce que même la lune s'est cachée derrière les nuages pour montrer son désaccord. Je peux dire sans me retourner qu'il regarde au loin, sûrement les mains dans les poches d'un jean qui lui descend un peu trop sur les hanches.

– Tu as coupé tes cheveux.

À la tonalité de sa voix, ma peau se couvre de frissons et je retiens tellement mes larmes que mon nez me pique.

– Tu n'as pas changé de parfum.

La légère brise me porte les effluves de son odeur boisée. Un mélange entre cèdre et vanille que je lui avais trouvé au début de notre histoire et que j'ai toujours adoré sentir sur lui. Tous mes souvenirs se bousculent soudain.

Est-ce qu'il aime toujours le café tiède, est-ce qu'il a gardé son habitude d'enlever la croûte autour du pain de mie, est-ce qu'il sait que la troisième saison de la série qu'on regardait sous la couette est sortie ? A-t-il réussi à la regarder, lui ?

Je n'ai pas pu les contenir. Les larmes s'accumulent à présent au creux de mes paupières. Si je cligne des yeux, elles coulent. Ce n'est plus qu'une question de secondes.

– Tu es rentré quand ?

Elles s'échappent. Je ne les essuie pas, de peur qu'il remarque mon geste. Il s'approche encore. Je sursaute quand il dépose un pull sur mes épaules et mon cœur se gonfle de gratitude. Le parfum fait remonter à la surface treize ans de souvenirs. Dans la nuit froide, ce sweat est comme un feu de bois. Une façon détournée de me blottir contre lui. Je le déteste mais j'ai besoin de m'imprégner quelques minutes encore de ce sentiment de nostalgie avant de lui balancer tout ce que j'ai sur le cœur.

– Comment tu vas, Mica ?

Je ne sais pas. Mon soupir en dit plus long que mes mots. Il contourne le banc et s'assoit à mes côtés. Le regard au loin, je ne tourne pas la tête vers lui. Je ne peux pas. Et j'ai l'impression que lui non plus.

– Pourquoi tu es revenu ?

– Je n'ai jamais dit que je partais pour toujours.

– Tu n'as surtout jamais dit que tu partais.

L'amertume est tellement présente dans ma voix que je le sens se raidir. Ça m'énerve encore plus. Il ne s'y attendait pas ?

– C'est pour ça que je suis revenu.

Je tourne rapidement la tête vers lui. Ses yeux bleus sont empreints de la douceur que je leur ai toujours connue.

– Avoir cette discussion avec toi.

Mon rire sonne faux.

– Ben voyons, un an et demi plus tard… Tu imagines, Peter, tout ce que j'aurais aimé te dire ? Tu m'as forcée à me taire en partant du jour au lendemain.

La voix tremblante, les larmes qui dévalent mes joues, le nez qui coule. C'est exactement l'état dans lequel je ne voulais pas me mettre.

– Je me suis détesté de te faire ça. De nous faire ça. J'ai été égoïste mais j'ai eu besoin de me retrouver. De savoir ce que je voulais vraiment.

– Mais de quoi tu parles ? On avait tout pour être heureux Peter ! Tu commençais à te faire un nom, on allait se marier. Se marier ! Tu sais le mal que ça fait d'annuler un mariage ?

Il soupire. Et étrangement, son calme me calme. Sa présence agit comme un baume sur mon cœur. Je le déteste mais je suis bien, près de lui.

– Je suis désolé. Et te le dire ne changera pas ce que tu as traversé mais sache que je n'aurais pas été capable de me marier. J'ai été… lâche.

Je renifle.

– Pourquoi ? Je veux dire… tu as toujours eu des passages à vide mais là… je n'ai pas compris.

– Un jour, en allant chez mon père à l'improviste, je l'ai trouvé ivre mort sur le pas de sa porte.

Je hausse tristement les épaules.

– Comme bien d'autres fois.

– Oui, sauf que cette fois, l'odeur du whisky m'était familière.

– Comment ça ?

– De plus en plus souvent, je m'étais mis à boire au studio. Et les derniers temps, je n'y allais plus pour répéter mais pour boire… un verre. Ou plusieurs.

Les sourcils froncés, j'ose me tourner vers lui. Il continue de fixer un point à l'horizon. Il n'a pas changé. Un peu vieilli, ses traits ont durci, mais c'est toujours lui.

– Tu… buvais ? Je ne m'en suis pas aperçue.

– Justement parce que c'était la journée, tu travaillais.

Ce n'est pas du tout la discussion que je pensais avoir et je suis complètement paumée.

– Pourquoi ?

– Pourquoi je buvais ? Pourquoi organiser le mariage m'angoissait ? Est-ce que l'alcoolisme de mon père était héréditaire ? Qui était ma mère ? Où était passée mon inspiration ? Je n'avais la réponse à aucune de ces questions.

Je ne ressens pas la moindre compassion.

– Et donc tu t'es dit : « Et si je prenais un aller simple pour une vie sans stress » ?

Il soupire et pose les coudes sur ses genoux.

– Je traversais une crise identitaire et… la première chose que j'ai remise en question, c'était notre couple.

– Oui, je m'en souviens.

– Mica, est-ce que tu as déjà essayé d'ouvrir les yeux ? Est-ce qu'on a connu la passion, toi et moi ?

Je le regarde comme s'il m'avait parlé chinois. Je cherche dans mes souvenirs, je tente de m'accrocher à quelque chose que je pourrais lui ressortir, mais rien ne vient. Peter a toujours eu le chic pour tout remettre en question.

– Mais peu importe, maintenant !

Il m'ignore, complètement emporté par le cheminement de sa pensée.

– La passion. Ce sentiment qui, paraît-il, peut te dévorer de l'intérieur, te faire faire n'importe quoi pour une personne, te donner très chaud comme te faire frissonner. Est-ce que tu as ressenti ça pour moi ?

Je regarde mes pieds. Je connais ce sentiment. Je l'ai découvert tout récemment.

– Je ne sais plus.

– Mica… on s'est connus à quatorze ans. C'était trop tôt. On a grandi ensemble, on s'est construits ensemble et c'est ce qui a faussé la donne. On a été amoureux, c'est évident. Mais à vingt-sept ans, on était un couple trop… pépère. Le mariage, c'est ce que tout le monde attendait de nous. Et c'est pour ça que j'ai fait ma demande. C'est pour ça que tu as dit oui. Ça marchait entre nous car on est complémentaires, souvent sur la même longueur d'onde mais…

– Arrête ! S'il te plaît. Tu es parti et j'ai plongé dans un trou noir sans fond. J'ai fait une dépression, Peter, je ne suis pas sortie pendant des semaines, entendre de la musique m'angoissait, dès que mon portable n'avait plus de batterie je paniquais, et si tu cherchais à me joindre ?

Il essaie de parler mais je me lève.

– Peter, je ne sais pas si on a connu la passion, mais j'ai connu la dépression, le manque qui te torture la nuit, le jour, tout le temps. Le vide. Est-ce que l'un va sans l'autre ? Dis-moi.

Je lis la douleur dans ses yeux. Il ne fuit pas mon regard et au contraire se lève à son tour et s'approche de moi.

– Je l'ai ressenti moi aussi Mica. Réapprendre à vivre, à faire des choses pour moi-même, à prendre des décisions seul. Comme si j'avais perdu la moitié de moi-même. Mais ce que je ressens, c'est une affection profonde.

Jamais je n'ai vu notre relation sous cet angle mais plus il parle, plus les mots résonnent en moi. Tout ce qu'il dit est vrai. Je fronce les sourcils.

– De l'affection ?

Il me regarde intensément.

– Quand je suis parti, c'était un crash test. Si le manque de toi avait été violent, j'aurais compris que c'était une énorme erreur. Je me suis senti terriblement mal de te faire du mal. Mais j'étais soulagé d'entamer une vie seul avec moi-même.

Il marque un temps d'arrêt, pour me permettre d'assimiler tout ce qu'il est en train de dire.

– Et plus j'en ai appris sur moi, plus tu m'as manqué. En tant que confidente, en tant que partenaire, en tant qu'amie qui aura toujours une place énorme dans mon cœur.

J'éclate en sanglots et il passe un bras autour de mes épaules.

– Mica, dis-moi si c'est ce que tu ressens…

Il me faut quelques minutes avant de reprendre mes esprits, blottie contre lui.

– Pourquoi tu ne m'as pas dit tout ça avant de partir ?

– Parce que je n'avais compris qu'une partie infime de tout ce que je viens de te dire. À ce moment-là, tu fonçais tête baissée dans la préparation d'un mariage, tu n'aurais jamais entendu mes mots.

Il a raison. Entre mes larmes, je souris en me disant que Peter a toujours eu cette maturité étrange. Peut-être due à son enfance difficile.

– Je suis revenu en espérant renouer avec mon père, retrouver nos amis, te retrouver toi mais dans une relation différente. Et pour pouvoir passer de treize ans de couple à ça, on était obligés de s'éloigner.

Par chance, je déniche un mouchoir dans ma poche. Je me tamponne les yeux avant de me moucher bruyamment dedans.

– Je te déteste.

– J'espère que ça passera.

– Ton abandon m'a fait mal. J'étais déboussolée, comme si on m'avait arraché une partie de moi.

Le silence me répond. Son étreinte se fait plus forte. Comme si son corps s'excusait à la place de ses lèvres.

– Chloé m'a dit que tu avais rencontré quelqu'un ?

Je souris dans le noir.

– Ce n'est pas sûr pour l'instant.

– Moi, tu veux savoir ? J'ai rencontré des membres de ma famille.

– Ah oui ? Plus sympa que toi, j'espère ?

Il me raconte. Les quinze mois que j'ai ratés. Et plus il m'en parle, plus je m'en rends compte. C'est vrai. J'ai retrouvé celui que j'ai connu, celui avec qui je pourrais philosopher pendant toute une nuit et surtout, j'ai l'impression d'avoir retrouvé cette partie de moi qui m'avait été arrachée. Sans pour autant avoir envie de rentrer avec lui. Le manque viscéral que j'ai ressenti n'était pas de l'amour mais un sentiment d'abandon profond. Il aurait pu s'y prendre différemment. La fin aurait de toute façon été la même. Nous n'aurions pas vécu heureux avec beaucoup d'enfants, il fallait arrêter ça avant d'aller encore plus loin. Il m'a fait mal. Il nous a fait du bien. Ça va aller, maintenant.

CHAPITRE 27

MICA

Ça sonne avec insistance. J'ai beau enfouir ma tête sous l'oreiller, impossible d'ignorer le bruit strident et de continuer à dormir comme si de rien n'était. Vu l'intensité de la lumière que je vois dans le couloir, il doit être neuf heures. Ou dix peut-être. Si ce sont les filles, je les tue. En me traînant jusqu'à l'interphone, je me rends compte que je suis tombée comme une masse en rentrant. Mon pantalon gît devant ma chambre et je suis seulement en culotte.

– Oui ? j'aboie plus que je ne parle.

– C'est le livreur !

La blague, me faire lever pour rien.

– C'est une erreur, je n'ai rien commandé !

– Je ne suis pas chez Micaëlle Simone ?

Un instant, je tente de rassembler mes esprits mais la voix au bout du fil insiste.

– Allô ? Il y a quelqu'un ? J'ai d'autres livraisons madame. Vous pouvez ouvrir ?

Est-ce qu'on est bien dimanche ? J'ai fait un semi-coma et dormi quarante-huit heures ou bien ?

Sans plus réfléchir, j'actionne l'interphone.

– C'est à quel étage ?

Il a l'air excédé.

– Quatrième.

Pendant qu'il monte, j'enfile un peignoir et passe mes doigts sous mes yeux où le mascara a dû baver. Je n'ai pas pris la peine de me démaquiller, je dois avoir l'air crade. Je suis crade. Et en effet, le jeune homme a l'air surpris en me voyant. Il porte une grande glacière noire estampillée « You Brunch », qu'il pose sur le sol et entreprend d'ouvrir sous mon regard stupéfait.

– Je suis désolée mais là, je dormais, je ne comprends pas…

Avec un sourire en coin, il me tend deux grands sacs en papier.

– Je vois ça. Mais comme c'est déjà réglé, je suppose que c'est une surprise de la part de quelqu'un. De toute façon, s'il y a un mot, c'est dans le sachet. Moi, je ne fais que livrer.

Il a déjà descendu un étage quand, toujours sur mon palier, je me rends compte que je ne lui ai même pas donné de pourboire. Mais qu'est-ce que c'est que cette histoire ? Je claque la porte et me dirige vers l'îlot où je pose les sacs. L'odeur qui s'en échappe me met l'eau à la bouche. Dans le premier, il y a un gobelet de thé et un de café, une boîte qui contient des œufs brouillés et du bacon, une autre des pancakes et du sirop d'érable et enfin, un sachet de viennoiseries. Plus j'en sors, plus il y en a. J'ai l'impression que c'est le sac de Mary Poppins ! L'odeur est délicieuse et me met en appétit.

Qui a bien pu m'envoyer tout ça ?

Je m'attaque au second sac. Et là, c'est le frais visiblement. Jus d'orange, fromage blanc et granola, salade de fruits, beurre et confitures… Le cerveau fonctionnant au ralenti, je regarde l'étalage de nourriture et me frotte les yeux. Je dois rêver c'est pas possible ! Est-ce que les filles culpabilisent à ce point ? Ou… serait-il possible que ce soit Leio ? Et si c'est lui et qu'il est en chemin et qu'il me voit dans cet état dépravé et… Sans plus réfléchir, je me précipite dans la salle de bains, et fonce dans la douche avec ma brosse à dents et mon rasoir. Je réfléchirai à l'ordre de tout ça sous l'eau chaude. J'ai la pression dès le réveil mais en réalité, je trouve ça vraiment sympa… C'est le genre d'attentions qui me plaisent. Peu importe de qui elle provient.

Tout en me frictionnant, je passe en revue ma nuit avec Peter. On a parlé des heures sur le banc, marché le long de la jetée pour se réchauffer, à un moment je crois que je me suis assoupie, la tête sur son épaule, et au lever du soleil, il m'a ramenée jusqu'ici en taxi avant de rentrer je ne sais où. C'est une quasi-nuit blanche et c'est pour ça que je n'ai pas les yeux en face des trous.

Mais c'était bien.

J'ai à peine le temps de sauter dans un petit ensemble d'intérieur en satin et de me sécher rapidement les cheveux que la sonnerie retentit. J'ouvre et pars à la recherche de mon téléphone, qui se trouve coincé entre le mur et le matelas, sans batterie. Je le mets en charge sans prendre le temps de l'allumer et repars vers l'entrée où je me retrouve nez à nez avec… Leio sur le palier.

– Oh salut…

C'est bizarre de le voir comme ça, à l'improviste, et je ressens une sorte de trac. Les mains moites, je ne sais même pas quoi dire, je me déteste. Lui, par contre, est fidèle à lui-même. Les cheveux humides, il sent le gel douche, à la noix de coco pour être précise. Je le laisse passer.

– Tu es allé courir ce matin ?

Je n'ai rien trouvé d'autre à lui dire. Il me regarde avec envie. Ou c'est moi qui le regarde avec envie.

– Toi, tu n'as pas eu mes messages.

Son sourire spontané et ses yeux rieurs sont désarmants, et mon malaise s'envole enfin. Je soupire en levant les paumes vers le ciel.

– En fait, je viens de me réveiller, mon portable est encore éteint et je ne sais même pas l'heure qu'il est.

Puis je ris en englobant l'îlot d'un geste de la main.

– Alors c'est toi, tout ça ? On attend du monde ?

Je ne bouge pas d'un iota alors qu'il s'approche de moi.

– J'espère que tu n'attends personne d'autre.

Sa bouche s'empare enfin de la mienne. Je me laisse emporter quelques secondes avant de reprendre le dessus sur mes pulsions. Je recule, le corps frémissant de désir mais la raison m'interdisant de vriller.

– Thé ou café ?

Il sourit en m'entendant bafouiller. Il voit très bien que j'ai du mal à résister, mais il joue le jeu et garde ses distances. Sans pour autant s'empêcher de me balayer lentement du regard.

– Ni l'un ni l'autre.

Ma main se pose sur le jus d'orange que je fais glisser dans sa direction sans le quitter des yeux. Il éclate de rire en s'en saisissant.

– Je ne vais pas te mordre.

Je hausse les épaules avec un demi-sourire en portant le gobelet de thé à mes lèvres. C'est un Earl Grey, mon préféré. Il a trop infusé et le liquide chaud est intense et amer, comme je l'aime. Leio ne me quitte pas des yeux et je souris en pointant le petit déjeuner gargantuesque.

– C'est en quel honneur… tout ça ?

– C'est… pour le plaisir.

Il me fixe sans ciller, ne me laissant aucun répit. Je décide de passer à l'offensive et plonge mes yeux dans les siens.

– Tu veux savoir ce qui me ferait plaisir ?

Son regard est désarmant. Il s'imagine certainement que je fais allusion à une escapade dans ma chambre mais je me cramponne à mes convictions. Je sais ce que je veux. Et lui ?

– Une vraie relation, je continue avec un sourire.

Il a un petit rictus en comprenant qu'il vient de se faire avoir et se passe la main derrière la nuque. Son avant-bras coloré, les veines que je vois en relief, le bas de son visage mal rasé. Mon regard se perd un instant puis je me ressaisis. Je l'ai rendu nerveux et même si ça me plaît de le titiller un peu après ces quelques jours sans nouvelles, une chose est sûre, je ne joue plus. Peut-être que si j'étais insouciante, ce serait différent, mais j'ai souffert suffisamment par le passé pour savoir me protéger. Je connais mes limites. J'ai tenté ma chance avec Leio sans perdre de vue la ligne rouge. Celle qui, une fois dépassée, verra mes sentiments pour lui s'emballer. Je me trouve juste à la frontière de cette ligne, j'ai le bout des pieds dessus et j'ai besoin de savoir si je peux compter sur lui ou pas. Il faut qu'il comprenne que je ne cherche pas une girouette. Je ne veux pas un petit déjeuner entre deux longues absences ou un baiser pour excuser un silence. Il passe sa main dans ses cheveux avant de s'humecter les lèvres.

– Tu es sûre que tu ne préfères pas des pancakes ? Ou une salade de fruits ?

Malgré moi, j'éclate de rire. Bon, la relation de couple n'a pas l'air innée chez lui mais sa sincérité est touchante. Après tout, il a fait la démarche de me livrer un petit festin, et j'adore cette surprise.

Il me plaît beaucoup trop pour que je le fasse fuir tout de suite.

– Hum… j'avoue qu'un pancake, c'est pas mal. Pour commencer. Et… c'était comment ta soirée ? je le questionne en me hissant sur un tabouret.

Il s'installe en face de moi, sûrement soulagé de changer de sujet.

– C'était cool. Mon cousin – Ilan – a aménagé une partie de la terrasse en bar à haches. Ça a fait venir du monde et ça a bien fonctionné.

J'écarquille les yeux en noyant un pancake de sirop d'érable.

– Quoi ? J'aurais aimé voir ça ! Ton cousin, c'est le même que celui qui a lancé la marque de vêtements ?

– C'est ça. Il ne s'arrête jamais !

Il me raconte des anecdotes sur le sacré phénomène qu'a l'air d'être Ilan et pendant qu'il parle, il se sert du granola et du fromage blanc. J'aime découvrir ses goûts. Qui sont d'ailleurs à l'opposé des miens.

– Tu me le présenteras ?

Je me suis faufilée dans la brèche. Et il a dû me voir arriver avec mes gros sabots mais tant pis. Il m'adresse un sourire qui me montre qu'il n'est pas dupe.

– Bien sûr, il est tous les soirs à L'Accent. On ira ensemble… Et toi, ta soirée d'anniversaire ?

Hum.

Ce serait le summum du malaise de lui raconter ma « nuit » avec Peter. Alors j'invente. Ou du moins je raconte ce qui était prévu à l'origine. Des sushis, mes copines et un peu trop de vin, qui m'a fait dormir jusqu'à la fin de matinée. Pendant que je parle, il m'écoute attentivement, comme si ce que je dis était de la plus haute importance.

– La soirée parfaite, il souffle.

Je repense à la soirée au hangar qui, elle, avait été sans fausse note.

– Pas tout à fait. Pour se rapprocher de la perfection, il faut au moins des falafels sur la table.

Et des copines honnêtes.

Il sourit et je le regarde se passer la main sur la nuque en oscillant la tête de gauche à droite. Un mouvement banal pour se débloquer un nerf mais je l'observe comme si c'était le geste le plus sexy du monde.

Ne pas divaguer.

– Leio…

– Dis-moi.

– Où en est-on, tous les deux ?

Son regard ne vacille pas. Il savait que je reviendrais à la charge. Et moi, j'ai l'intime conviction qu'il ne joue pas avec moi. Il aime ma présence autant que j'aime la sienne mais désormais, la donne a changé de mon côté. Je ne peux plus me permettre de m'amuser. Je vais finir par m'attacher, plus que je ne le suis déjà.

– C'est-à-dire ?

Malgré sa question innocente, je sais qu'il a très bien compris et je ne me démonte pas.

– Tu me présenteras comment à Ilan ? Comme une copine ou comme… ta copine ?

C'est à ce moment-là que la sonnerie retentit avec insistance. Non pas une mais trois fois d'affilée. Comme si l'expression « sauvé par le gong » avait été inventée par quelqu'un qui tient à Leio, et pour ce moment précis. Inquiète, je me précipite vers l'interphone pour entendre la voix familière de Chloé hurler dans mes oreilles.

– Envie de pisser, viiiite !

Ou comment briser un tête-à-tête pour un besoin primaire. Je me retourne vers Leio qui m'interroge du regard.

– C'est Chloé. Ma copine que tu as déjà croisée, tu te souviens ?

Il acquiesce en se levant à son tour alors que je retourne ouvrir la porte d'entrée. Les pas précipités de Chloé créent un vacarme pas possible dans la cage d'escalier.

– Elle a une envie pressante, je dis d'un ton blasé.

Elle voit mon visage dans l'entrée et crie en gravissant les dernières marches.

– Vingt minutes que je tourne pour me garer, le parking était fermé, bordel ! Tu comprends pourqu… ah merde !

Elle s'est rendu compte que je n'étais pas seule. Leio s'efface pour lui laisser le champ libre vers les toilettes et elle ne se démonte pas, nous passe devant en déboutonnant son jean.

– Je ne fais que passer. Continuez à parler, faites comme si de rien n'était ! elle nous crie.

– Merci de nous mettre à l'aise, Chlo.

Je ferme la porte d'entrée et la regarde poursuivre sa course jusqu'aux WC. Le temps que je me tourne à nouveau vers Leio, je vois qu'il a son casque à la main.

– Tu t'en vas ?

– Ta copine me fait peur.

Il a l'air amusé et je ris.

– Sans blague ?

– Non, j'ai deux ou trois trucs à faire, je t'appelle plus tard.

Je souris, pas dupe. Il ne souhaite pas qu'on en arrive au stade où on se présente nos amis.

– Allez, fuis.

– Je fuis mais je reviendrai.

Il a murmuré ça à mon oreille d'une voix suave, juste avant de m'embrasser sur le coin de la bouche. Il me laisse fébrile et il en joue. Je le suis du regard alors qu'il commence à descendre les marches…

– Leio…

Je laisse ma phrase en suspens et il marque un temps d'arrêt. Je le fixe intensément et il revient sur ses pas. Jusqu'à arriver à ma hauteur. Ses bras encerclent ma taille pendant qu'il me dévore du regard.

– Le petit déjeuner livré à domicile… ma personne livrée à domicile… qu'est-ce que tu veux de plus ?

C'est pourtant si simple.

– *Más amor.*

Il a un sursaut comme si je l'avais déstabilisé. Et alors qu'il s'écarte sur un dernier baiser, le regard qu'on échange en dit long sur nos futures retrouvailles.

CHAPITRE 28

MICA

J'entends Chloé sortir de la salle de bains et se diriger vers le salon d'un pas rapide.

– Faut que je reparte ! Marilou vient de m'appeler, son chien… la suite de sa phrase meurt sur ses lèvres quand elle se rend compte que je suis seule.

– Il est où ? elle chuchote en regardant autour de nous. Je la dévisage, l'air goguenard.

– Il a sauté sur l'occasion pour fuir.

– Oh non ! Désolée d'avoir interrompu votre tête-à-tête mais ton portable était éteint ! Et si on restait sur la dispute d'hier soir, j'allais passer un sale dimanche. C'est pour ça que je me suis pointée.

Avec une mine de chien battu, elle s'avance pour me prendre dans ses bras et je l'accueille en levant les yeux au ciel. Elle m'agace autant que je l'aime.

– T'inquiète pas, il était ravi de s'échapper.

– C'est quoi, toute cette bouffe ? elle me demande en pointant l'îlot.

L'air de rien, elle pioche une viennoiserie et s'assoit à la place encore chaude de Leio. Entre le manque de sommeil, le réveil en fanfare, la visite surprise de Leio et, maintenant, Chloé qui vient discuter, ça commence à faire beaucoup. Mais j'avoue que je n'aime pas non plus rester sur un malentendu.

– Il faut que Romie et toi compreniez que je n'ai plus besoin qu'on me materne. J'aurais préféré savoir que Peter était de retour, j'aurais été… plus préparée.

– Je suis désolée mais je ne voulais pas te voir replonger dans la mélancolie ou, pire, te voir attendre qu'il te donne des nouvelles. Mica, même si j'ai eu tort d'avoir gardé le secret, promets-moi que s'il te contacte, tu n'accepteras pas de le re…

Je la coupe.

– J'ai passé la nuit avec lui. Peter.

Elle blêmit mais ne dit rien. Au lieu de ça, elle descend du tabouret et se dirige vers la machine à café. Je sens le rouge me monter aux joues, comme si j'avais fait une bêtise.

– C'était bien. Vraiment bien.

– Sans dec. Les retrouvailles, c'est toujours bien Mica. Je suis choquée de voir qu'après… quoi ? Un an et demi ? Le mec t'envoie un texto et bam bam, on oublie tout !

Son ton est cassant et je vois qu'elle se contrôle pour s'empêcher de déraper. Je me trouve sadique de la laisser faire fausse route. Vu son regard, si je continue à sourire bêtement, elle va m'envoyer son café tout frais dans la tronche.

– On a passé la nuit… à parler sur un banc. Et grâce à ça, je crois que j'ai pu faire mon deuil de lui.

Ses sourcils se froncent mais je vois qu'elle respire plus profondément, comme si elle avait été en apnée juste avant.

– C'est-à-dire ? Il s'est passé quoi ? elle s'impatiente.

– Quand je l'ai retrouvé, c'est comme si une partie de moi… s'apaisait. On a beaucoup parlé. De nous, de ce qu'on a vécu ces derniers mois chacun de notre côté. Et surtout, il s'est expliqué. Il m'a aidée à me rendre compte qu'il m'avait manqué en tant que confident mais qu'il n'y avait plus d'amour depuis longtemps entre nous. Plutôt une affection profonde. Bref, je suis nostalgique et j'ai le sentiment d'être libérée.

Elle m'a écoutée sans m'interrompre et fronce les sourcils.

– Chelou ton histoire. C'est comme si c'était triste et bien à la fois, non ?

C'est exactement ça.

– Justement, j'ignore comment… le ressentir. Tout ce que je sais, c'est qu'il a manqué à ma vie et que maintenant, il est de retour. On ne s'aime plus mais on s'aimera toujours, tu me suis ?

– À chaud comme ça, je trouve ça plutôt cool. S'il m'avait dit à L'Accent : « Salut Chloé, je voudrais dire à Mica qu'on s'est séparés parce que notre amour s'est transformé en amitié, tu vas voir, elle va être refaite. Tu sais où elle est ? », ben je lui aurais répondu : « Regarde, c'est la blonde qui est en train de stalker le tatoué sur la terrasse. »

J'explose de rire.

– Oui, c'est un peu ça, j'avoue.

– Et du coup, comment t'es passée de « Bonne nuit Peter » à « Bonjour Leio » ?

– Il m'a fait la surprise de me faire livrer un petit déjeuner et de me rejoindre…

Elle hoche la tête en signe d'approbation.

– J'aime ça. Tu sens que ça devient sérieux ?

Je l'espère car les papillons que j'ai dans le ventre sont en folie ce matin.

– On verra, je murmure.

Elle fixe un point invisible et ce n'est pas son habitude d'avoir cet air… absent.

– Qu'est-ce que t'as ?

Elle a un petit sursaut qui me confirme qu'elle était partie loin.

– Rien, laisse tomber. Et c'est vraiment moi qui l'ai fait partir, Leio ?

J'hésite un instant.

– Je suppose. Tu sais, j'ai encore du mal à décoder son attitude. Il a déjà fait un pas en revenant vers moi, alors il s'est peut-être dit que rencontrer mes amies, c'était trop…

Le silence s'installe et je fais un geste de la main pour attirer l'attention de Chloé, étrangement silencieuse tout à coup.

– Bon, et toi, tu en es où ? je lui demande.

– Devoir faire un choix entre Thibaut et Melvin… ça me bouffe.

Je vois bien qu'elle a l'air incapable de se positionner et je commence à douter que tout ça finisse bien. Personne ne peut choisir à sa place et je ne sais comment la conseiller…

– Il faut procéder par élimination. Il y en a forcément un que tu aimes plus que l'autre. Si les deux tombaient à l'eau, tu sauverais lequel ?

– Le plus près.

Ah.

Elle a répondu du tac au tac, comme si ça coulait de source. Je réprime mon envie de rire en voyant qu'elle a les larmes aux yeux.

– Okay. Alors, prenons le problème dans l'autre sens. Lequel des deux paraît le plus tenir à toi ?

Je lui ai posé une colle. Elle me regarde fixement et c'est ce moment-là que choisit la sonnette pour retentir.

On ne va pas y arriver.

– Ce doit être Romie, balance Chloé.

J'arrive à l'interphone au moment où ça sonne à nouveau.

– Vous vous êtes donné rendez-vous ici ?

Mon amie regarde sa montre.

– Oui, mais elle devait voir Noam ce matin, elle a fait vite !

– Ah bon ? je m'étonne, vexée de n'être pas au courant d'un tel scoop.

– Oui, hier quand tu es partie, je l'ai forcée à lui donner rendez-vous pour lui annoncer sa grossesse. Faut pas déconner, son ventre commence à se voir !

Nous attendons toutes les deux sur le palier, alors que Romie monte d'un pas rapide. Son visage apparaît enfin mais en voyant son expression fermée, nous ne posons pas de question tout de suite. Elle nous suit jusqu'à l'îlot où elle se hisse sur un tabouret et souffle un grand coup.

– Bon… On a discuté. Il a été très très choqué. Il a mal pris que j'aie mis plusieurs jours pour lui en parler. Il est persuadé que j'ai gardé le secret dans l'espoir que la grossesse ne soit pas trop avancée et que je puisse avorter.

À ces mots, elle éclate en sanglots.

– Les filles je vous jure que jamais je…

On s'empresse d'aller vers elle pour la cajoler.

– Mais Romie, on sait très bien que tu en aurais parlé avec Noam quelle que soit ta décision ! s'exclame Chloé.

Elle se tamponne les yeux et soupire.

– Visiblement, lui ne le sait pas. On n'a pas réussi à avoir une vraie discussion. Je lui ai reproché de s'être inscrit si vite sur un site de rencontres, il s'est mis à hurler que c'était faux. J'ai essayé de chercher la preuve, je n'ai pas trouvé, on était ridicules. Il m'a demandé qui était Marc. Je lui ai dit que le problème n'était pas là et qu'on avait autre chose à gérer pour le moment…

Chloé se gratte la tête.

– Non mais tu lui as au moins dit qu'il ne s'était rien passé avec Marc ?

– Oui mais ça n'a rien changé, il fait une fixette sur ce qui aurait pu arriver s'il n'était pas venu jouer les trouble-fêtes.

J'ai envie de dire quelque chose de rassurant mais pour l'instant, je ne trouve rien d'intelligent à ajouter.

– Et donc, vous avez décidé quoi ?

Les larmes lui montent à nouveau aux yeux.

– Je suis partie quand il m'a demandé si j'étais sûre que l'enfant était de lui et pas d'un coup d'un soir.

J'ai l'impression que Chloé va prendre feu quand elle se lève de son tabouret.

– Il est malade ou quoi ! Romie, je vais aller le voir, il faut que quelqu'un de neutre lui parle !

– Non ! Personne ne s'en mêle. C'est parfois dans les grandes galères que les gens se révèlent et si c'est un lâche qui n'a pas les épaules pour assumer, je préfère le savoir tout de suite.

Chloé et moi échangeons un regard. Il est clair que Romie ne plaisante pas. J'ai du mal à croire que Noam soit assez stupide pour ne pas prendre ses responsabilités avec une femme qu'il aime depuis des années.

– À mon avis Romie, sa réaction pue la jalousie ! Il a dit tout ça à chaud !

– Et alors, je ne suis pas son punching-ball ! C'est dur pour moi aussi !

Elle essuie une larme à nouveau et la voir si vulnérable me fend le cœur. Il n'y a rien qu'on puisse dire pour la réconforter. Chloé profite de ce que je passe à côté d'elle pour me glisser à l'oreille :

– Je le buterais si je pouvais.

Et moi donc...

L'interphone retentit. J'ai manqué quelque chose ou un rassemblement a été organisé chez moi aujourd'hui ?

– Tu veux que j'aille répondre ? me demande Chloé qui me voit hésitante.

– Non, peu importe qui c'est, ce n'est pas le moment.

Romie n'a pas l'air de prêter attention au dilemme qui s'est joué pendant une demi-seconde et se mouche bruyamment.

– Qu'est-ce que je te sers ? je lui demande. Thé ? Café ? Y a du jus d'orange aussi…

– Un thé s'il te plaît.

Je me dirige vers la bouilloire.

– Non, jus d'orange ! elle s'exclame comme si elle venait d'avoir une illumination.

J'attrape la petite bouteille sur l'îlot quand elle m'interrompt.

– Non, finalement, du thé, excuse-moi Mica.

Elle a changé d'avis deux fois en cinq secondes et je lève un sourcil. Devant mon air hébété, elle est prise d'un rire nerveux.

– Avec mes envies de femme enceinte, même moi je me soûle. Incapable de choisir entre une boisson chaude ou froide, qu'est-ce que ça va être quand j'en serai au prénom…

Je compatis.

– Tu peux prendre les deux si tu veux, pas de regret !

Chloé, qui mâchouillait sans motivation un croissant, le regard dans le vague, se redresse subitement comme si elle revenait à la vie.

– Putain, mais c'est ça !

– De quoi c'est ça ? Je grimace alors qu'une miette de croissant a failli m'atteindre.

– Pourquoi choisir, bordel ?

Elle est malade ou quoi ?

Mon cerveau encore endormi essaie de trouver le rapport entre l'euphorie de mon amie, et le cocktail thé-jus d'orange. Romie a l'air aussi perplexe que moi, et voyant que nous sommes dans l'incompréhension totale, Chloé tape du poing sur l'îlot. Un geste inutile puisque la pierre ne résonne pas.

– Pourquoi choisir si on peut avoir les deux ? Vous pigez ?

– Non, assène Romie en posant les mains sur son ventre.

Je lui sers son jus pendant que Chloé insiste encore.

– Normal Roro, tu viens d'arriver mais Mica, tu saisis toi, hein ?

– Euh… je peux avoir un indice ?

Elle soupire bruyamment et nous regarde tour à tour.

– Les filles, putain ! Pourquoi choisir ? Melvin et Thibaut ! Voilà, je ne peux pas faire mieux comme indice !

Ça y est, je comprends.

– Aaaah…

C'est la seule chose que j'aie pu sortir tandis que Romie se frotte le visage, l'air las.

– Quoi « Aaaah » ? Qu'est-ce que tu en penses ? s'enquiert Chloé.

Elle commence à me soûler. Je suis fatiguée, j'ai un début de migraine et là, tout de suite, je galère à formuler une phrase qui ait un sens.

– Tu plaisantes ou tu te demandes sérieusement si tu peux avoir deux vies parallèles ? me devance Romie.

Chloé la regarde, hébétée.

– Mais je ne veux pas avoir une double vie ! Je parle d'avoir deux relations assumées. Je suis amoureuse des deux, chacun est au courant, aucun ne me met le couteau sous la gorge pour choisir, alors je me disais que…

Les mots meurent sur ses lèvres et la voilà qui se rassoit sur son tabouret en boudant. Romie hausse les épaules.

– Okay, je n'avais pas compris. Si tout le monde est d'accord, ça s'appelle du polyamour.

Elle a balancé ça le plus naturellement du monde, nous laissant perplexes.

– Hein ? je demande en lui tendant une tasse de thé.

Elle boit une gorgée lentement alors qu'on est suspendues à ses lèvres.

– C'est le mot qui désigne une plurirelation, elle nous explique, visiblement connaisseuse.

– Pluriquoi ? Romie explique-moi s'il te plaît ! supplie Chloé.

L'intéressée attrape une tranche de pain de campagne et en enfourne un morceau.

– Vous vous souvenez quand je suis partie quelques jours à la montagne ?

On acquiesce.

– Je logeais chez une femme, qui se débrouillait comme une cheffe pour gérer son chalet, les chambres, les locations, tout. Un soir, on a parlé et je lui ai dit que j'étais étonnée qu'elle remplisse autant de fonctions toute seule. Une chose en amenant une autre, elle m'a dit qu'elle n'avait jamais réussi à avoir de relation exclusive. Qu'elle était amoureuse de plusieurs hommes et que, au-delà du sexe, c'était les interactions qui l'intéressaient. Les échanges humains sans la dépendance qu'une relation unique implique souvent.

Elle marque un temps d'arrêt mais seul notre silence lui répond.

– Et il existe un terme lorsqu'on aime plusieurs personnes et que toutes sont au courant et d'accord avec ça, c'est du polyamour, elle conclut.

– Jusqu'au bout, tu seras madame Toujours-Plus, je soupire en m'adressant à Chloé.

Romie lève les yeux au ciel, amusée, et Chloé se jette en arrière dans sa chaise.

– Que j'aime ce mot. Le polyamour, c'est ma-gni-fique ! Je sens que Chantal va adorer.

Chantal est la mère de Chloé et c'est un phénomène. Après avoir tenu vingt ans un snack sur une plage de Marseille où, au grand désespoir des parents de Romie et des miens, elle nous a alimentées en boissons sucrées, sandwiches et glaces à volonté tous les étés de notre adolescence, elle a tout quitté il y a trois ans pour aller vivre entre chèvres et poules dans une ferme d'Auvergne. On explose de rire toutes les trois rien qu'à l'idée que Chloé s'y rende avec ses poly-mecs. Cet interlude joyeux a réussi à nous donner la pêche et on file s'installer au soleil sur la terrasse, l'humeur plus légère. La conversation dérive sur ma nuit avec Peter et mon petit déjeuner manqué avec Leio, que je résume à Romie. Il est déjà plus de seize heures quand elle se lève et s'étire, les bras vers le ciel.

– Allez c'est l'heure, j'ai dit à mes parents que je passais pour le thé. Ayez une pensée pour moi quand je vais leur annoncer la double nouvelle.

– Comment ça, la double nouvelle ? je demande.

– Je ne leur avais pas parlé de notre séparation.

Rien qu'à l'évocation de ses parents, Chloé et moi grimaçons. Ils sont très à cheval sur les principes. C'est en partie à cause d'eux que Romie et Noam se sont mariés car ils ressentaient une pression constante. Alors j'imagine que l'annonce du combo grossesse-séparation va être houleuse. Je me demande même s'ils ne vont pas tout mettre sur le dos de Romie.

– Tu es sûre que tu veux y aller aujourd'hui ? Je veux dire, tu ne veux pas attendre, au cas où Noam se réveillerait ? tente Chloé qui doit penser la même chose que moi.

Romie lui lance un regard noir.

– Non mais c'est fini, je vous dis ! Sa réaction m'a achevée ! Autant officialiser et affronter la tempête une bonne fois pour toutes.

– Je comprends ce que tu veux dire Romie, mais tu ne crois pas qu'il vaut mieux attendre quelques jours au lieu de leur dire ça à chaud ? Ils vont appeler les parents de Noam et ça va faire toute une histoire…

Je parle en connaissance de cause car déjà pour le mariage, Romie se plaignait que les deux familles s'appelaient sans cesse pour discuter des détails, alors là, j'imagine qu'elles ne vont pas s'en priver. Romie doit penser la même chose car elle se dandine d'un pied sur l'autre, songeuse.

– Hum… tu as raison. Je vais leur dire que je suis malade et que je reste à la maison. Il faut que je réfléchisse à la façon de leur présenter ça. Je vais rentrer.

– Tu es venue comment ? lui demande Chloé.

– En taxi.

Chloé attrape son sac.

– Je te raccompagne et je rentre aussi, j'ai du taff.

Je les suis sur le palier, le cœur serré en voyant Romie si fragile. Une fois encore, je revis par procuration la sensation d'abandon dans laquelle Peter m'a plongée il y a des mois et dont je garde des séquelles. Je ne sais pas si j'arriverai à m'en défaire complètement un jour. Et la dernière chose que j'aurais souhaitée à mes amies, c'est de connaître ce sentiment.

CHAPITRE 29

MICA

Toujours sur le canapé de la terrasse depuis le départ des filles, je regarde le ballet des nuages. Ils sont doucement chassés par la brise et d'autres les remplacent. Un peu comme une histoire vient prendre la place d'une autre. Mon téléphone, posé sur la table, vibre.

Leio.

Leio : Désolé pour ce matin.
Tu m'as posé une question qui méritait réflexion, alors j'ai profité de l'arrivée de ton amie pour partir… et réfléchir.
Tu es dispo pour une balade ?

Il est près de dix-neuf heures. J'avais juste envie de me coucher de bonne heure mais s'il s'agit de lui…

Mica : Qu'est-ce que tu proposes ?

Leio : Une virée en scooter.

C'est bien connu que le grand air fait du bien. Et que je n'ai aucune volonté.

Mica : Okay !

Je bâille à m'en décrocher la mâchoire.

Leio : Je suis en bas, je t'attends.

Quoi ?

Et moi je suis… en vrac. Mes cheveux ont pris de mauvais plis comme je suis restée allongée tout l'aprèm et je porte toujours mon ensemble d'intérieur. Je file dans ma chambre. Un short en jean, c'est bien. Et ce tee-shirt avec une inscription en italien, que je n'ai jamais mis mais dont le rouge contraste bien avec ma blondeur. Je brosse mes cheveux à la hâte, enfile des baskets et m'applique sur les lèvres une touche de gloss avant de m'élancer dans l'escalier. Sans courir, cette fois. Il n'est pas dans le hall. Je sors et le trouve appuyé contre la façade. Ses écouteurs dans les oreilles. Une habituelle casquette vissée sur la tête, un jean destroy et un débardeur loose qui, selon l'angle, me laissera à coup sûr une belle vue sur son torse. Il sursaute quand je m'approche comme s'il était parti si loin dans ses pensées qu'il en avait oublié que j'allais arriver. Son scooter est garé à côté et deux casques sont posés sur le siège. Il se redresse et retire ses oreillettes alors que je lis l'inscription sur son tee-shirt. « *No time for romance* ».

Serait-ce la réponse à ma question de ce matin ?

Comme je suis forte pour mettre les pieds dans le plat, je ne m'en prive pas. Un sourire au coin des lèvres, j'enfonce les mains dans mes poches et fais mine de rester sur place.

– Un message à faire passer ?

Il fronce les sourcils avant de baisser le regard sur son débardeur et d'éclater de rire. J'adore ce que je lis dans ses yeux. Ils sont rieurs, espiègles, et toujours j'y vois cette lueur de désir qui pourrait me consumer sur place n'importe où, n'importe quand. Son regard descend sur mon tee-shirt et je me souviens de ce qui y est noté. « *Ciao Amore* ». Je hausse les épaules avec une moue désolée. Il sourit et se passe une main derrière la nuque, comme pour garder contenance. Il essaie de cacher son air amusé, en me tendant l'un des deux casques.

– C'est parti ?

Je contourne le scooter, m'avance vers lui jusqu'à ce que nos corps se touchent et me hisse sur la pointe des pieds. S'il est surpris, il n'en montre rien et passe au contraire un bras au creux de mes reins et me dépose un baiser appuyé sur les lèvres. Je pourrais vriller dans la seconde. Ce n'est pas le moment.

– Où on va ?

– À Venise. Mets ton casque.

Son ton n'est pas autoritaire mais je comprends à son sourire qu'il n'a pas envie de lever le mystère et de toute façon, peu importe le programme, moi, j'ai juste envie de le suivre. Il prend place, et je grimpe derrière lui. Les bras autour de sa taille et le menton contre son épaule. On longe la côte pendant quelques minutes et je n'essaie même pas de trouver la destination.

Est-ce qu'il prendrait autant de temps pour une fille qu'il ne veut pas dans sa vie ?

Il est passé deux fois à l'improviste sans que je le relance et me propose autre chose qu'un pile ou face « Chez toi ou chez moi ». On dirait qu'on est sur la bonne voie… Après une vingtaine de minutes de route, nous entrons dans Martigues et Leio ne tarde pas à trouver un emplacement pour se garer. Je ne suis venue qu'une fois ici, il y a très longtemps. La Venise provençale. Pendant qu'il range les casques et attache son scooter, je regarde autour de moi. Avec les petites maisons colorées, les canaux, c'est dépaysant à souhait et le fait d'être éloignés de Marseille apporte un petit côté confidentiel. Leio sort un sac en papier de son coffre.

– J'ai des liens familiaux avec le petit chaperon rouge.

– Vraiment ?

– Tous les dimanches, je passe ici voir ma grand-mère.

J'ai un sourire figé. Il me fait marcher. Je pointe le sac qu'il tient.

– Et c'est un petit pot de beurre ?

– On a modernisé un peu le conte. C'est du tabac que je lui apporte.

Je reste un moment interdite. Il n'a pas l'air de plaisanter. J'avais envie qu'il me démontre son intérêt pour moi et voilà que je vais rencontrer un membre de sa famille. C'est extrême mais ça me plaît. Il est fou !

– Tu vas vraiment me présenter ta grand-mère ?

Il rit.

– Oui, et tu ne vas pas le regretter…

Ce matin j'espérais rencontrer son cousin et ce soir, me voilà en chemin pour voir sa grand-mère... Il est malade !

Je le suis dans les petites rues en observant l'agitation particulière. Des voitures klaxonnent, des gens se pressent, tout le monde parle fort…

– Il se passe quelque chose ?

– Le marché nocturne s'installe.

– Excellent ! On fera un tour ?

– Si j'arrive à te supporter jusque-là… Tu n'es jamais venue à Martigues ?

Il y a bien longtemps. Peter y avait chanté mais ça doit remonter à sept ans et surtout, je n'avais pas visité la ville. Le monde fou qu'il y avait ce jour-là avait sans doute masqué un peu son charme.

– Ça remonte. C'est bien plus charmant que dans mon souvenir.

Je manque de lui rentrer dedans quand il s'arrête subitement. Son regard est intense et un frisson me parcourt.

– J'avoue que la ville a un certain charme aujourd'hui.

On se dévore du regard sans faire attention aux passants autour de nous et je regrette soudain de ne pas l'avoir fait monter chez moi. Peut-être qu'en rentrant…

– Leio…

– Oui ?

– Ne me regarde pas comme ça dans une rue bondée.

Il rit et s'approche.

– Je ne sais que te regarder comme ça.

Je suis toute petite en face de lui et il en joue. Hissée sur la pointe des pieds, je passe mes bras autour de son cou et l'oblige à se baisser.

– Embrasse-moi.

Il m'entraîne dans un passage juste à côté et ne se fait pas prier pour répondre à mes attentes. Cette fois, nos langues se retrouvent et je n'avais pas idée du point auquel ça m'avait manqué. Ma main derrière sa nuque exerce une emprise dont il a du mal à se défaire. Quand il se recule, le sourire aux lèvres, c'est pour remettre en place son érection dans son pantalon.

– T'es insupportable.

– Toujours.

Un couple passe à proximité, brisant notre bulle, et nous en profitons pour revenir à la vie réelle.

– On est presque arrivés.

– Si tu me présentes ta grand-mère, c'est qu'on passe de la case « Pile ou face » à « Mica, je peux pas vivre sans toi ».

Je le regarde rire, amusée moi aussi.

– En fait, ma grand-mère est la personne la plus accueillante qui soit. Je viens souvent la voir avec des potes. Bref, tout le monde est bienvenu dans sa maison.

Tout le monde ?

– Tu sais comment faire en sorte qu'une femme se sente unique toi, je le taquine.

Il réprime un sourire alors qu'on s'arrête devant une maisonnette vert anis dont il pousse la porte en bois. Je le suis à l'intérieur et l'odeur qui flotte me saute aux narines.

Mon Dieu que ça sent bon !

Je me rends compte qu'il est presque vingt heures et que je n'ai rien mangé depuis le brunch en fin de matinée. Mais ce qui me met l'eau à la bouche, ce sont ces effluves épicés qui m'embarquent en voyage.

– Manou ?

Une dame sort de ce qui doit être la cuisine et s'essuie les mains sur son tablier.

– Il est là, mon petit voyou !

Elle le serre dans ses bras et je m'aperçois que Leio a retiré sa casquette. Ainsi décoiffé dans les bras de sa grand-mère, il a un air enfantin qui le rend touchant.

– Je suis venu avec une amie : Mica.

J'observe cette dame qui doit avoir soixante-dix ans, son visage jovial que le temps a enrobé mais que sa coupe à la garçonne rend dynamique. J'avance en souriant. La maison est pleine de souvenirs, de photos, de tableaux et de couleurs qui mettent de bonne humeur. Une vraie caverne d'Ali Baba.

– Enchantée ! C'est mignon comme tout chez vous.

– Bienvenue Mica. Le dimanche, c'est le jour des falafels.

J'écarquille les yeux alors qu'elle se tourne vers Leio.

– Ilan est venu il y a une heure. Il m'a montré des photos de son bar. C'est quoi cette histoire de haches, Leio ? Vous allez tuer des gens un jour !

Les joues de son petit-fils rosissent. Il est craquant.

– N'extrapole pas Manou, ce n'est pas dangereux.

Loin de se démonter, elle lui met un coup de torchon.

– Y en a marre de vos conneries, vous n'avez plus l'âge. Par contre, ton amie, elle est plus jolie que la copine qu'Ilan a amenée tout à l'heure. Ses ongles, ils étaient tellement longs qu'elle a pas réussi à attraper un sucre pour son café. Tu te rends compte ?

Elle me regarde et je ne peux m'empêcher de pouffer. Leio lui tend un sachet, le sourire aux lèvres.

– Tiens, ton fameux tabac caramel. Tu pourras dire que je suis ton petit-fils préféré.

Elle prend le paquet et lui claque un baiser sur la joue.

– Merci mon cœur. Mon préféré, c'est celui qui ne tuera personne à coups de hache.

Serrant son butin contre sa poitrine, elle repart en direction de la cuisine et Leio et moi échangeons un regard amusé.

– Elle est toujours comme ça ? je murmure.

– Parfois, c'est pire, il me répond sur le même ton.

Il me fait signe de le suivre sur une petite terrasse. J'hallucine en voyant ce qui est disposé sur la table : un plat de taboulé vert, une belle assiette de houmous, du pain frais, une montagne de falafels… Pour moi qui suis dingue de nourriture libanaise, c'est un rêve. Je chuchote à l'attention de Leio :

– C'est pour nous ? On mange ici ?

Il doit voir les étoiles dans mes yeux car il rit et m'adresse un clin d'œil.

– C'est ça. Premier repas de famille.

Tu parles.

Je ne relève pas mais j'esquisse un sourire en coin, pas dupe. J'ai bien compris qu'il fait des repas de famille avec « tout le monde » ici. Manou arrive avec des verres de citronnade. Elle s'assoit et m'invite à faire de même. Je suis encore surexcitée.

– Mais expliquez-moi ! Vous savez cuisiner libanais ? C'est le fameux taboulé aux herbes aromatiques ? Et ça, c'est du houmous, c'est ça ?

Elle rit sous cette avalanche de questions et entreprend de se rouler une cigarette.

– Je cuisine libanais car je suis libanaise.

Je tourne la tête vers Leio.

– Tu ne m'avais pas dit que tu étais libanais ?

Installé dans son fauteuil, il nous écoute discuter et hausse simplement les épaules, le sourire aux lèvres. Sa grand-mère le regarde avec amour.

– Leio a des origines libanaises et espagnoles. C'est le portrait de son père mais avec le caractère de sa mère. C'est quelque chose, je te le dis !

Je souris.

– Tes parents vivent en France ou en Espagne ?

– Ils sont à Tolède, près de Madrid.

Il faudra qu'il m'explique un jour pourquoi il a choisi de venir vivre en France. Je ne connais de l'Espagne que Barcelone mais la langue chantante, les tapas, la vie au ralenti, les gens chaleureux… c'est tellement plaisant par rapport à la rigueur de la France. Je remercie Manou qui m'a servi une assiette beaucoup trop garnie et me tourne vers elle. Je m'intéresserai à Leio plus tard.

– Je crois n'avoir jamais mangé de nourriture libanaise ailleurs que dans les petits bouis-bouis marseillais.

– Alors tu n'as jamais mangé de falafels, Mishka.

Leio s'apprête à dire quelque chose mais je lui fais non de la tête. Elle est trop mignonne pour que je corrige mon prénom. Je mords dans une croquette dorée et les saveurs explosent dans ma bouche. Je ferme les yeux un instant et elle a raison, c'est incomparable avec ce que j'ai pu goûter auparavant.

– Vous allez me donner la recette ?

– Jamais.

Elle rit mais je vois qu'elle ne plaisante pas.

– Si vous ne me la donnez pas, je ramène mes parents ici, ma mère raffole de cette cuisine, tout comme moi.

– Amène ta famille. Le dimanche, je cuisine pour tout le monde. Tu es de quelle origine, Mishka ?

– Méditerranéenne. Mes parents sont d'ici. Vous êtes née au Liban ?

Manou est une conteuse née. Pendant la demi-heure qui suit, elle me raconte son histoire et je bois ses paroles tant elle a l'art de rendre intéressante la moindre anecdote. Elle s'appelle Manal mais tout le monde l'appelle Manou. Elle est née à Beyrouth, et a encore sa sœur là-bas. Si elle tait la recette des falafels, j'ai le droit à de précieux conseils pour faire un houmous digne de ce nom. Je crois rêver quand elle me dit d'éplucher les pois chiches et me tourne en riant vers Leio qui est rivé sur son écran. Sa grand-mère rouspète.

– Regarde-le celui-là, le même que son cousin. Toujours plongé dans le téléphone. Y a quoi dedans pour que ce soit plus intéressant que ma cuisine, mon petit ?

Il a un air coupable alors qu'il se lève.

– Pardon Manou, faut que je passe un coup de fil. J'étais attendu pour un partenariat ce soir, j'ai complètement oublié.

– Toi et tes partenariats de je ne sais pas quoi, vous me fatiguez. C'est pas du travail, ça ! Tu vas téléphoner et ensuite tu raccroches.

La phrase ne veut rien dire mais l'idée y est. Je ris en attrapant un énième falafel.

– Mon Dieu, tout ce que j'ai mangé. C'est le dernier !

Elle me regarde attentivement.

– Tu es rigolote, toi. D'habitude, les filles, elles mangent pas trop. Toi, tu profites de la vie, c'est bien.

Ce compliment étrange me fait éclater de rire.

– Les falafels, c'est trop sacré pour que je me prive.

– Depuis quand tu le connais, mon Leio ?

La question me prend de court et je bafouille.

– Euh, pas longtemps en fait.

Elle a un air surpris. Ou déçu.

– Tu sais, c'est pas un mauvais garçon…

J'ai l'impression qu'elle a prononcé cette phrase davantage pour elle-même que pour moi et voilà que Leio est de retour. On reste encore une bonne heure à papoter avec Manou avant de prendre congé. Lorsqu'on retrouve la rue, la nuit commence à tomber mais des lumières de style guinguette éclairent le marché nocturne qui est à présent en place. J'espère secrètement que Leio n'a pas d'impératif.

– Tu dois te rendre à ton… partenariat ?

Il secoue la tête.

– Non, j'ai repoussé à un soir dans la semaine. C'était une invitation à une brasserie gastronomique qui a ouvert dans le deuxième arrondissement.

– Original ! C'est près de chez moi ?

– Je n'ai pas regardé l'adresse précise. Tu voudras m'accompagner ?

Ça me plaît qu'il me le propose. J'essaie de ne pas trop le montrer pour ne pas l'effrayer mais j'ai envie de sauter de joie. Oui, rien que ça.

– Évidemment. Tu sais que quand il y a de la bonne nourriture, je suis partante !

Il lève les yeux au ciel et je pointe du doigt ses abdos sous le tissu de son débardeur.

– En fait, heureusement que tu fais du sport ! Avec toutes ces invitations…

– Je n'accepte pas tout et n'importe quoi ! La plupart du temps, c'est de la nourriture saine.

– Et le sport, c'est une vraie passion ? Ou pareil, c'est parce que t'as commencé qu'on t'a proposé des tests sur des machines et que ça a fait boule de neige ?

En marchant, je regarde d'un œil distrait les étals mais la seule chose qui m'intéresse, c'est de l'écouter se livrer un peu plus.

– Je faisais du foot, en Espagne. Je jouais à un bon niveau et quand je suis arrivé en France, on ne m'a accepté qu'en équipe amateur et, comme j'étais trop fier, j'ai préféré ne pas m'inscrire. À ce moment-là, j'habitais chez mon oncle et je l'ai suivi à la salle de musculation où il allait régulièrement. Ça a été comme un exutoire.

Un exutoire... à quoi ?

Je n'ose pas lui poser la question aussi directement.

– Et donc tu y as pris goût ?

– C'est ça, et je me suis intéressé aussi à tout ce qui entoure la musculation, comme la nutrition, les différentes techniques d'entraînement, les appareils prétendument révolutionnaires... Ce qui est bien avec la muscu, c'est que peu importe l'endroit où tu te trouves dans le monde, tu peux t'entraîner.

Je comprends l'allusion à ses réguliers déménagements. Le marché est presque fini et je n'arrive même pas à faire semblant de m'y intéresser. Une question me taraude et je n'aurai pas l'esprit tranquille tant que je ne l'aurai pas posée.

– Pourquoi tu es parti d'Espagne ?

Il y a un temps de silence. C'est imperceptible, mais je jurerais qu'il s'est raidi en marchant.

– Longue histoire.

Voilà. Mon intuition ne m'a pas trompée. Il y a quelque chose, mais quoi ?

Un chagrin d'amour ?

J'espère que non, car s'il est aussi sombre en en parlant toutes ces années après, c'est que son cœur a été vraiment réduit en miettes. Ce serait mille fois pire que Peter et moi.

– Le soir, c'est fait pour les histoires non ?

Il sourit et passe son bras autour de mes épaules, me procurant une sensation de bien-être intense. De sécurité. De chaleur.

– Pas ce genre d'histoire. Je te ramène avant qu'il fasse trop frais ? J'ai oublié de te dire de prendre une veste.

Je pourrais marcher des heures au creux de son bras mais j'ai encore plus envie de sentir toute la chaleur de son corps contre le mien.

– Tu monteras me réchauffer ?

Il embrasse mes cheveux et murmure à mon oreille.

– Ça, c'est une évidence.

CHAPITRE 30

MICA

Hier soir, il est monté. Et plus si affinités.

Mon téléphone sur lequel j'appuie doucement indique qu'il est sept heures et je le regarde dormir comme un bébé, son bras qui écrase ma poitrine et nos jambes entremêlées. Il m'avait dit ne jamais passer la nuit ailleurs que chez lui, alors je prends ça comme un début. Par contre, on s'est endormis très tard et je sens mes paupières lourdes se fermer. Mes vacances ne pouvaient mieux tomber. Pas de réveil, pas de contrainte. Juste lui et moi.

Quelques instants plus tard, je rouvre les yeux et je suis seule dans mon lit. Recouverte du duvet qui était au sol tout à l'heure. Je n'avais pas osé le ramasser de peur de le réveiller. Je regarde à nouveau l'heure. Onze heures ! Tu m'étonnes que je me sente en forme ! J'ouvre le SMS de Leio.

Leio : C'est l'heure du footing.
Enfin pas pour tout le monde apparemment ;) Je t'appelle plus tard.

Je m'assois sur mon lit, le sourire aux lèvres. Une nuit ensemble, des nouvelles ce matin. C'est tout doux, c'est frais… c'est prometteur. Le cœur léger, je file sous la douche et l'eau brûlante qui ruisselle sur mon corps détend mes muscles endoloris par nos ébats nocturnes. Je me refais le film de notre nuit intense et j'ai hâte de savoir ce que la suite nous réserve.

Vers midi, je suis en train de grignoter un pan-bagnat que je suis descendue acheter à la boulangerie juste en bas, quand mon téléphone sonne. Je décroche à peine que la voix grave de Chloé retentit.

– Ça va ma poule ?

– Hum, et toi ? je réponds, la bouche pleine.

– J'ai passé une partie de la nuit à surfer sur des forums pour en savoir plus sur le polyamour.

– Aaah ! Et ?

Je l'entends soupirer.

– C'est passionnant. Je ne sais pas comment c'est possible que je n'en aie jamais entendu parler mais Mica, le polyamour c'est… je ne sais pas comment t'expliquer. C'est un véritable mode de vie et, clairement, c'est celui qui me correspond !

Son enthousiaste fait plaisir à entendre même si je reste mitigée. Ce terme m'est inconnu et, je ne sais pas, je trouve ça un peu trop… facile ?

– C'est quoi alors ? Accumuler les relations sans que cela pose problème à personne ?

– Tu généralises ! s'exclame Chloé.

– Non ! Je cherche à comprendre, je me défends.

– C'est une relation basée sur la liberté et l'indépendance mais ce n'est pas du n'importe quoi non plus. Il faut trouver des partenaires sur la même longueur d'onde et il y a des règles comme dans toute relation, ce n'est pas non plus la fête du slip.

Je ris.

– On dirait pourtant. Mais je vois ce que tu veux dire.

– Ce qui me parle c'est qu'on ne s'enferme pas dans une histoire exclusive et donc pas de jalousie, ni de mensonge, on ne s'étouffe pas. C'est la façon de vivre du futur, Mica !

Clairement, elle va trop loin. Je secoue la tête en riant et continue d'écouter son récit.

– Tu serais étonnée de voir le nombre de personnes qui sont polyamoureuses. C'est ouf ! Par exemple, Will Smith et sa femme !

– Ah ouais ?

– Et il existe carrément des applications pour te permettre de gérer ton temps et synchroniser les agendas avec tes partenaires car en fait, le plus galère dans la plurirelation, c'est le partage du temps.

C'est une qualité que j'adore chez Chloé. Quand un thème l'intéresse, elle se renseigne, se l'approprie et devient incollable sur le sujet. Mais cette fois, je crains qu'elle ne manque d'objectivité et me fais l'avocat du diable.

– T'emballe pas trop vite. Il faut que tes deux zigotos soient d'accord avec cette polyrelation.

Elle soupire.

– Je stresse tellement !

– Tu vas leur en parler quand ?

– Eh ben là, je me gare. Je suis devant chez Thibaut. La suite au prochain épisode.

Je soupçonne Thibaut d'être le préféré de Chloé.

– J'espère qu'il aura la poly-tesse d'accepter.

Elle pouffe dans le combiné.

– Garde tes blagues de plouc. Je te laisse.

La conversation terminée, je contemple mon téléphone quelques secondes et ne résiste pas une de plus. Je voulais me déshabituer de ce… TOC mais c'est difficile. Je vais regarder si Leio a posté quelque chose aujourd'hui. Moi aussi j'ai envie d'être en liberté totale sans me réfréner dans mes envies. À commencer par l'envie de l'espionner pitoyablement. L'image du jour est la même que je vois trois à quatre fois par semaine. Une capture d'écran de sa montre qui indique le temps de course et les kilomètres parcourus. Comme quand les grands esprits se rencontrent, mon portable vibre entre mes doigts, indiquant un appel entrant de celui que je suis en train de stalker.

– Quarante-huit minutes, c'est une belle performance. Je lui dis en décrochant.

Il rit.

– Arrête de m'espionner.

– Je te signale que ta photo m'a sauté aux yeux quand j'ai ouvert mon fil d'actualité.

Ouh la menteuse, elle est amoureuse.

– Tu es en train de dire que je pollue ton fil ? il rétorque.

– Non, je disais que tu avais fait une belle performance.

Il rit encore. J'ai l'impression qu'on est deux adolescents.

– Qu'est-ce que tu as prévu pour ton premier jour de vacances ? il m'interroge.

Je réfléchis un instant.

– Aller manger un vrai chichi freggi à L'Estaque. Avec toi.

Il y a quelques secondes de silence.

– Ah carrément, tu as fait le programme ?

Je sais à son timbre de voix qu'il est amusé. Et ça m'amuse aussi.

– En fait, je le fais à mesure que je te parle. Tu es libre ?

– Moi ? Je suis libre comme l'air.

– Pourquoi je sens de l'ironie dans ta voix ?

Quelques minutes après avoir raccroché, je regarde encore béatement mon téléphone. Les papillons dans le ventre, l'excitation, l'attente délicieuse du prochain moment ensemble… je suis en train de découvrir tout ça. Et je comprends mieux pourquoi on en fait tout un plat dans les livres.

***

Les gens autour de nous doivent croire qu'on est deux touristes. Pour rejoindre le port de L'Estaque, j'ai entraîné Leio vers la navette maritime. C'est plus charmant que le train ou le bus et, contrairement au scooter, ça permet de profiter du trajet pour discuter. Il était là à l'heure. Atrocement sensuel avec sa chemise en jean déboutonnée et un short de sport orange qui dévoile ses cuisses musclées. Je commence à m'habituer à son look branché. Je crois même que ça me plaît. Je fais semblant d'admirer l'horizon mais à travers mes lunettes de soleil, je le vois me dévorer des yeux. Pourtant, je n'ai pas fait d'extravagance en optant pour une robe fleurie très simple et un immense chapeau de paille. La panoplie de vacances.

– Je n'arrive pas à croire que tu te dises de Marseille alors que tu ne connais pas L'Estaque, je le taquine.

– Qui a dit que je ne connaissais pas ? Ce sont les chichis que je n'ai pas testés. Mais je suis venu des dizaines de fois ici avec mes parents et on mangeait de la panisse.

Il se rapproche de moi et me dépose un baiser sur la clavicule. Je frissonne.

– Mais tu ne me feras pas avaler de beignet, il lâche au moment où le bateau accoste.

Je hausse un sourcil.

– Tu rigoles ? On est venus exprès !

– Ah non, tu as dit que toi, tu allais en prendre un. Pas qu'on devait s'empoisonner ensemble comme Roméo et Juliette.

– Je sens que ça va se jouer à pile ou face, je le taquine.

La foule de passagers se presse vers le quai et j'embrasse du regard le joli port où nous venons d'arriver.

– J'ai l'impression d'être en vacances, dit Leio en me tendant la main.

Je l'attrape avec plaisir. Ce vieux port a des allures de village avec ses petits restaurants, ses stands de friture et ses jolies maisons. Nous passons devant une cantine aux couleurs pastel.

– La dernière fois que je suis venue remonte à trois ans, je lui confie. On avait mangé dans ce restaurant de fruits de mer avec Chloé et Romie, et on avait tellement bu qu'on avait marché deux heures avant de retrouver ma voiture. Au final, on a dormi dedans.

– Chloé, je vois qui c'est. Romie, c'est une autre de tes amies ?

– C'est ça, on forme un trio depuis le collège. Romie est aussi calme que Chloé est dingue. On y est !

On arrive devant Chez Magali, l'endroit incontournable où déguster panisses et chichis, et on se place dans la longue file d'attente.

– À l'époque où je vivais en Espagne, j'ai eu une bande de potes avec qui j'étais toujours fourré. Avec la distance, notre complicité en a pris un coup mais ça me rappelle les bons souvenirs, murmure Leio.

Je lève la tête vers lui. Avec mon mètre soixante, il me manque tellement de centimètres pour arriver à sa hauteur que je me demande si je n'aurai pas un torticolis à la fin de la journée.

– Et ici, tu as des amis proches ?

– De bons potes, ceux d'Ilan en fait. Mon cousin a toujours vécu ici et comme j'y ai passé tous mes étés depuis l'enfance, ses potes sont un peu les miens, mais Ilan est la personne qui me connaît le mieux.

Depuis le temps que j'entends parler de ce cousin, j'ai vraiment hâte de le rencontrer. Notre tour arrive et vu la taille des beignets, je ne fais pas l'affront à Leio d'en commander un chacun. Je lui décoche un clin d'œil en riant.

– J'ai pitié de ton corps d'athlète. On en prend un à deux.

– On fait un deal ?

Méfiante, je plonge mes yeux dans les siens. Son regard est plus brûlant que le soleil et il arbore cet air espiègle qui me fait craquer.

– Je t'écoute.

– On partage ce truc si tu viens courir avec moi cette semaine.

Je ris.

– Tu sais, le sport et moi… on n'est pas super potes.

– Les beignets et moi non plus, il me susurre dans l'oreille pour que la serveuse qui me tend le précieux sésame ne l'entende pas.

– Deal, j'accepte en souriant.

Un peu plus loin, le beignet a à peine eu le temps de refroidir que je croque dedans à pleines dents. Hum, que c'est bon. Il n'y a qu'ici qu'on peut manger de véritables chichis freggi, parole de Marseillaise. Leio a l'air moins convaincu alors qu'il prend une petite bouchée de la sucrerie que je lui tends. Il grimace en regardant le gras qui s'est déposé sur ses doigts et m'oriente vers la terrasse d'un bar.

– Allez viens, on va boire un coup.

En voilà, une belle parade pour ne pas manger ce beignet. Tant pis pour lui, il ne sait pas ce qu'il rate. On s'installe à une table, à l'ombre d'un parasol, avant de commander une bière et une grenadine au serveur. Je retire mon chapeau et mes lunettes. Leio m'observe alors que je m'ébouriffe les cheveux, l'air songeur.

– Tu as toujours eu cette coupe ?

Je fronce les sourcils avant de pouffer.

– Elle est bizarre, ta question.

Il a l'air si sérieux tout d'un coup.

– Elle est bizarre, t'as raison. Ça te va bien ce carré, ça te donne un air… je ne sais pas, mutin.

– Toi ton style, c'est plutôt les brunes aux cheveux longs, hein ? je le taquine, en me rappelant la fille qui le suivait partout le soir de l'inauguration de L'Accent.

Ses joues rosissent.

– Non, enfin peut-être. Pourquoi tu dis ça ?

Il me regarde soudain, mi-amusé mi-méfiant.

Ben oui, pourquoi j'ai dit ça ? Quelle idiote, je suis pas censée savoir.

– Parce que tu es espagnol et que les Espagnoles sont comme ça…

C'est sorti tout seul et qu'est-ce que c'est bien trouvé ! Mica, élue reine de la Pirouette. Il rit.

– Le vieux cliché.

– Je n'ai cette coupe que depuis un an, je lui confie. Avant, mes cheveux m'arrivaient en bas du dos, je ne les avais quasiment jamais coupés, comme s'ils faisaient partie de ma personnalité. Et puis, un jour, j'ai eu envie de… d'autre chose.

Le serveur pose nos verres sur la table mais Leio ne me quitte pas du regard. Comme si je disais la chose la plus intéressante du monde. Sauf que je n'ai plus rien à ajouter. Machinalement, je porte la paille à ma bouche et souffle doucement dedans. À l'époque, ce changement de coupe avait été aussi déchirant que salvateur, et je n'ai pas envie qu'il décèle la fragilité dans mon expression.

– À quoi tu penses quand tu fais ça ?

Sa voix grave me fait sursauter. J'étais ailleurs.

– Quand je fais quoi ?

– Des bulles

– Je me demande dans quoi je me suis embarquée en acceptant d'aller courir avec toi, je mens, ravie de changer de sujet.

Il m'adresse un clin d'œil avant d'attraper son téléphone qui vibre pour la troisième fois sur la table. Je suis flattée qu'il s'intéresse à moi. Autant pour des questions banales que pour des petits détails. Je n'ai pas la même facilité pour lui poser des questions et pourtant, il y a tant de choses que j'aimerais savoir de lui. Il est plongé sur son écran et j'en profite pour observer son profil. Il a l'air si mystérieux. Presque insaisissable.

– Tu préfères mourir de faim ou mourir de soif ?

Il arque un sourcil avant de rire.

– C'est quoi, cette question ?

Allez, je tente.

– Okay, je t'en pose une plus facile.

– Je crains le pire, il soupire en posant son téléphone sur la table.

– C'est quoi, ta plus longue relation ?

Il ne s'attendait pas à ça visiblement. Il ouvre la bouche mais aucun son n'en sort. Il secoue la tête en souriant et fait craquer ses doigts.

Pourquoi est-ce que je suis en extase devant chacun de ses gestes ?

– En Espagne, j'ai eu une copine pendant huit mois en première année de fac. En France, je sais plus… je crois… un mois.

Je manque de m'étouffer.

– Un mois ?

Les yeux écarquillés, je souris mais je ne sais que penser. Un mois.

Non mais what the fuck *?*

Il hausse les épaules avec un sourire contrit, comme pour s'excuser.

– C'est ce que je t'ai dit, je n'ai jamais cherché à me poser. Et je déménage beaucoup. Bref, ces dernières années, j'ai papillonné.

– Et même à l'approche de la trentaine, tu ne t'es jamais dit : « Ce serait bien de » ? j'insiste, espérant peut-être découvrir qu'au fond lui, il était soucieux de rencontrer la bonne personne.

Il a un sourire espiègle qui m'indique clairement qu'il ne souffrait d'aucune incertitude.

– Je me suis plutôt dit : « Profite, on verra bien si. »

Ouais bon.

J'espère que je suis le « si ».

– Et toi, dis-moi. Ton ex, tu penses toujours à lui ?

Son sourire se fait plus froid. Je ne m'attendais pas à cette question à vrai dire mais la réponse est immédiate et sans appel.

– Non. C'est terminé.

Ça fait du bien de le dire à voix haute. Et surtout de le penser. Mes yeux toujours arrimés au sien, je feins un air innocent.

– Je suis prête à passer les treize prochaines années avec toi.

Je lui fais un clin d'œil et il éclate de rire.

– Tu es insupportable, je le dis depuis le début. Je ne vais pas pouvoir tenir un jour de plus.

Avec un air malicieux, je lève mon verre qui ne contient plus que des glaçons.

– Alors, à notre dernier rendez-vous…

Il soupire, amusé.

– Je me demande si tu ne joues pas avec moi depuis le début.

Celle-là, c'est la meilleure !

Il va pour ajouter quelque chose mais se ravise. Intriguée, je pose mes coudes sur la table et me rapproche.

– Tu peux être plus explicite ?

Son regard se fait provocateur.

– Le jour où tu m'as proposé ce rendez-vous pour discuter boulot… j'aurais mis ma main à couper que tu m'avais suivi, espionné, enfin, je sais pas.

Oh mon Dieu. Comment a-t-il pu se douter ?

Je me mords l'intérieur de la joue pour garder contenance alors que j'ai envie d'exploser de rire. Il faut que je trouve une réplique, et vite. Rapidement, une idée se profile et je plisse les yeux en reculant contre mon dossier.

– Ah, je vois… Tu veux que je te dise, Leio ? C'est toi qui as tout manigancé pour qu'on en arrive là ! Le mail où tu me relances après ce fameux rendez-vous alors qu'on aurait pu en rester là ! Puis on se voit et ce ne devait être qu'une aventure mais tu me demandes mon numéro le lendemain, et…

Il ouvre la bouche pour intervenir mais je le coupe en le pointant du doigt, faussement scandalisée.

– Laisse-moi finir ! Donc tu me demandes mon numéro, tu m'invites à l'inauguration d'Art & Food pour que je t'accompagne PUBLIQUEMENT, comme si tu voulais que tout le monde sache que je suis avec toi !

Son rire résonne sur la terrasse et quelques regards se tournent vers nous. Il secoue la tête et je le trouve craquant.

– Mais le pire, Leio, le pire, c'est que SANS PRÉVENIR, tu me présentes ta grand-mère ! Je ne t'ai présenté personne, moi. C'est toi qui as tout orchestré machiavéliquement.

– C'est un très beau retournement de situation.

Je fais tournoyer les glaçons en jouant avec ma paille.

– Pour résumer, je me demande si ce n'est pas toi qui m'as espionnée dès le départ, je conclus, satisfaite de ma pirouette.

Il me fixe si intensément que je pourrais me consumer sur place.

– Peut-être bien.

Son téléphone vibre à nouveau, brisant le silence. Il sourit en lisant le message qu'il a reçu, pianote ce que j'imagine être une réponse avant de me raconter qu'il travaille sur la communication d'une nouvelle enseigne. Un espace de coworking qui proposera aussi un coin salon de thé et un corner de friperie, le tout dans le quartier de La Plaine, où se trouvent tous les créateurs.

– Lalie, la nana qui monte ça, est un peu dingue dans son genre et elle a pas mal voyagé. J'espère que ça va marcher, elle le mérite. Toi qui aimes la déco, tu vas adorer voir comment elle a mis en valeur le vieil entrepôt qu'elle a loué…

L'air de rien, il nous projette dans le temps puisqu'il sous-entend que je viendrai visiter cet endroit, qui n'ouvre que dans une quinzaine de jours. J'essaie de ne pas sourire en me promettant de passer le cap du « un mois » fatidique.

Il est près de dix-huit heures quand nous retournons à l'embarcadère. La canicule est tombée et c'est le moment que je préfère de la journée. Je regarde le petit village s'éloigner à l'horizon, à mesure que le bateau progresse vers la grande ville.

– Tu viens prendre l'apéro ? je murmure à Leio, nichée contre son torse.

– J'aurais aimé mais je viens de dire à Lalie que j'allais passer pour corriger les conneries qu'elle a faites avec l'application que je lui ai installée pour son projet. Et ensuite, j'ai rancart avec mon cousin.

Qui est cette Lalie qu'il va secourir comme un super-héros ? Je ressens une sensation désagréable. Mon estomac qui se contracte et une bouffée de chaleur qui monte dangereusement le long de ma colonne vertébrale. Ce doux sentiment qu'on appelle… la jalousie. Et je me rends compte que je n'ai jamais ressenti ce danger avec Peter. Avec lui c'était acquis. Pas de l'amour, de l'affection. Il avait raison sur toute la ligne.

CHAPITRE 31

LEIO

Avec Ilan et deux potes, on vient de tester deux thèmes d'escape-game et la discussion va bon train pour savoir lequel était le meilleur. Car le gagnant sera installé le temps d'une soirée sur la terrasse de L'Accent. Ce sont des jeux d'évasion que j'adore en général mais ce soir, je n'étais pas dedans. La tête ailleurs.

C'est ouf. Je ne comprends pas que ça ne m'ait pas sauté aux yeux avant. Surtout à présent que je me repasse la scène encore et encore. C'était il y a un an à peu près. J'étais allé dans un salon de coiffure aux Terrasses du port. La coiffeuse, ma nana du moment, terminait juste ma coupe quand la fille était entrée. Ses cheveux blonds lui tombaient dans le creux des reins et je me rappelle que la responsable du salon avait froncé les sourcils en entendant qu'elle voulait les couper au carré.

« Oh non, vous êtes certaine ? J'ai peur que vous ne le regrettiez… » elle lui avait dit avec son accent marseillais très prononcé.

« Vous pouvez me prendre maintenant ? », lui avait répondu la petite blonde d'un ton ferme en ignorant sa question.

Ça ne me regardait pas mais j'étais de l'avis de la pro. Cette fille était belle avec sa longue chevelure qui lui donnait une allure bohème. Et en même temps, elle savait ce qu'elle voulait, et elle le voulait maintenant. La nana qui me coiffait m'avait alors retiré le tablier, signe qu'elle en avait terminé avec moi, et m'avait accompagné à la sortie. J'avais été frustré de ne pas pouvoir rester jusqu'à la fin pour savoir si la blonde avait eu raison ou pas de changer radicalement de style. Je peux le dire aujourd'hui, Mica a eu raison. C'est une coupe faite pour elle et qui lui colle à la peau. Si je lui raconte ça, elle me prendra pour un fou. Même moi, j'ai l'impression de l'être. Fou d'elle. Comme si j'en avais le droit.

Les gars sont en train de rire car l'un d'eux s'est explosé la tronche contre une barre en plastique du décor qu'il pensait être en mousse. Je souris en décalage, toujours rongé par mes pensées. Inconsciemment, ma paume frotte ma cuisse gauche et je déglutis en visualisant mentalement l'image que j'ai fait tatouer à cet endroit. L'Hermite. Ma piqûre de rappel. La carte que j'avais tirée dans le tarot de Manou quand j'étais revenu en France en catastrophe. J'avais fait une escale à Marseille avant d'aller habiter chez mon oncle. Je ne m'étais jamais intéressé aux cartes mais, juste une fois, j'ai eu envie d'en tirer une. Manou était arrivée dans le salon, avait regardé par-dessus mon épaule et secoué la tête tristement en voyant l'Hermite. Ma grand-mère ne m'a jamais rien dit mais je sais que je l'ai déçue. Quant à la carte, pas la peine de lui poser de question, j'avais bien compris à son regard que c'était négatif. Ça ne présageait que l'avenir que je méritais, une vie d'ermite. Il m'est impossible de vivre une histoire d'amour comme si j'étais monsieur tout le monde. La page n'est pas tournée, elle ne le sera peut-être jamais et, le sachant, j'ai toujours pensé que la solitude est ce qui me va le mieux. Enfin, c'est ce dont je me suis persuadé jusqu'à aujourd'hui. Maintenant que Mica est entrée dans la partie, la donne a l'air de changer et ça me terrifie.

CHAPITRE 32

MICA

J'ai passé ma troisième journée de vacances à faire du shopping avec Chloé. On a arpenté la rue Paradis puis la rue Saint-Férréol car elle voulait se trouver des chaussures corail pour une soirée qui impose ce code couleur. On a fini par trouver mais je suis éreintée.

Devant mon plateau-télé, je regarde un film romantique quand l'écran de mon portable s'illumine.

Leio : Un footing demain matin
avec un type brillant, ça te dit ?

Un sourire étire mes lèvres alors que j'ai le sport en horreur.

L'effet Leio.

Mica : Brillant comme tes baskets
argentées ?

Leio : Brillant comme tes lèvres quand
je les aurai dévorées. Tu es libre ?

Toujours.

Mica : Je suis impatiente de transpirer à tes côtés.

Leio : Huit heures ?

Il veut me tuer.

Mica : Parfait.

***

– Je te déteste !

Le souffle coupé, j'appuie de mes deux mains sur la partie droite de mon ventre. Un peu plus loin, Leio revient sur ses pas. J'ai difficilement attaché mes cheveux courts en une queue-de-cheval mais une mèche s'est échappée et me colle au visage, je dois avoir les joues rouge vif et je suis déshydratée.

– Ça ne fait que quinze minutes qu'on court, il me taquine, hilare.

Les yeux plissés, j'essaie de récupérer de l'air avant de tomber inanimée.

– Quinze minutes en plein cagnard ! je réplique, en prenant appui sur mes cuisses.

– Mica, il est huit heures du matin.

Je lui lance un regard noir.

– T'es en train de gâcher tout ce qu'on a péniblement construit entre nous, je soupire.

– Tu es vraiment marseillaise, hein ? il s'esclaffe.

Le point de côté est en train de disparaître, et j'arrive enfin à apprécier la vue sur la côte. Il est venu me chercher en scooter et on s'est garés près de la corniche Kennedy. Courir près de la mer, il faut avouer que c'est agréable mais purée… il m'a tuée.

– On est presque arrivés. On continue en marchant ? il me propose, avec un sourire en coin.

Quand il m'a envoyé un message hier soir pour me dire de me tenir prête pour un footing ce matin, il n'a rien mentionné d'autre. Je le regarde, étonnée.

– Presque arrivé où ?

– À L'Accent. Mon cousin y est tôt le jeudi, pour réceptionner des marchandises. Je vais te le présenter.

– Je ressemble à rien !

– Tu ressembles à une nana qui a couru un marathon. En dix minutes.

Je m'arrête et croise les bras en boudant, ce qui déclenche son hilarité. La scène est tellement comique que je finis par rire aussi et attraper la main qu'il me tend.

– T'es chiant, je soupire.

– Je retiens. Pas du matin. Pas sportive.

– Je te déteste.

Nous ne sommes qu'à quelques dizaines de mètres du bar et à notre arrivée, on trouve Ilan entouré de cartons sur la terrasse de L'Accent. C'est étrange d'être entre ces bambous, à l'endroit même où j'avais croisé Leio ce fameux soir d'inauguration, juste au moment où Chloé a prétexté se sentir mal.

Je me demande ce qu'il se serait passé si elle n'était pas tombée sur Peter. Est-ce que Leio m'aurait abordée ? Est-ce que j'aurais croisé Peter et est-ce que ça aurait tout gâché ?

Ilan m'adresse un grand sourire et s'excuse de ne pas me faire la bise. Je suis rassurée de le voir dans le même état que moi, voire pire. Il dégouline de sueur. En tout cas, ce grand bonhomme baraqué à la grosse voix m'accueille le plus naturellement du monde, à l'image de sa grand-mère, et je me rends compte qu'il s'en fout complet, de ma dégaine. On s'assoit à une table et il nous sert un jus de fruits.

– C'est pour demain soir ? demande Leio en pointant les types qui font des va-et-vient avec les cartons.

– Yep. Ça va être le feu ! D'ailleurs, j'ai une galère, tu peux venir nous filer la main ? Ousmane et Alex se sont engatsés pour une histoire de meuf et Alex me met un faux plan. Tu peux le remplacer au bar en début de soirée ?

Leio acquiesce d'un signe de tête.

– Il y a une soirée spéciale ? je demande.

Ilan se frotte les mains, excité comme un gosse.

– C'est soirée escape-game sur le thème « Lendemain de soirée » ! Et si tu veux faire passer le mot, à L'Accent, un verre est offert aux filles qui ont *l'accent* du Sud, il me dit en exagérant le sien.

– Excellent ! C'est génial comme idée… je ris.

Leio hoche la tête avec un air désabusé.

– Je ne sais même pas où il les trouve, il ne s'arrête jamais, il souffle. Et en plus, je dois donner de ma personne.

Son cousin lui met un petit coup dans l'épaule.

– En échange de ton aide généreuse, j'offre des places à ta copine à condition qu'elle emmène… des copines.

Je ris devant son air innocent tellement mal joué.

– Je doute que tu sois intéressé par ma copine maquée ou par l'autre mariée et enceinte, je le taquine. Mais merci d'avoir proposé.

Il ricane et un ouvrier l'interpelle à ce moment-là. Leio en profite pour se lever.

– On y va ? J'ai un rendez-vous à onze heures, il faut que je repasse par chez moi me doucher.

Je salue de loin Ilan et nous rebroussons chemin. C'était court mais sympa. Et, l'air de rien, Leio m'a présenté à un membre de sa famille, encore une fois. Il ne s'est écoulé que cinq jours depuis qu'il m'a livré le brunch dimanche dernier mais j'ai l'impression que notre relation a pris un virage à quatre-vingt-dix degrés. Je suis tellement sur mon nuage que j'arrive même à savourer le moment présent sans me poser de questions. J'ai bien envie de proposer à Chloé de venir demain soir pour profiter de cette soirée qui va lui plaire à coup sûr, et par la même occasion, lui présenter Leio. Malheureusement, Romie n'aura pas la tête à ça.

– Tu ne m’avais pas dit qu’une de tes copines était enceinte.

Sur le trajet, la voix grave de Leio me ramène à la réalité.

– Non c’est vrai. C’est tout récent et je n’ai pas encore intégré complètement la nouvelle.

On marche en silence puis j’ajoute :

– Et puis disons que ce n’est pas la meilleure nouvelle qui soit car elle a appris sa grossesse pendant qu’elle était en froid avec son mari, et pour l’instant, il ne veut pas revenir.

– Merde… C’est dommage.

– C’est lâche surtout. Tu vois pourquoi j’occulte.

Je ne sais pas pourquoi je viens de balancer comme ça la vie intime de Romie. Après tout, c’est Leio et quand je lui présenterai enfin mes amies, il se rendra bien compte de la situation. Autant qu’il sache avant pour éviter de poser une question embarrassante à Romie. Si seulement cela pouvait s’arranger entre Noam et elle…

CHAPITRE 33

MICA

Leio : Je préfère pas,
je t'appelle la semaine prochaine.

J'ai relu ce SMS trente fois sans en comprendre le sens. Hier matin, il vient me chercher pour que je coure avec lui, puis il me présente Ilan. Et depuis, silence radio. Il n'a pas répondu à mes trois appels dans l'après-midi et la soirée qui ont suivi. Toujours pas de nouvelles ce matin. J'ai finalement opté pour un message.

Mica : Je vais peut-être venir
avec Chloé à L'Accent ce soir,
cette soirée est très tentante.
Te voir l'est aussi ;)

Et sa réponse a fusé. Le genre de phrase simple qui pourtant donne des sueurs froides. Et des bouffées de chaleur aussi. Il « préfère pas ». Parce qu'il y aura quelqu'un qui lui plaît et qu'il ne souhaite pas que ma présence l'embarrasse ? Ou alors son cousin lui a dit que j'étais une quiche et il s'est laissé influencer ? Et si c'était parce que je n'aime pas le sport ? Toutes ces hypothèses sont bidons et pourtant je ne vois pas où une fêlure a pu s'installer dans notre relation toute neuve. Ni comment on est passés d'un besoin de se voir chaque jour à un rendez-vous hypothétique la semaine prochaine.

J'oscille entre la peine et la rage. L'envie de me mettre en boule dans mon lit pour pleurer et celle de débarquer coûte que coûte là-bas et en avoir le cœur net. C'est fou car c'est comme si j'avais eu une intuition. Je n'ai même pas demandé à Chloé si elle était dispo ce soir. Pourtant je l'ai eue au téléphone une heure aujourd'hui. J'ai eu le droit au détail de sa conversation avec Thibaut qui est partant pour une polyrelation et elle m'a récité tout le speech qu'elle a prévu de faire à Melvin demain pour le convaincre à son tour. Je me mords la lèvre en me rappelant lui avoir raconté à quel point, avec Leio, c'était trop beau.

Trop beau pour être vrai.

C'est plus fort que moi, je ne peux pas rester sur un non-dit.

Mica : Tu préfères pas ?

La réponse fuse.

Leio : Non Mica. J'ai besoin d'espace,
de faire le point.

Ces mots me coupent le souffle. Il a besoin d'espace ? Au bout de cinq jours à se voir épisodiquement ? Cette fois, ça a le mérite d'être clair. Moi qui suis adepte du tout ou rien, on dirait que j'ai eu ma réponse. Ce soir, ce sera rien. Et c'est fou comme un rien peut laisser un grand vide. Mon expérience avec Peter m'a rendue plus forte. Aujourd'hui, c'est de la rigolade. De la rigolade avec les larmes aux yeux. En boule dans mon lit.

CHAPITRE 34

LEIO

Un lâche. Voilà ce que je suis. C'était tellement facile de faire comme si de rien n'était. Jouer à celui qui n'a rien à se reprocher, construire le début de quelque chose avec elle comme si c'était… naturel. J'ai cru à cette histoire un peu trop romantique, j'ai oublié un instant qui j'étais. Mais en marchant ce matin, alors que j'avais baissé la garde, le passé est venu me mettre une bonne droite.

Souviens-toi.

Je l'écoutais parler, si spontanée, si sûre d'elle. Elle mérite mieux que moi. Elle a déjà morflé une fois et elle ne mérite pas d'être abandonnée encore. Alors j'ai préféré faire marche arrière. Elle doit être déçue mais c'est trop tôt pour qu'elle ait vraiment mal. Mon verre vide me rappelle à quel point ma vie est à chier. Ça me bouffe car elle est tout ce que j'aime. Elle est vraie, elle dit ce qu'elle ressent, elle me regarde comme si elle voyait en moi. Sauf qu'elle ne voit que l'homme que je suis aujourd'hui. Et l'homme que j'ai été peut me rattraper à tout moment. Ça me bouffe parce que je la connais assez pour savoir à quel point mes messages ont dû la blesser. Je suis à Marseille depuis trop longtemps, il va falloir que je bouge avant que l'envie de me poser sérieusement me prenne. Ça a failli.

– Mets-m'en un autre, s'il te plaît.

Derrière le bar, Ilan me regarde, sceptique. Il parle assez fort pour couvrir la musique.

– Partage ton problème gros, comme ça, je boirai avec toi. Sinon, c'est un Coca que je te sers, ça commence à faire beaucoup là.

Un pote à nous s'assoit à mes côtés avec sa meuf du jour – ou du soir plutôt – et une copine à elle, qui glousse comme une conne en regardant mon cousin. La soirée escape-game a été un succès et le bar commence à se vider peu à peu. Je lance un regard noir à Ilan en repoussant le soda qu'il me glisse sous le nez et il obtempère à mon ordre silencieux avec la promesse tout aussi silencieuse que ce sera le dernier rhum qu'il me sert. Mon verre en main, je quitte mes compagnons et l'ambiance trop légère pour me diriger vers la terrasse où je me cale dans un coin. Je suis persuadé d'avoir pris la bonne décision, alors pourquoi est-ce que je me sens aussi mal, putain ? Depuis hier, j'ai compris que je ne pouvais pas faire l'autruche et j'ai eu beau tourner le problème dans tous les sens, je n'ai vu que deux options. Juste deux. Tout arrêter avec

Mica ou lui dire la vérité et la laisser prendre la décision. Toute la journée j'ai retardé le moment de décider. Et puis son message m'a ramené à la réalité. Je ne voulais pas qu'elle me voie différemment. C'est putain d'égoïste parce qu'elle doit croire que c'est elle qui a un problème.

Un lâche. Encore. Toujours.

Non, ça ne peut plus durer. Ce n'est pas ce que je veux être. Il n'est pas trop tard, je vais lui parler. Je préfère prendre le risque qu'elle me juge plutôt que la laisser dans l'ignorance, se demander ce qui ne va pas chez elle. Je sors mon téléphone de ma poche, swipe, sans même leur accorder un regard, les centaines de notifications affichées et compose le numéro de Mica que je connais par cœur et que, sans savoir pourquoi, je n'ai jamais enregistré.

Rien. Je ne suis pas étonné qu'elle ne décroche pas. Bien fait pour ma gueule. Le liquide brun que je fais tournoyer dans mon verre ne me fait plus aucun effet. Je me passe les mains dans les cheveux, j'ai chaud, je transpire, je suis en train de devenir fou. Je n'ai pas touché une cigarette depuis dix ans et pourtant, je donnerais n'importe quoi pour en fumer une maintenant. Des années que je garde le cap en étant toujours en action. Le sport, le travail, les réseaux, les potes. Jamais de répit pour ne pas penser. Penser et sombrer. Tout peut aller si vite… Je suis sur le point de craquer, je m'en rends compte. Je porte à nouveau le combiné à mon oreille. Toujours pas.

J'ai préféré tout arrêter car j'avais peur. Peur que si je lui dis la vérité, elle me voie différemment. Non, il y aurait eu pire encore. Qu'elle décide de passer au-dessus et d'avancer avec moi. Avant elle, je n'avais jamais envisagé un futur, ni osé faire de projets. Est-ce que j'y ai le droit ?

Décroche, s'il te plaît. J'ai besoin de toi.

CHAPITRE 35

MICA

Chloé m'appelle au secours. Thibaut la tire par un bras, Melvin de l'autre, et Romie pleure à gros sanglots. Tellement que bientôt, ses larmes deviennent un fleuve et...

La sonnerie insistante me tire de ce cauchemar, et tant mieux. Je suis moite, j'ai chaud et… quelqu'un est en train de sonner. Je rêve encore ? Mon téléphone indique trois appels de Leio et je vois qu'il est bientôt deux heures du matin. Je me suis profondément endormie devant une mauvaise série. Je reconnais la voix qui me répond à l'interphone et, inquiète, j'ouvre la porte avant de partir m'envelopper d'un peignoir.

Qu'est-ce qu'il se passe ?

Le visage de Leio finit par apparaître dans l'embrasure et je vois que quelque chose le ronge. C'est la première fois qu'il paraît aussi… bouleversé.

– Ça va ? je lui demande en sachant que la réponse est non.

– Tu dormais ?

Seul mon air perplexe lui répond. Je m'efface et il passe devant moi, gêné.

– Pardon, j'aurais dû attendre demain. J'ai vu la lumière du salon et je croyais que tu ignorais mes appels.

Je n'arrive pas à comprendre ce qu'il fait là et je suis hébétée. Je fais chauffer la bouilloire pour préparer du thé et ouvre le frigo, à la recherche de quelque chose à lui proposer à boire.

– Assieds-toi Mica.

Son regard oscille entre la douceur et la douleur. Il a l'air d'avoir envie de se libérer de ce qu'il est venu me dire et je ne fais que prolonger son supplice en m'activant. Je m'assois.

– Je n'ai pas été honnête avec toi. Il y a une chose sur moi que je ne t'ai pas dite.

Je fronce les sourcils, ne sachant pas où il veut en venir. Il sent le rhum. Pas comme quelqu'un qui est ivre mort, mais comme quelqu'un qui a suffisamment bu pour dire des choses qu'il regrettera et j'hésite un instant à l'arrêter et lui demander de revenir demain.

– Leio, vu ton état, je crois que ce n'est pas le moment. Si tu as quelque chose à me dire, je préfère que tu le fasses quand…

– J'ai bu quelques verres mais il m'en faut plus que ça pour perdre le contrôle. Mica… je ne sais pas par où commencer.

La tension qu'il a dans les épaules est presque palpable et son ton, limite implorant.

Je t'écoute.

– Je suis devenu community manager par hasard. À vingt ans, ma mère m'a foutu dehors et je suis venu vivre chez l'un de mes oncles à Paris. Il m'a inscrit dans cette formation à un moment où je voulais juste rien foutre de ma vie, à part boire et fumer.

Lui qui est si actif, si sportif et qui est partout à la fois, j'ai du mal à l'imaginer sans motivation et sous l'emprise d'une drogue quelconque. Avant qu'il n'aille plus loin, une question me turlupine et j'entre dans le vif du sujet.

– Pourquoi elle t'a mis dehors ?

– Quand je t'aurai parlé, il n'y aura plus de retour en arrière possible.

J'ouvre la bouche pour dire quelque chose mais rien ne vient. Au contraire, j'ai la chair de poule. J'ai peur de ce que je vais apprendre.

– J'étais étudiant en langues, à la fac à Madrid. Il y a eu une soirée. C'était la fin de l'année, l'alcool coulait à flots et j'ai rencontré cette fille qui s'appelait Lina. Ou Linda. Elle était sexy, on n'avait pas de préservatifs, elle m'a dit qu'elle prenait la pilule. C'est tout ce que je voulais savoir.

Je n'aime pas ce que j'entends.

Une maladie ?

Les quelques secondes qui marquent un temps d'arrêt sont de trop. J'ai un nœud dans la gorge et le souffle court.

– Continue, je murmure en me frottant le visage des deux mains.

– Trois mois plus tard environ, c'est la rentrée. Je sors du restaurant universitaire avec des amis et elle est devant. Je ne la reconnais pas sur le coup. Elle pleure, elle me dit qu'elle est enceinte, que… qu'elle veut le garder.

Il marque encore un temps d'arrêt, comme pour laisser les informations me monter au cerveau. J'essaie de rassembler mes esprits. Ce n'est pas une maladie donc ce n'est pas grave. Il a un enfant, bon. *Pourquoi il n'en a pas parlé avant ?*

J'ai envie de rembobiner, de retourner dans le cocon de mon lit et même, s'il le faut, de continuer le rêve bizarre que j'étais en train de faire. Il était toujours moins bizarre que le moment présent.

– Leio, qu'est-ce que tu es en train de…

– S'il te plaît, laisse-moi finir. Je veux que tu saches et ensuite, on fera ce que tu veux.

Je hoche la tête, le laissant reprendre.

– Je lui ai demandé si elle était sûre que j'y étais pour quelque chose, elle m'a juré que oui. Elle m'avait pourtant dit qu'elle prenait la pilule ! Elle m'a avoué avoir menti ce soir-là mais qu'elle n'aurait jamais pensé tomber enceinte si facilement. Je lui ai dit que je ne voulais rien savoir, qu'il fallait qu'elle avorte. Elle m'a suivi alors que je partais et le soir, il y avait un papier avec un numéro de téléphone sur mon pare-brise et juste quelques mots : « Si tu changes d'avis. »

Il sort tout d'une traite. J'ai du mal à déglutir tant cette histoire me rebute. Je ne sais pas encore ce qu'il s'est passé ensuite mais le pire, c'est que je ne sais même pas quelle fin espérer. J'inspire profondément pour empêcher mes jambes de trembler.

– C'était en octobre. Le mois suivant, je devais m'envoler pour un an en Angleterre, pour un échange universitaire et… c'est ce que j'ai fait.

Je le regarde et n'arrive pas à croire ce que j'entends.

– Tu es… juste parti ?

Il hoche la tête.

– Je ne sais pas comment j'ai fait mais j'ai tellement voulu occulter cette nouvelle que j'y suis arrivé.

– Waouh… c'est…

Je ne sais même pas quoi dire en fait. Je n'avais pas envie de savoir ça.

– Je sais de quoi ça a l'air. Et je ne me cherche pas d'excuses. Deux mois avant le retour, j'ai commencé à angoisser. Je ne dormais plus la nuit. Finalement, j'ai fait des recherches. Peut-être que si je me souvenais de son nom, je la trouverais sur les réseaux et verrais sur les photos si elle l'avait gardé ou non. Je ne savais pas encore ce que je ferais si c'était le cas.

– Tu l'as trouvée ?

– Je ne connaissais pas son nom de famille et n'étais pas sûr de son prénom. Son numéro de téléphone était resté dans ma chambre à Madrid.

Ce n'était pas le genre de chose que j'avais eu envie d'emporter en partant.

– Et comment tu as fait alors ?

– Quand je suis rentré, je n'ai plus trouvé le papier. Ma mère avait dû passer par là et le jeter. J'ai tenté de me renseigner à la fac, interroger des gens qui pouvaient la connaître mais je n'ai jamais trouvé la moindre piste. Ma mère m'a vu péter les plombs un jour en cherchant une énième fois le numéro et m'a interrogé. Je lui ai tout raconté et elle est devenue hystérique.

Mon cœur bat à toute allure. Il retire sa casquette et se passe la main dans les cheveux.

– J'ai été hébergé à Paris chez mon oncle qui m'a trouvé une formation de créateur de site web, tu connais la suite.

Non, justement.

– Tu n'as jamais eu de nouvelles ?

La douleur que je lis dans ses yeux me répond.

– Je suis présent sur tous les réseaux sociaux qui existent, avec mon vrai nom au cas où… elle me contacterait un jour. Ne pas savoir, c'est le pire.

Je fixe un point invisible derrière lui. J'aimerais ressentir de la compassion mais… j'ai vraiment du mal. Impossible de ne pas faire le parallèle entre cette fille et ce que traverse Romie. Il l'a abandonnée à son sort, comme Noam le fait aujourd'hui. Ce qu'elle a ressenti, mon amie le ressent en ce moment. Et moi par procuration. Je n'arrive même pas à le regarder.

– C’est pour ça que je n’ai jamais eu envie, ni de me poser, ni de m’engager. Car j’estimais ne pas avoir le droit… de créer quelque chose.

Je grimace malgré moi et enfouis ma tête entre mes mains.

– Mica.

Non. Je ne peux pas.

– Regarde-moi.

Je me mordille la lèvre en espérant contrôler mes propos alors que mes yeux remontent sur lui.

– Est-ce que c’est trop pour toi ?

Oui. Non.

Je ne sais pas.

– C’est dur de te répondre là comme ça. Il est tard, j’ai besoin d’assimiler ce que tu viens de me dire.

Soudain, c’est comme si tout le poids de sa culpabilité pesait sur ses épaules. Voûté, il regarde ses mains posées sur l’îlot.

– C’est un passé… compliqué. Qui peut me rattraper. Il fallait que tu saches.

J’aurais tellement préféré ne pas savoir. Ou plutôt, que ce passé n’existe pas. Je ne sais pas si j’arriverai à passer au-dessus et à voir chez lui quelqu’un d’autre que cet homme qui a abandonné femme et… enfant.

– Je comprends mieux maintenant quand tu disais que tu étais adepte du « On verra bien si », je murmure, amère. Je crois que moi aussi, je… j’ai besoin d’espace.

Pars s'il te plaît.

Il n'ajoute rien. Ni un mot, ni un soupir. Quelques secondes plus tard, j'entends ses pas quitter la pièce et la porte d'entrée se fermer.

CHAPITRE 36

MICA

Une semaine s'est écoulée depuis que j'ai laissé partir Leio. Je n'ai plus eu de nouvelles et je ne tiens pas à en avoir. Non, je suis loin de tout ça. J'ai profité de ma seconde semaine de vacances pour me faire chouchouter chez mes parents et me faire dorer la pilule au soleil près de la piscine. La maison familiale est juste à la périphérie de Marseille, assez retirée pour avoir des allures de campagne, et c'est l'endroit parfait pour me ressourcer quelques jours. Profitant de ce que ma mère et mon père soient partis pour le week-end dans une thalasso que je leur ai offerte pour leur anniversaire de mariage, j'ai invité les filles à me rejoindre pour un après-midi farniente. Chloé vient de m'envoyer un message disant qu'elle était devant et j'ouvre le portail, surprise qu'elle soit seule.

– Romie ne vient pas ?

– Si mais elle a eu un problème de caisse. Elle le règle et se fait déposer en Uber.

Pendant qu'elle se débarrasse de ses affaires sur la table de jardin, je me rallonge sur mon transat.

– Quoi de neuf ?

On ne s'est pas eues au téléphone de la semaine. J'ai eu besoin de déconnecter. Elle se pose sur la chaise longue voisine, l'air triomphant.

– Tout est calé.

Je me redresse.

– C'est vrai ?

– Oui, je suis officiellement… polyamoureuse !

Elle éclate de rire et je me rallonge en souriant. Elle ne finira jamais de m'étonner. En quelques jours, elle a réussi à concrétiser deux relations quand j'ai pédalé dans la semoule avec une seule. C'est nul de comparer ce qui n'est pas comparable mais j'ai du mal à m'en empêcher. Cela dit, je suis contente pour elle.

– Ben raconte, patate !

Elle laisse échapper un rire.

– Quand j'en ai parlé à Thibaut, il connaissait déjà le principe et s'est montré tout de suite intéressé. Il fréquente justement une autre fille, qu'il ne voit que le week-end mais pour qui il a des sentiments. Et comme moi, il ne se voyait pas choisir entre nous deux. Elle veut aussi sa liberté car elle a des enfants, enfin bref, il lui a parlé, et ça lui va aussi.

– C'est fou quand même ! J'aurais tellement de mal à accepter que mon mec couche avec une autre que moi… Et Melvin ?

– Il était plutôt mitigé au départ mais il aime l'idée qu'on reste indépendants tout en ayant une relation durable. Lui aime sa liberté, voyager quand ça lui chante, et ça lui a toujours posé des problèmes avec les filles qui veulent un truc sérieux.

Les yeux fermés, je savoure les rayons de soleil qui me chauffent la peau.

– Donc ça se présente comme tu veux ?

– Mais tellement ! En plus, sachant que Thibaut aime avoir ses week-ends libres et que Melvin est au contraire souvent en déplacement la semaine, ça se goupille comme il faut.

Je souris.

– Tout va comme sur des roulettes alors !

– Ouais… si on veut.

Ce soudain changement de ton est étrange et j'ouvre un œil.

– C'est-à-dire ?

Elle paraît hésitante puis balance d'un ton faussement désinvolte :

– Dimanche dernier, j'ai dîné dehors avec Melvin et j'ai croisé Loriane et Delphine, deux collègues. Elles ont passé la soirée à nous regarder avec leurs yeux de fouine.

– Et alors ?

– Deux ou trois jours avant, Delphine m'avait vue tenir la main de Thibaut.

Je vois le genre. Je ne connais pas les personnes avec qui Chloé bosse mais je sais que c'est un milieu à double tranchant : d'un côté, les artistes intéressants, de l'autre, les requins superficiels. Mon amie triture ses ongles, signe que ça la tracasse plus qu'elle ne veut le montrer.

– Elles t'ont dit quoi ? je souffle en m'asseyant sur la chaise longue pour lui faire face.

– Rien, mais c'est pire ! Tu sais que j'aime qu'on parle quand il y a un souci. Elles m'ont regardée comme si j'étais une traînée. Et comme par hasard, depuis, j'ai reçu trois textos de photographes pour me proposer d'aller boire un verre.

– Tu délires là ? Je sens la colère monter en moi.

Je suis bien plus calme que Chloé, mais si on s'en prend à quelqu'un que j'aime, je peux voir rouge.

– Chloé, c'est grave ce que tu me dis ! je m'exclame.

– T'inquiète pas pour ça, j'ai posté un message public sur mes réseaux où je les affiche tous les trois. Mais… toi, qu'est-ce que tu penses vraiment de moi ?

L'excitation de Chloé est bel et bien retombée à présent. Elle me regarde avec ses grands yeux, comme si elle attendait la sentence.

– Je suis fière que tu assumes tes décisions ! Tu as le droit de faire ce que tu veux et personne n'a à te juger ! Tu ne fais de mal à personne, et rien à foutre de ce que peuvent penser toutes les Delphine de ton entourage.

Elle a l'air peu convaincue.

– Tu sais, j'ai peur que ce genre de regard condescendant ne soit que le début Chlo. Tu casses les codes avec cette plurirelation et les gens ne sont pas forcément prêts à accepter cette façon de vivre, il faut que tu t'y attendes. Maintenant, tu n'as pas de comptes à rendre et tu continueras à les emmerder comme tu sais si bien le faire.

Elle écoute attentivement.

– Si tu es heureuse, c'est tout ce qui compte, j'ajoute.

– Je crois que je vais l'être, pouffe Chloé. Par contre, le jour où Momo et Titi me diront d'emmener mon mec à un repas, ça sera pas la même.

J'éclate de rire. Même si mes parents sont ouverts, je vois d'ici leur visage se décomposer quand ils apprendront la dernière lubie de Chloé. Ou plutôt son mode de vie, pour reprendre son expression. Je m'allonge à nouveau.

– Imagine, tu as ton Thibaut et ses doigts qui massent divinement et Melvin et votre connexion de ouf. C'est écœurant, cette chance. Tu fais naître trop de jalousie autour de toi.

Elle rit.

– Tu as tout compris. Tu pourrais être mon âme sœur, toi.

– Ton âne sœur, tu veux dire. Car moi, y a rien qui fonctionne, je soupire.

– Vas-y, raconte.

Je n'ai encore rien dit aux filles car on ne s'est pas vues depuis que c'est fini avec Leio et je ne voulais pas leur raconter au téléphone.

– On attend Romie, comme ça, je ne l'explique qu'une seule fois. Mais pour résumer, j'aimerais tellement que l'une de nous trois ait une vie normale. Comme ça, les deux autres pourraient l'imiter.

Chloé se lève et déboutonne son short en jean.

– Ah non, moi je ne suis pas près de changer de vie. Laisse-moi déjà commencer celle-là !

J'aime qu'elle se donne les moyens d'avoir ce qu'elle veut mais j'espère qu'elle ne souffrira pas de cette histoire de polyamour. Je suis encore dans mes pensées quand un énorme plouf et les éclaboussures qui suivent me font sursauter. Chloé sort la tête de l'eau et je soupire.

– Un jour, peut-être que tu grandiras et qu'on pourra te prendre au sérieux !

Elle rit et avale de l'eau en même temps. Le pire, c'est qu'elle me donne envie d'oublier mon âge avec ses gamineries. Dans la seconde qui suit, je me débarrasse de mon paréo et saute à l'eau à mon tour. Une bonne heure plus tard, on est en train de se servir à boire quand Romie m'envoie un message. Elle est là. J'appuie sur la télécommande pour ouvrir le portail à distance et suis surprise de voir la voiture de Noam s'engager dans l'allée.

– J'ai encore raté un épisode ?

Chloé surgit à côté de moi.

– Il se passe quoi là ?

La bouche ouverte, nous regardons les portières s'ouvrir. Noam, vêtu comme à son habitude d'un pantalon de costume et d'une chemise, est pimpant. Il nous adresse un large sourire avant de faire le tour de la voiture pour aider Romie à s'extirper de la décapotable.

– Ça va, elle peut encore marcher, elle n'a pas pris dix kilos en une nuit, souffle Chloé.

Romie se pend à son cou pour l'embrasser fougueusement, avant de réajuster sa robe fleurie. Chloé et moi nous lançons un regard moqueur alors qu'ils se dirigent vers nous, main dans la main. Romie est radieuse comme on ne l'avait pas vue depuis longtemps.

– Les filles, on a quelque chose à vous dire.

Chloé raille.

– Vous attendez un enfant ?

Je ris comme une imbécile tellement sa blague est bête mais surtout parce que je suis beaucoup trop heureuse de voir que tout a l'air d'aller pour le mieux. Romie se serre contre Noam.

– Elles sont en forme on dirait !

– Ça m'avait manqué, vos blagues de plouc, il ajoute.

Tous deux s'approchent de nous pour nous embrasser.

– Bon, les amoureux, depuis quand vous vous êtes rabibochés ? je leur demande en sortant deux verres du placard de la cuisine d'été.

Les amoureux en question se regardent et Romie lance, les yeux brillants :

– Eh bien… depuis trois jours. Quand je suis rentrée du travail, Noam avait fait toute une mise en scène à l'appartement, qui ressemblait à celle de sa demande en mariage… et on a discuté.

J'imagine tout à fait la scène romantique.

– Il était temps ! raille Chloé.

– Comme tu dis. Donc j'arrive et quand je le vois, je me mets à pleurer. Tout ce que j'avais accumulé est ressorti dans des litres de larmes, le pauvre ne savait plus quoi faire.

Noam entoure sa femme de ses bras pendant qu'elle nous relate l'histoire.

– On pose tout au clair et, vous n'allez pas le croire… il s'avère qu'il ne s'est jamais inscrit sur un site de rencontres !

Chloé et moi le regardons, sceptiques, mais il écarquille les yeux et son expression est tellement sincère qu'il est difficile de le croire coupable.

– Jamais ! Quand Romie m'a dit ça, je n'ai pas compris. Et j'ai appelé mon frère, le seul idiot capable de faire un truc pareil.

Je souris

– Eliesse a fait ça ?

Eliesse est le dernier de la fratrie de Noam. Il est pourri gâté et toujours le premier à faire des conneries du haut de ses seize ans. Noam soupire.

– Oui, et encore, je ne sais pas depuis quand ça durait. Il utilisait ma photo pour lancer des conversations et espérer recevoir des selfies – je cite, « sexy » – de femmes plus âgées.

Chloé explose de rire.

– Fabuleux ! Vous n'avez pas l'impression qu'on est en train de terminer une partie de Cluedo là ? elle pouffe.

On acquiesce tous, puis Noam regarde Chloé.

– D'ailleurs, c'est grâce à toi qu'Eliesse a tout arrêté. Il m'a dit qu'il a supprimé le profil quand tu lui as envoyé un message privé.

Nos trois paires d'yeux se braquent sur elle.

– Chloé, tu as envoyé un message à Noam ? je demande.

– Ben ce n'était pas Noam, du coup ! Mais ouais, attends, je l'ai encore.

Elle cherche dans son mobile.

– Voilà. J'ai dit : « Sérieux, Noam ? Je te jure que si on se rencontre, puisque c'est un site de rencontres, je te brûle les couilles ! »

On explose de rire. Eliesse a dû avoir une peur bleue que son frère l'apprenne. Quelques secondes de silence s'installent et Romie s'assoit sur les genoux de Noam. Elle lui caresse le dos en le regardant tendrement. Ils sont tellement dégoulinants d'amour que Chloé et moi échangeons un coup d'œil goguenard.

– Moi, je retiens que tu as attendu soixante-douze heures pour nous dire que vous êtes réconciliés ! marronne Chloé.

Romie rougit.

– Pour ma défense, il m’a embarquée dans la foulée en virée à Cannes et j’ai coupé mon téléphone après avoir averti les filles à la boutique que je les laissais gérer deux jours. Et je préférais vous le dire en direct !

Noam regarde sa montre et fait descendre Romie.

– Houlà, il faut que je retourne bosser moi ! Les filles, c’était un plaisir de vous revoir…

– Ça vous dit un barbecue avec toute la bande de copains ce soir ? je balance dans l’euphorie du moment.

C’est sorti tout seul, sans que je réfléchisse, et tous les trois me regardent, surpris. Moi qui avais juré ne plus vouloir revoir ne serait-ce qu’un cheveu d’un pote de Peter – à part Noam, évidemment –, je viens de proposer de faire la fête ensemble. Enfin, un barbecue.

– Me regardez pas comme ça ! J’ai envie de passer à autre chose.

Tout le monde acquiesce, Noam dit qu’il s’occupera de prévenir les uns et les autres sur la route et Romie propose qu’on aille faire les courses en fin d’après-midi. C’est bizarre, cette sensation de retour à la normale. Nous sommes assises toutes les trois et la conversation dérive sur la grossesse. Romie nous demande des idées pour trouver une annonce originale pour leurs familles et nous passons de longues minutes à regarder sur le Net sans succès.

– Regarde sur ce site, il propose des puzzles et quand tu les reconstitues, il y a écrit : « Tu vas être tatie » ou mamie ou ce que tu veux ! s'écrie Chloé.

Romie s'empare du téléphone.

– C'est extra, t'as trouvé ça comment ?

– J'ai demandé à Melvin. Il kiffe trop les trucs comme ça, je savais qu'il aurait une idée.

– Tu veux dire… t'as raconté à Melvin que j'étais enceinte ?

– Ben quoi ? Il ne va pas le dire à tes parents ! D'ailleurs, tu le croiseras peut-être demain car je lui ai dit d'aller à ton magasin acheter un cadeau pour l'anniversaire de sa sœur. Elle va fêter ses trente-cinq piges.

Romie porte la main à sa bouche pendant que je contiens un rire nerveux. Elle inspire profondément.

– Ton… plan cul sait où je travaille ?

Cette fois, je ne peux me retenir et explose de rire pendant que Chloé proteste, vexée.

– Ce n'est plus un plan cul ! Et oui, je parle de vous car vous êtes mes amies. Ça vous choque ?

– T'as parlé de moi aussi ? je m'inquiète.

– Évidemment ! Bon, Romie, cours de rattrapage. Je suis polyamoureuse de Melvin et Thibaut, grâce à toi.

Romie fait de grands yeux.

– Je n'ai fait que te donner le terme, hein !

Je ris.

– En tout cas, depuis qu'elle a appris ce mot, c'est désormais officiel. Ils forment un couple tous ensemble.

Ignorant ma remarque, Chloé attrape un livre posé sur la table.

– C'est pas vrai ? Tu t'y mets enfin ?

– Momo doit être trop contente ! surenchérit Romie.

Le livre qu'agite Romie est une initiation au tarot. J'ai beaucoup discuté avec ma mère un soir. J'ai eu besoin de me libérer et lui ai raconté que j'avais mal vécu la signification du tirage qu'elle avait fait à Peter, et comment le tarot m'avait rebutée depuis. Elle a eu les larmes aux yeux au début, avant que je lui raconte que Peter était revenu, qu'on avait discuté et que j'avais eu l'explication qu'il me manquait. Que c'était la fameuse fin de cycle que son tirage m'avait prédit. L'Arcane sans nom. Ma mère a été émue de l'apprendre et j'ai passé sous silence le fait que la carte de la Lune ne s'était pas trompée non plus et que j'avais eu mon lot de révélations. Je souris en prenant le livre des mains de Romie.

– Je crois bien. Et oui, Momo est très heureuse. La prochaine fois, peut-être que je vous tirerai les cartes mais il me faut encore un peu de pratique.

Romie éclate de rire.

– Si tu t'y étais mise plus tôt, j'aurais été mieux préparée à l'annonce de ma grossesse !

Chloé se frotte les mains.

– Vous n'avez pas l'impression qu'on a vécu une vie en quelques semaines ? Romie et Noam séparés puis finalement futurs parents, Peter de retour mais pas de casse, au contraire Mica s'est dégoté un bad boy qu'elle ne veut pas nous présenter, et moi et mes polyamoureux. Putain, je kiffe ce mot !

On rit. Elle a raison, il s'en est passé, des choses depuis le début de l'été.

CHAPITRE 37

MICA

Le soleil tape et Romie se met en maillot de bain, dévoilant un ventre qui désormais ne laisse plus place au doute.

– Les filles au boulot le savent ? je l'interroge.

– Oui et je les forme toutes aux différentes tâches, elles vont pouvoir me seconder sans problème pendant mon congé maternité. D'ailleurs, les deux jours où j'ai été absente à l'improviste ont été concluants.

Elle rassemble ses longs cheveux noirs en un chignon sur le sommet de son crâne et s'enfonce dans l'eau. Je m'assois sur le rebord de la margelle et plonge mes jambes dans la piscine quand Chloé me rejoint.

– Tu es sûre que tu veux voir tous les anciens potes ce soir ? elle me demande.

Je souris.

– Oui, ça fait quelques jours que j'y pense. Ils me manquent aussi, figure-toi, et ça a été égoïste de ma part de toutes nous priver de notre noyau de potes à cause de ma rupture avec Peter.

– On ne t'en a jamais voulu, murmure Chloé.

– À ta place, j'aurais eu besoin de cette coupure aussi, ajoute Romie. Et si ce soir, ça te fait trop, on fera semblant que Marilou nous a appelées et…

– Encore ?! s'exclame Chloé.

– Et alors, on ne l'a encore dit à personne, que je sache, s'impatiente Romie.

– Ouais, mais j'aime qu'on se renouvelle.

Mon cœur se gonfle d'amour pour elles, comme souvent. Je soupire.

– Justement, ce passage à vide m'a été nécessaire mais je ressens le besoin de… me renouveler, et réussir à revoir les potes de toujours est un signe que je suis passée à autre chose.

Romie me regarde.

– D'ailleurs, et Leio ?

Et Leio.

Je souffle. À présent que je sais que tout va bien pour Romie, je ne crains plus de lui raconter l'histoire de Leio. Je leur résume les derniers événements. Chloé me regarde bizarrement quand j'arrête de parler.

– Et ? elle s'enquiert.

– Et quoi ?

– Y a pas de suite ? elle insiste.

– Il est juste… parti ? Romie enchaîne.

– Il est juste parti. Il n'y a pas de suite.

Toutes deux se regardent et haussent les épaules. Chloé brise le silence.

– Ouais, c'est pas évident comme situation mais ça s'est passé il y a douze ans. C'est quoi le souci ? Ce qu'il a fait te gêne ? Ou t'as peur qu'il te fasse la même chose ?

Un peu des deux, je crois.

– C'est encore un homme qui abandonne une femme.

Chloé s'énerve.

– Alors tu sais, je suis toujours pour les femmes ! Mais elle lui a fait un gosse dans le dos, là. Et il avait genre quoi, vingt ans ? Okay, il aurait dû malgré tout assumer mais il a eu des remords, non ?

Romie surenchérit.

– Et il a essayé de la retrouver. Après coup, mais l'intention y était.

Je fronce les sourcils, pas tout à fait d'accord.

– Presque un an après quand même. T'imagines si Noam avait attendu autant ?

– Tu ne peux pas comparer, ça n'a rien à voir ! Nos histoires, nos âges, nos situations, tout est différent. Après Mica, je ne sais pas ce que j'aurais fait à ta place, vraiment.

Je soupire, sans rien ajouter. Chloé fait des ronds dans l'eau avec son pied.

– Moi, si je le kiffais, je n'aurais pas laissé son passé se mettre en travers de ma route. Après, vous me connaissez, je suis un saint-bernard. Dès que je peux aider un homme en détresse, je fonce…

Je ne sais plus que penser.

– Vous auriez pu vous mettre avec quelqu'un qui a un enfant qu'il n'a pas assumé, perdu dans la nature ? je les interroge.

Romie fronce les sourcils.

– Qui dit qu'il a un enfant perdu dans la nature ? S'il n'a jamais eu de nouvelles, on ne sait pas ce qu'elle a choisi de faire. Et imagine, si ce n'est pas vrai ? Ce ne serait pas la première fois qu'une fille invente quelque chose comme ça. On ne saura jamais.

C'est tout le problème. La Roue de la fortune me revient en tête. Faire des bons choix. C'est l'enjeu du moment présent… Qu'est-ce que je suis censée faire ?

CHAPITRE 38

MICA

Aujourd'hui, c'était la reprise. Une journée molle car Lucie est en arrêt maladie – elle a attrapé une angine – et que la cheffe est à peine sortie de son bureau. Et puis, ça fait dix jours que je n'ai plus de nouvelles de Leio et même si je me persuade que c'est la meilleure décision pour me protéger, la frustration de cette histoire manquée est forte. Là où je suis fière de moi en revanche, c'est que je ne l'ai plus stalké. En sortant du boulot, j'ai eu envie de faire un point. Et voilà comment je me retrouve à la terrasse du Peuchère. À faire le bilan, comme il y a un mois et demi. À l'époque, je pensais tristement à Peter. Aujourd'hui, c'est d'un autre qu'il s'agit. Je soupire en sirotant mon sirop.

Leio, Leio, Leio.

Ça fait dix jours que je me sens entre deux eaux. Que je me persuade que c'est foutu. Et que c'est mieux comme ça. Que ça ne sera pas compliqué de tourner la page parce qu'il ne s'est pas passé grand-chose et qu'aucune habitude n'a eu le temps de s'installer. Que je m'efforce de ne plus penser à lui à tel point que j'y pense à chaque instant. Il brouille mes pensées. Il faut bien que je me rende à l'évidence. Mue par le courage que me donne une énorme gorgée de grenadine, je sors mon téléphone de mon sac. Je vais regarder ce qu'il fait de sa vie. On verra si j'y perçois un signe. Mes doigts trouvent naturellement le chemin vers le compte Instagram de Leio, comme si cela les démangeait depuis des jours. Nous y sommes. La dernière photo qu'il a postée date d'hier et représente un chemin en pierre et un coucher de soleil. Quand je vois l'emplacement, mon cœur manque un battement. « Tolède ». La légende indique : « Retour sur les terres de mon enfance. »

Non ! Il n'est pas reparti en Espagne ? Pas si vite !

Inspire, expire. Mon cerveau m'ordonne de me calmer. Il n'a pas pu lâcher un appartement et organiser un déménagement en moins de deux semaines. C'est impossible. IM-PO-SSI-BLE. Instantanément, je respire mieux. Mais mes mains sont moites à cause de cette poussée d'adrénaline subite. Peut-être que c'est son projet. C'est exactement l'élan dont j'avais besoin pour me lancer. Renouer le contact avant qu'il ne soit trop tard. À toute vitesse, je passe en revue mes options. Je ne vais pas l'appeler alors qu'il est dans sa famille en

Espagne. Un texto, c'est pareil. Trop intrusif. Il ne reste que le mail.

J'ouvre ma messagerie, puis hésite. Est-ce que c'est vraiment ce que je veux ? Est-ce qu'il ne vaut pas mieux que j'attende qu'il rentre pour aller le voir directement ? Est-ce qu'il va me pardonner ma réaction ? Mon soupir fait bouger le ticket de caisse sur la table. Je mets l'appoint pour régler et garde une pièce en main. Pile, je lui envoie un mail. Face, j'attends. La pièce fait quelques tours dans les airs avant que je l'emprisonne dans ma main droite.

CHAPITRE 39

LEIO

De : Micaëlle Simone
À : Leio Sari
Objet : Je ne veux pas te déranger, mais…

Leio,
Je me demandais… les tortillas sont
vraiment incroyables en Espagne
ou est-ce que c'est une légende ?
Est-ce qu'il ne fait pas trop chaud
à Tolède pour courir 6 kilomètres ?
Tu préfères mourir de faim ou de soif ?
Tu ne m'as jamais répondu…
Est-ce que parfois, tu penses à moi ?
Sais-tu ce que l'Hermite regarde ?

Leio…

Quand tu m'as enfin parlé de ton
passé, j'ai eu peur. Peur que tu
m'abandonnes un jour, toi aussi.
Et puis les jours passent et finalement

j'ai trouvé quelque chose de plus
angoissant. C'est de ne pas suivre
mon instinct qui me dit qu'avec toi...
je suis bien.
Tu (me) reviens quand ?

Mishka

J'ai tellement lu ce mail que je suis capable de me le réciter mentalement. La vie était beaucoup plus simple il y a encore quelques semaines. Je ne me posais pas toutes ces questions, je vivais au jour le jour. Je rencontrais des nanas. Pas de lendemain, pas d'attachement. Jusqu'à ce qu'une petite blonde vienne foutre en l'air mon équilibre.

Quand j'y repense, c'est fou. Je me souviens de ce 10 juin comme si c'était hier. J'étais posé, en train de bosser sur le projet Art & Food à la terrasse du café où je me rends avec mon ordinateur chaque fois que j'ai envie de couper avec le silence de mon appart. Et elle est passée à côté de moi. Les effluves de son parfum sucré, comme si elle avait plongé dans du monoï, m'ont fait lever la tête et je l'ai suivie du regard jusqu'à ce qu'elle s'installe. Je l'ai trouvée charmante et je me suis remis au boulot. Quand j'ai regardé autour de moi, elle était en train de faire des bulles dans son verre. C'était enfantin et je me rappelle avoir ri tout seul. La scène était cocasse. De premier abord, ce petit bout de femme sexy avait l'air si sérieuse, limite hautaine. Et voilà que maintenant, elle était penchée sur son verre en train de faire des bulles comme si rien d'autre au monde ne comptait. À quoi elle pouvait penser ?

Et si j'allais le lui demander ? J'ai hésité. Malgré la scène rigolote, elle avait l'air plongée dans ses pensées. Presque mélancolique et, je ne sais pas… je n'ai pas voulu briser sa bulle. Et puis d'un coup, elle s'est levée. Elle a marché dans ma direction et s'est arrêtée à quelques centimètres car son téléphone sonnait dans son sac. Je me rappelle avoir attendu, amusé, que nos regards se croisent. Mais ça n'a pas été le cas. Elle a décroché, froncé les sourcils. « Vingt heures au Sanguin. » C'est tout ce que j'ai entendu alors qu'elle s'éloignait et laissait derrière elle un sillage de vanille. C'était le jour de mon anniversaire. J'avais dit à Ilan que je ne voulais rien faire. Je lui ai finalement proposé qu'on aille boire un verre… au Sanguin. Un endroit où on allait souvent avant qu'il ouvre L'Accent.

On est arrivés avant. Sans surprise, elle ne m'a pas même regardé en se pointant avec ses copines et, pas de chance, elle s'est installée dans mon dos. J'étais frustré de ne pas l'avoir dans mon champ de vision. Et puis, il y a eu ce pop-corn. J'ai senti le rebond sur mon omoplate, Ilan a pointé quelqu'un du doigt et je me suis tourné. Il y avait une chance sur combien que ce moment arrive ? Que ce soit elle qui ait visé ? Et même si elle avait l'air gênée, il s'est passé quelque chose. Une fraction de seconde. Son regard m'a captivé. Elle fait partie de ces rares personnes dont il n'est pas possible de détourner les yeux. Aimanté. Je me suis promis que cette fois, j'irais lui parler. Mais c'était avant qu'une de ses copines se mette à pleurer. J'étais blasé.

Et si je l'avais abordée l'après-midi au lieu d'attendre comme un con ? Est-ce qu'elle vient souvent ici, au Sanguin ? Je ne l'y ai pourtant jamais vue. Ou alors je n'ai pas fait attention avant. Et pourquoi elle me trotte en tête comme ça, putain ?

Je me souviens avoir guetté, par la suite, les deux fois où on est revenus avec les potes dans ce bar espagnol, pour voir si elle y était, sans succès. Et puis juste quand j'arrête de penser à elle, la revoilà. À l'inauguration de L'Accent. Incroyable dans sa combinaison orange. Cette fois, il ne fallait pas que je rate le coche. Sauf que j'ai dû d'abord me débarrasser de la nana qui me collait aux basques et qu'une fois que j'y suis parvenu, c'était pour la voir s'enfuir une fois de plus avec son amie. Putain, les boules que j'ai eues !

Le bourdonnement de la machine me donne envie de dormir. J'aime cette sensation que me procure l'aiguille qui vient encrer dans ma peau une nouvelle part de mon histoire. Ignorant la douleur, je ferme les yeux en attendant une illumination. Retourner en Espagne après tant d'années m'a remis les pendules à l'heure. J'avais tiré une croix sur mon pays, comme une punition. Revoir une poignée de mes amis de l'époque, la plupart mariés, d'autres devenus parents. Voir comme les voisins ont vieilli. Essuyer les larmes des yeux de maman que je vois pourtant tous les étés mais qui était heureuse de m'avoir ici. À la maison. Je crois que ça m'a fait du bien d'accepter enfin de parler avec ma mère de ce qui s'est passé. De lui donner ma version de l'histoire dans son intégralité. Et ça lui a fait du bien de l'entendre.

L'une des questions de Mica me revient en mémoire.

Que regarde l'Hermite ?

Je ne sais pas. Il regarde devant, il ne regarde pas derrière.

Mishka.

Sa présence, sa spontanéité, sa fraîcheur… c'est exactement ce dont j'ai besoin dans ma vie.

– Et sinon, quoi de neuf mec ?

Ce retour à la réalité est désagréable. Je grommelle une banalité au tatoueur sur ma gauche avant de replonger dans mes pensées.

– Tu deviens une vraie bande dessinée, il murmure en se penchant sur moi pour mieux travailler un détail. Une BD dont tu es le seul à comprendre les bulles.

Les bulles. Ces mots me renvoient encore à elle. Cette façon qu'elle a de dire ce qu'elle pense quand elle le pense. De m'avoir fait comprendre tout de suite que je l'intéressais, quand d'autres auraient fait semblant de ne pas y toucher pour que je leur coure après. De me rentrer dedans. Sa franchise m'a touché. Sa sensibilité aussi. Elle est comme une bulle d'air dans ce monde anxiogène où seules les apparences comptent. Je ferme les yeux, je la vois. Quand je me couche, quand je me lève, quand je vais courir… toujours là. Même en Espagne, elle m'a poursuivi. Mon tatoueur recule et tamponne son œuvre avec un morceau d'essuie-tout.

– Terminé.

Je m'assois et jette un coup d'œil dans le miroir pour regarder le nouveau tatouage juste au-dessus du cœur qui vient compléter mon histoire personnelle. Le trait est précis et le dégradé bien réalisé, comme toujours, je suis fan du travail de ce gars. La première chose que j'aie faite en revenant à Marseille, c'est prendre rendez-vous ici.

– Première fois que je tatoue un verre de grenadine, il s'amuse.

Je crois que ce dessin va devenir mon préféré. Le rose est vif, je serai repérable à des kilomètres mais c'est comme ça que j'aime voir les couleurs. Explosives. Il faudrait peut-être que je commence à voir la vie comme ça. Sans retenue. Et j'imagine bien Mica dedans, si elle est prête à accepter l'homme que je suis mais aussi celui que j'ai été. Sur le retour, je parcours machinalement nos échanges par SMS. Il y en a peu. Je n'avais même pas enregistré son numéro au départ, car je n'avais pas prévu que nous aurions plus d'un rendez-vous.

CHAPITRE 40

MICA

Je suis arrivée depuis une dizaine de minutes chez « les bourgeois », comme Chloé aime surnommer Romie et Noam depuis qu'ils vivent dans le septième. Ils ont organisé un apéro sur leur terrasse, Chloé est venue avec Melvin, Peter avec les deux amis avec qui il a formé un groupe pendant dix ans et que j'étais ravie de revoir au barbecue chez mes parents, et moi, j'ai rejoint la troupe sans amertume. L'ambiance est bon enfant même si c'est un peu bizarre de se retrouver tous ensemble. J'imagine qu'on finira par s'habituer et que les choses deviendront plus… normales. Pour l'heure, ça ne m'inquiète pas plus que ça. Je souris en regardant Peter et Noam danser comme des manches à balai sur la musique latine. Et je me demande ce que Leio peut bien être en train de faire. J'ai vu qu'il est revenu à Marseille hier mais il n'a jamais répondu à mon mail. Comme je le fais régulièrement, je sors mon téléphone de mon sac pour vérifier à nouveau que je n'ai pas eu de nouvelles.

Aann ! Comme fait exprès, un SMS m'y attend et mon cœur s'affole. J'approche le téléphone de mes yeux pour être sûre de bien comprendre.

Leio : Les tortillas sont incomparables.
J'ai couru à l'aube, la chaleur était
supportable. Je préfère mourir de faim.
Oui. L'avenir.
Wanderlust – ce soir, 21 h ?

Le message date de deux heures, comment j'ai pu le louper ? Il n'est que dix-neuf heures dix, il est encore temps. Je me lève et, le souffle court, je me mords la joue pour ne pas que la joie se lise sur mon visage. Mon regard cherche ceux des filles qui sont en train de plaisanter sur je ne sais quel sujet. Chloé se sent certainement observée car ses yeux rencontrent les miens.

– Tout va bien ? elle me demande.

– Oui, mais… il faut que j'y aille.

La terrasse est petite et je n'ai pas envie de m'étaler sur le sujet maintenant ni d'en faire une affaire d'État en leur demandant de venir me parler en aparté. Mais Chloé fronce les sourcils et la scène que je craignais est en train de se dérouler. Romie hausse la voix.

– Qu'est-ce qu'il se passe ?

Noam nous écoute à présent et il n'y a plus vraiment d'échappatoire.

– Je suis désolée, il faut que j'y aille.

– Mais où tu vas, je comprends pas ? s'impatiente Chloé.

– Je… le chien de Marilou s'est fait écraser.

Un instant, elles me regardent, bouche bée, puis les lèvres de Romie s'étirent.

– Ah, mince, tu devrais aller la voir.

– Super !

Melvin regarde Chloé, visiblement choqué, et elle se reprend.

– Je veux dire, super qu'elle aille soutenir sa collègue. Mais donne-nous des nouvelles hein ?

J'ai déjà mon sac sur l'épaule et je m'éloigne vers la sortie en leur envoyant à chacune un baiser.

CHAPITRE 41

MICA

On s'est donné rendez-vous au Wanderlust. Le lieu de notre premier rendez-vous officiel. J'ai mis la même robe et j'ai ondulé légèrement mes cheveux. Tout pareil. Il n'y prêtera sûrement pas attention, mais j'aime l'idée de recommencer. Sur de bonnes bases. Les portes de l'ascenseur s'ouvrent et il est là. À la même table que la dernière fois. Tous ces clichés me plaisent, je ne sais pas s'il l'a fait exprès, mais j'adore ça. J'arrive à sa hauteur au moment où la serveuse dépose son verre de rhum et un verre de Gambetta limonade.

– Ça te va ou tu préfères autre chose ? il s'enquiert avant que la jeune fille s'en aille.

– C'est parfait.

Elle se dirige vers une autre table et je me hisse sur le tabouret. Sa voix m'avait manqué. Son sourire aussi. Sa façon de me regarder, encore plus. L'absence n'a fait qu'intensifier tout ce que je ressens pour lui. Nous nous regardons sans rien dire pendant quelques secondes.

– C'était long, je souffle.

– Je suis arrivé au moins un quart d'heure avant toi, il me taquine.

– Leio… je suis désolée de…

Il prend ma main en secouant doucement la tête.

– Non. J'aurais dû faire les choses différemment. Pas t'envoyer des textos blessants le jour où tu as voulu me rejoindre à L'Accent. Ni te laisser dans l'attente. Et encore moins me pointer en pleine nuit sans prévenir pour t'imposer mon aveu.

Je ne lui tiens pas rigueur de tout ça. Son regard est si doux. J'expire profondément et cache mon stress en jouant avec un cure-dents piqué sur une olive.

– Et moi, je l'ai pris trop à cœur. Je crois que j'ai transposé la situation qu'était en train de vivre Romie, tu sais, mon amie qui est enceinte. D'ailleurs ça s'est arrangé entre eux, mais bref… je n'ai jamais voulu te juger, je lui lâche d'une traite.

À son tour, il attrape un cure-dents et lance un duel entre le sien et le mien, qui me fait sourire. Puis il reprend un air sérieux.

– Je ne sais pas comment c'est possible mais j'ai l'impression que… tu m'as réveillé. Je suis retourné en Espagne pour la première fois depuis des années. Ma mère était tellement surprise qu'encore aujourd'hui, elle ne s'en est pas remise. J'ai vu l'endroit où ma sœur et sa famille vivent, j'ai revu mes anciens amis… J'ai réussi à profiter de mon séjour sans que ça me bouffe. Il ne manquait qu'une chose.

– Connaître la vérité ?

Il secoue la tête, les yeux brillants.

– Je suis habitué à vivre avec ça. C'est toi qu'il me manquait.

Mon cœur se gonfle en entendant cet aveu. Le break – si on peut appeler ça un break – de quelques jours aura eu le mérite pour chacun de nous faire comprendre qu'on a envie que ça marche. Enfin, je m'en rendais déjà compte, mais je suis encore plus convaincue à présent. Leio se racle la gorge.

– Tu sais, j'ai fui il y a douze ans mais une chose est certaine, si j'apprends un jour que cet enfant existe et veut me connaître, je lui ferai une place dans ma vie.

Il y a une certaine gravité dans sa voix. Je comprends ce que ça veut dire et, loin de me faire peur, cet aveu me soulage. Je veux un homme qui prend ses responsabilités, qui assume. Alors c'est sûr, ce ne sera pas anodin de s'adapter à la situation si elle se présente mais je suis informée et j'aviserai en temps voulu.

– Ça ne te fait pas peur ? il murmure. Tu peux encore fuir…

Il sait bien que je n'en ferai rien. Je suis prisonnière de ses iris. Là tout de suite, je voudrais juste que tout autour de nous disparaisse et qu'on ne soit plus que tous les deux.

– Si ça ne t'angoisse pas, je vais rester encore un peu, je lui dis, mettant fin au suspense.

– Et te dire « On verra bien si » ? son ton est taquin mais je sens dans sa voix qu'il est inquiet.

Je secoue la tête en souriant.

– Je suis plutôt du genre « Je serai là quand ».

Leio attrape ma main sur la table, et la porte à ses lèvres. Ses gestes sont d'une sensualité qui m'enivre. Et son regard m'enveloppe de douceur.

– On y va ?

***

Ses mains partout sur mon corps. La chaleur de cette nuit d'été. Ses baisers sur mes lèvres, dans mon cou. Ses caresses brûlantes, fiévreuses, passionnées. Nos corps qui se retrouvent et qui s'apprivoisent. Sa voix qui me murmure des mots en espagnol et qui m'emporte à elle seule dans un tourbillon d'extase. Et puis les cheveux emmêlés, nos yeux qui se ferment, ma tête sur son torse, sa main sur ma hanche.

Il était une nouvelle fois.

ÉPILOGUE

MICA

1 an plus tard

Dans l'avion qui nous ramène vers Marseille, Leio est silencieux. Pas qu'il soit d'un naturel super bavard mais je le vois regarder le blanc laiteux des nuages, perdu dans ses pensées. Elle ne s'appelait ni Lina ni Linda. Mais Lila. Lila Marques. Et ça n'a pas été si compliqué que ça de la retrouver. Le plus dur a été de convaincre Leio d'aller au bout parce que si lui avait réussi à vivre sans rien savoir, moi, je n'étais pas capable d'envisager une histoire avec une épée de Damoclès au-dessus de la tête.

Et si un jour son passé venait taper à notre porte ? Et si Leio perdait les pédales à ce moment-là et décidait de partir vivre en Espagne ? Et si finalement ne pas savoir le rendait malade ?

Ça a été long de parvenir à le convaincre d'arrêter d'être passif et de partir en quête d'informations.

Il a d'abord fallu que je me fasse une vraie place dans sa vie. Que j'oublie plusieurs petits hauts chez lui, puis une paire de chaussures, avant de laisser enfin ma brosse à dents. Et d'aborder le sujet de front. Je tourne la tête vers lui. J'ai envie d'entendre sa voix.

– Dis-moi.

Sa main posée sur ma cuisse exerce une pression réconfortante.

– Tu veux que je te dise quoi ?

– Ce que tu ressens.

Ne me cache rien.

C'est la deuxième fois qu'on vient à Madrid dans l'été. La première, il m'a fait la surprise pour mes trente ans. Quelques jours chez ses parents que j'ai trouvés formidables et que j'étais ravie de rencontrer enfin, puis chez Olie, sa sœur, avec qui je me suis entendue à merveille. Je me suis régalée à l'entendre parler espagnol avec ses amis et lors de nos escapades. Son village est tellement charmant que je nous vois bien y passer tous nos étés. Je ne lui en ai pas encore parlé.

Un pas à la fois.

– Je suis vidé.

Je sais. Moi aussi.

Pendant notre premier séjour, il a voulu qu'on n'en parle à personne, donc c'est en secret qu'on s'est rendus à la faculté de lettres de Madrid pour demander le registre des élèves de l'année fatidique. La seule idée que j'aie eue pour commencer à y voir plus clair. Peut-être qu'il y aurait un nom qui lui ferait tilt direct. Ou une connaissance qu'il avait occultée mais qui pourrait l'aider. Une fois rentré à Marseille, il a parcouru les feuillets et, pour l'aider, j'ai passé au Stabilo les prénoms de fille. L'un d'eux m'a fait sourire.

– Manala, on dirait presque le prénom de ta grand-mère, Manal.

Il a eu un sursaut et ses yeux se sont écarquillés. Ce soir-là, Lina/Linda lui avait présenté rapidement ses amies, l'une d'elles s'appelait Manala. Il s'était fait la même réflexion que moi. Il croit même que c'était sa cousine. Mon doigt a tremblé quand j'ai pointé sur la feuille : Manala Marques. On avait une piste.

Sur Facebook, on n'a eu aucun mal à la trouver. Restait à savoir comment entrer en contact. Il ne pouvait pas tout bonnement lui rentrer dedans, et risquer de chambouler plusieurs vies. Pendant qu'il dormait, j'ai fait une autre recherche. J'ai regardé parmi les amis de cette fille et quand je suis tombée sur Lila Marques Perez, il ne pouvait pas y avoir d'erreur. Brune, bouclée avec des taches de rousseur. Telle qu'il l'avait décrite. Son profil était privé et visiblement, le compte n'était pas alimenté depuis des années alors je n'ai rien vu de plus. Et je n'ai pas dormi de la nuit.

Et s'ils se retrouvaient et avaient un coup de cœur ? Je serais l'unique responsable de leurs retrouvailles, ce serait tellement moche.

Je ne pouvais plus reculer, c'était déjà trop tard et je n'avais plus qu'à faire confiance au destin. Quand, le lendemain, Leio m'a confirmé que c'était elle, il était tellement livide que j'ai cru qu'il allait faire un malaise. Il est parti courir et je suis allée me réfugier chez Romie et Noam.

Et si je n'avais pas ma place dans cette nouvelle famille ?

Romie m'a mis Lou dans les bras et la chaleur du bébé m'a apaisée.

« Le cœur est extensible Mica. Tu auras toujours une place pour les gens qui t'aiment. »

Si seulement.

Quand je suis rentrée, Leio avait trouvé le numéro et l'adresse de Lila dans un annuaire espagnol. Il ne voulait pas appeler. Par quoi il allait commencer ? Il voulait encore du temps. Je trouvais qu'au contraire, il en avait assez eu. J'ai composé le numéro.

« Juste pour voir, si elle décroche, je prétexterai une erreur, ne t'inquiète pas. »

Pas de tonalité. Il n'y avait plus qu'une seule issue. Se rendre sur place. Il ne savait plus s'il voulait y aller, j'ai pris les billets pour le week-end qui suivait sur un coup de tête. On n'en était pas arrivés là pour renoncer.

« Rappelle-toi Leio, il faut saisir l'opportunité. Le numéro ne fonctionne pas. Et si un jour, elle déménage ? Viens, on y va. »

Je crois que les jours qui ont précédé le départ ont été les pires depuis nos débuts. Il était à cran, ne parlait pas, ne mangeait pas. Moi, j'essayais de faire bonne figure.

– Et toi ?

Moi quoi ?

J'ai perdu le fil. Comme s'il savait que mes pensées étaient parties très loin, il reprend.

– Et toi, comment tu te sens ?

Les larmes se mettent à couler sans que je parvienne à contrôler quoi que ce soit.

– Ça va.

Le pire, c'est que c'est vrai. Ça va.

– Viens là.

Il me prend dans ses bras, comme il le peut alors qu'on est attachés et que l'avion commence sa descente. Ça n'a pourtant pas été facile. Le trajet en silence jusqu'à l'hôtel où on avait réservé car Lila vivait à une heure de Tolède, et surtout car il n'était pas question de dire à sa famille pourquoi nous étions revenus. La nuit blanche. Le cœur qui bat à tout rompre au moment où on se gare dans la rue.

Personne. On attend. On échafaude des plans. Si c'est un jeune qui ouvre, c'est moi qui parle, je prétexte qu'on est perdus. Si c'est un homme, je m'en charge. Si c'est elle, c'est toi. On fait des hypothèses, on les change, on revient sur les premières. Mais plusieurs heures passent et toujours personne.

« Il est tard, Leio, on reviendra demain. »

La seconde nuit blanche, et le trajet de la dernière chance, car le vol est pour la fin de journée. Le cœur qui bat trop fort quand on se gare dans cette rue pour la deuxième fois. Encore plus fort quand on voit qu'une voiture familiale se trouve devant la maison. Je me demande ce que je fais là. Leio me regarde et la tension que je lis dans ses yeux est presque douloureuse. Je lui tends ma main moite. Et je me rappelle. Lui et moi.

Il sonne, je reste à ses côtés. Et elle sort. Son visage qui ne le reconnaît pas. Il parle vite, en espagnol et je ne comprends pas. Elle fronce les sourcils, me regarde, le regarde à nouveau. Il répète son nom, enlève sa casquette et cette fois, elle paraît se souvenir. Sa bouche forme un O, elle prend son visage entre ses mains. Et elle secoue la tête, ses yeux deviennent brillants, elle s'excuse. Je ne comprends toujours pas la langue mais j'ai compris. L'expression de Leio est indéchiffrable. Je recule, je ne sais pas si ma présence est utile, le plus dur est fait et maintenant, je préfère lui laisser de l'espace. Je l'attends dans la voiture. Une poignée de minutes plus tard, il est de retour. Il met le contact et je n'ose pas parler. On rebrousse chemin dans cette rue pavillonnaire pourtant jolie mais que j'espère ne plus revoir. Quelques mètres plus loin, il se gare à nouveau et se frotte le visage de ses mains.

– C'était une fausse alerte.

Quand j'entends sa voix, je respire enfin et je me rends compte que je retenais mon souffle.

– Comment ça ?

– Un faux positif. Quelques jours après m'avoir annoncé la nouvelle, elle a fait un test sanguin qui indiquait qu'elle n'était pas enceinte.

– En fait, c'était une blague depuis le début, c'est ça ?

– Non, je me souviens que le jour où elle est venue me voir, elle a sorti de son sac un test de grossesse pour me prouver qu'elle ne mentait pas.

Waouh.

S'il ne s'était pas enfui. S'il l'avait rappelée. S'il l'avait cherchée plus tôt.

Je n'ai pas su quoi dire. Encore maintenant, je ne sais pas.

– Mica, pourquoi tu pleures ?

– C'est le contrecoup je crois. Je ne sais même pas comment tu fais pour tenir.

Je me mouche et repose ma tête contre son torse. Il pousse un long soupir.

– Je m'étais préparé à tout. Un préado qui ne voudrait pas me rencontrer, ou pire, dont elle ne s'occuperait pas et qui serait livré à lui-même. Un accouchement sous X. Je ne savais pas ce que j'allais découvrir. Alors rien… c'est… un soulagement.

C'est sûr.

– Si elle avait vraiment été enceinte, ça aurait été compliqué. Et en même temps, je suis triste pour toi car c'est comme si tu avais mis entre parenthèses presque un tiers de ta vie. Treize ans de perdus, c'est énorme !

De son index, il relève mon menton vers lui.

– J'ai pris un chemin différent de celui que j'aurais pris s'il ne s'était rien passé. Et regarde ce que j'ai trouvé !

Je ris quand il essaie de me soulever de mon siège.

– Parfois quand on perd… on gagne quand même.

– Jolie philosophie. Tu m'aimes ?

Je le prends de court et il me regarde, stupéfait.

– C'est quoi, cette question ?

Je ris car je connais la réponse mais je veux l'entendre de sa bouche.

– Allez réponds !

– Tu es insupportable, je ne sais même pas pourquoi je t'ai emmenée.

Je fais mine de chercher mon porte-monnaie dans mon sac.

– Pile, tu réponds. Face, je te pose une autre question.

– C'est quoi l'autre ?

– On emménage ?

– Mica !

MERCI

À notre dernier rendez-vous a une saveur particulière. C'est mon deuxième roman mais le premier que j'écris hors concours, sans deadline et surtout sans l'encouragement des lectrices de la plateforme Fyctia. J'ai parfois douté mais je me suis tellement attachée à cette bande de copines, qu'il fallait bien que j'arrive au point final pour leur donner une chance. La suite, c'est à ma fabuleuse éditrice – Alice Serverin – que je la dois. Alice, merci de me suivre dans cette nouvelle aventure. C'est simple et agréable de travailler avec toi, ton écoute, tes conseils et ta disponibilité me sont précieux, et en voyant cette romance prendre son envol, j'espère déjà que nous aurons d'autres collaborations. Hâte de te rencontrer pour de vrai ! Un grand merci à la maison d'édition Hugo & Cie de me renouveler sa confiance.

Une fois n'est pas coutume. Pour récidiver dans l'écriture, il a fallu qu'on m'y pousse.

Émilie May, mon amie, ma cousine, ma voisine, ma bêta. Tu as plusieurs casquettes pour moi et alors qu'Alessio venait de faire son arrivée tonitruante dans ta vie, tu as trouvé le temps de me lire et d'échanger des heures durant. Merci pour ta gentillesse et tes encouragements qui sont comme les poissons panés chez toi… sans limite. Je ne t'échangerai pour rien au monde.

Flora Armonie, à toi qui as ouvert ce livre et foncé à la page des remerciements pour voir si ton nom y était. À toi qui exploses de rire en lisant cette phrase. À toi qui m'as précieusement aidée dans la recherche du scénario mais qui n'a daigné me lire que lorsque j'en étais au chapitre 45. À toi qui es en train de dire que je mens. À toi qui m'as inspiré l'un des personnages. À toi sans qui je ne pourrais commencer l'écriture d'un livre… tu me fatigues. Tu me fatigues mais je t'aime comme ça.

Cette fois, c'est dans ma Provence que j'ai souhaité vous embarquer. Il y a une quinzaine d'années, je découvrais Marseille, pourtant seulement à une petite heure de chez moi, aux côtés de mon mari et de mon beau-père, Claude, qui avaient l'habitude de s'y rendre plusieurs fois par an. Je me suis greffée à ces virées pour mon plus grand plaisir. On arpentait le centre-ville, on mangeait un kebab dans le pain et pas dans la galette sur la Canebière, on flânait sur le Vieux-Port et on faisait les boutiques dans les rues de Rome et de Saint-Fé. Claude, merci de m'avoir offert ces beaux souvenirs dans lesquels j'ai plongé à maintes reprises au cours de l'écriture de ce roman et j'espère qu'on ira se balader à nouveau dans la cité phocéenne !

Dans la vie virtuelle, j'ai la chance de faire partie d'un groupe de chouettes nanas. Les Bambam. Merci, les filles, de m'encourager comme vous le faites… Un clin d'œil à Manon Kaljar : nos premiers livres respectifs étaient sortis en même temps et j'avais adoré partager cette expérience avec toi. Tu me manqueras pour cette sortie ! Un spécial *thanks* à C. S. Quill qui m'a soufflé de bons conseils en dernière ligne droite.

J'ai puisé dans beaucoup de souvenirs au cours de l'écriture. L'appellation du groupe « Chlomiro » en est un. Il est inspiré de ma bande de copines du collège, les « CeLeSoMi ». Les filles, ça ne nous rajeunit pas ;)

Et en parlant de copines, un coucou à ma Cécile qui stalke comme personne et à qui j'ai pensé mille fois pendant l'écriture.

Avez-vous entendu l'accent du Sud pendant votre lecture ? J'ai la chance de l'avoir en fond sonore au quotidien. Celui de mon mari est merveilleux. Pour la sortie de mon premier livre, il a informé de la nouvelle tout son répertoire et parmi nos amis, il y a un classement de celui qui détient le plus d'exemplaires chez lui.

J'exagère à peine mon amour, tu me soutiens dans tous mes projets, je mesure la chance que j'ai et je t'aime tellement pour ça.

Pour ça et pour nos deux bébés.

Maman vous aime jusqu'à la lune et aux étoiles. Et même jusqu'à la prochaine galaxie si Marceau me fait un bisou devant l'école et que Bianca se met à faire ses nuits.

Encore et toujours…

À maman, ma supportrice numéro un qui va faire en sorte que je sois bien visible dans les rayons, à mes sœurs et mon frère. À papa, supporter numéro un bis. À Ève. À Michèle, ma belle-mère qui nous fatigue beaucoup. À Christian. Je sais que vous serez toujours au rendez-vous et il n'y a rien de plus motivant ❤

Encore et toujours… aux personnes qui me manquent fort.

Un mot aussi à nos proches, à nos amis, amis d'amis… Merci mille fois d'avoir répondu présent pour mon premier roman. Vos partages, messages, photos m'ont tellement touchée… J'espère que ce deuxième vous plaira !

Et puis enfin, **merci à vous**, lectrices et lecteurs de tous horizons. L'écriture d'un livre est une chose dingue mais ce sont les échanges qui viennent ensuite qui rendent l'expérience aussi belle et aussi vraie. J’espère que cette virée à Marseille à la belle saison vous a plu, que vous avez entendu le chant des cigales et senti la fraîcheur de la Méditerranée…

J’ai hâte d’avoir de vos nouvelles.